LE YOGI
ET LE COMMISSAIRE

le goût des idées

collection dirigée
par
Jean-Claude Zylberstein

Arthur Koestler

Le Yogi
et le Commissaire

Traduit de l'anglais par
Dominique Aury et Jeanne Terracini

Paris
Les Belles Lettres
2023

Titre original :
The Yogi and the Commissar and other Essays
© 1945 by Arthur Koestler
© Succession Philippe d'Argila pour la traduction de Dominique Aury

© 2023. *Société d'édition Les Belles Lettres*
95, bd Raspail, 75006 Paris.

ISBN : 978-2-251-45396-5

À ANDRÉ MALRAUX

Dieu me garde de jamais rien achever.
Tout mon livre n'est qu'un brouillon,
et même le brouillon d'un brouillon.
Oh ! Temps, Force, Argent, et Patience.

MELVILLE : *Moby Dick*

Je remercie Mrs. Margaret Dewar du travail de recherches qu'elle a fait pour l'essai intitulé *Mythe et Réalité soviétique*, et les directeurs des journaux, revues et périodiques qui m'ont autorisé à reproduire dans ce livre les essais primitivement publiés dans : *Horizon*, *Tribune*, l'*Observer*, l'*Evening Standard* et le *New York Times Magazine*.

Préface

Le chevalier en armure rouillée

Le Yogi et le Commissaire, dont les Belles Lettres prennent l'heureuse initiative d'une réédition, est en partie tombé dans l'oubli. Cette infortune ne tient pas seulement au genre «recueil» du livre, non plus qu'à son titre énigmatique, mais plus sûrement à la loi inexorable du temps dont les vents violents éloignent sans cesse davantage le passé des rivages incertains de la mémoire. Si *Le Yogi et le Commissaire* n'a pas échappé à ce sort ingrat en dépit des efforts périodiques pour lui épargner une disparition prévisible, c'est qu'il est historiquement connoté, temporellement marqué et pourrait sembler, à bien des égards, dépassé. Il est un livre de guerre, un livre dont la guerre est la toile de fond, le thème constant et l'obsession permanente. La plupart des articles qui composent l'ouvrage ont été publiés entre 1940 et 1944 dans la presse anglo-saxonne au cours de l'affrontement planétaire où l'humanité jouait son destin. Près de quatre-vingts ans ont passé et depuis, le monde a connu des bouleversements si profonds que les événements qui sont le décor du livre peuvent nous paraître aussi lointains que la bataille des Thermopyles, la guerre de Cent Ans, le sac de Constantinople, la campagne de Russie ou la guerre de Sécession. Pourtant, bien qu'appartenant au monde d'hier, le livre nous parle encore du monde d'aujourd'hui. Plus qu'un témoignage, il nous lègue des leçons dont on souffrirait de s'affranchir.

Ce retour à la lumière, *Le Yogi et le Commissaire* le doit à la personnalité hors du commun de son auteur Arthur Koestler. Quand le livre paraît la première fois à Londres en mai 1945 aux éditions Jonathan Capes, Arthur Koestler est âgé de 40 ans. Son nom n'est pas totalement inconnu, mais il n'est pas encore l'auteur mondialement célèbre qu'il deviendra un peu plus tard avec l'extraordinaire succès de son livre *Darkness at Noon,* traduit en France sous le titre *Le Zéro et l'Infini*, sur l'effrayante mécanique des aveux dans les procès de Moscou qui scandèrent de leur mise en scène diabolique la Grande Terreur stalinienne des années 1930. Il a déjà publié plusieurs autres livres dont *Le Testament espagnol* (1937), qui a produit une forte impression sur Thomas Mann, *Spartacus* (1939), *Croisade sans croix* (1941) et *La Lie de la terre* (1941), mais aucun n'a atteint l'audience qui confère la notoriété. Depuis fin 1940, Arthur Koestler vit réfugié en Angleterre où il est entré par effraction après avoir fui le continent européen ravagé par la guerre. Dès qu'il a recouvré la liberté, il a repris son combat contre l'ennemi nazi. Il collabore au service cinématographique du ministère de l'Information. Il écrit des *scenarii* de films, rédige des tracts que la Royal Air Force largue sur l'Allemagne. Il donne des conférences radiophoniques où sa voix grave et son accent inimitable d'Europe centrale font merveille. Il se lie d'amitié avec George Orwell et collabore avec lui, ainsi que les écrivains et journalistes Tosco Fyvel et Sebastian Haffner, à la collection des « Searchlights Books » qui se donne pour but de contribuer à la défense du monde libre. Il dresse pour l'émission radiophonique « The Black Gallery » le portrait féroce de deux des plus hauts dignitaires nazis, antisémites fanatiques, le répugnant Gauleiter de Franconie Julius Streicher, et l'implacable Reichsführer SS de Bohême-Moravie Reinhard Heydrich. Il échafaude un plan pour sauver les réfugiés internés en France ou empêchés de quitter le pays. Il en élabore un autre qui n'aura pas de suite pour bombarder la voie ferrée qui mène à Auschwitz où se poursuivra l'extermination industrielle des Juifs d'Europe. Il publie enfin dans la presse anglo-saxonne – *The Observer*, *The Evening*

Standard, *Tribune*, *Horizon*, *New York Times Magazine* et *The New Statement* – de nombreux articles qui forment l'ossature du *Yogi et le Commissaire*.

Londres est la dernière étape du long périple de trente années qui, depuis son plus jeune âge, a conduit Arthur Koestler sur tous les théâtres où l'histoire donnait ses représentations. Né à Budapest en 1905 dans une famille juive russo-tchèque de la *Mittle Europa*, il a connu les grandes tragédies de la première partie du siècle : dans la ville magyare, encore enfant, à l'heure de la Première Guerre mondiale et de l'éphémère commune révolutionnaire de Bela Kun ; dans la Vienne crépusculaire du début des années 1920, étudiant sioniste croisant le fer avec les bandes pangermanistes sous l'aula de l'université ; en Palestine, simple *khaluts* (pionnier) puis jeune reporter misérable, engagé dans la reconquête juive de la Terre promise ; à Berlin, journaliste prodige converti au communisme face à la montée du nazisme ; en Union soviétique propagandiste du Komintern, à l'heure de l'*Holodomor* en Ukraine ; à Moscou, au seuil de la Grande Terreur, croisant Boukharine et les vieux dirigeants bolchéviques marchant au supplice semblables à des « cadavres phosphorescents » ; à Paris, embrigadant les « idiots utiles » dans la grande croisade antifasciste ; dans l'Espagne de la guerre civile, correspondant de presse, condamné à mort par les franquistes ; dans la France de la « drôle de guerre », « étranger indésirable » interné dans le camp pyrénéen du Vernet sur ordre des autorités françaises plus empressées à traquer les antinazis qu'à préparer la guerre contre les nazis ; à Lisbonne, « le dernier port où l'Europe vomissait le contenu de son estomac empoisonné », dans l'attente désespéré d'un visa ; à Londres, enfin, sous le *Blitz*, parmi les premiers à alerter l'opinion mondiale sur l'extermination des Juifs d'Europe.

Le Yogi et le Commissaire marque un tournant dans la vie d'Arthur Koestler. Il met fin à sa liaison tumultueuse avec l'Histoire. Une page se tourne. Rien ne sera plus comme avant. L'homme qui émerge du livre est un revenant, un rescapé de l'âge totalitaire, un « chevalier en armure rouillée », qui marche seul au milieu des décombres de ses illusions perdues. Sans doute garde-t-il encore au fond de lui certaines de ses convictions. Il continue de se dire « membre de l'intelligentsia de gauche ». Mais, en vérité, il s'est éloigné de ce camp dont Orwell écrit qu'il a commis « la faute de vouloir être antifasciste sans être antitotalitaire ». Sa rupture avec le mouvement communiste et, de façon plus générale, avec la gauche, est définitive. Elle le laisse orphelin de cette utopie qu'il avait embrassée avec ferveur et enthousiasme. Il a compris « l'essence diabolique et fascinante d'une foi historique globale » (Raymond Aron). Il a compris que dans Berlin la brune, Moscou la rouge et Rome la noire, derrière la « Bête à trois têtes » qui veut « couvrir la planète de crimes et de sang » (André Suarès), derrière la trinité païenne du nazisme, du marxisme et du fascisme, un même système était né, un même modèle non identifié qui n'avait aucun précédent, qui ne se réduisait à aucune catégorie ni aucune forme connue, qui n'était ni le despotisme ni la dictature classique, mais une forme singulière de gouvernement, un régime mutant et unique qui avait la terreur pour « substance réelle » et la « domination totale » pour fin ultime (Hannah Arendt). Il écrit maintenant au bord de l'abîme. Il a abandonné l'espérance que la guerre, qui, chaque jour, continue de charrier ses cadavres par dizaines de milliers, soit « la guerre civile et révolutionnaire européenne » sur le modèle de la guerre d'Espagne, mais, plus fondamentalement, plus exactement, une guerre pour la défense de la civilisation européenne, une guerre de la démocratie contre le totalitarisme, une guerre pour l'humanité.

Classés en trois parties – « Digressions », « Exhortations » et « Explorations » –, les quinze articles qui composent le livre témoignent de cette évolution où le journaliste engagé s'est mué en « chroniqueur du temps du mépris » (Malraux), où le militant est devenu un croisé sans croix. La première partie « Digressions » comporte six articles : « Le yogi et le commissaire », qui ouvre le livre et lui donne son titre, sur le dilemme de l'action et la contemplation, de l'homme face à la vie et au monde (*Horizon*, 1942) ; « The French Flue », (« Le Catarrhe français »), sur trois des œuvres phares de la littérature dite de « résistance française », les *Interviews imaginaires* de Gide, *Le Crève-cœur* d'Aragon et *Le Silence de la mer* de Vercors, accusées toutes trois de « charlatanisme littéraire » (*Tribune*, novembre 1943) ; « Les tentations du romancier » sur la responsabilité de l'écrivain (*The Observer*, octobre 1942) ; « Le grand illuminé » sur la fascination exercée par Hitler sur les foules (*The Observer*, octobre 1942) ; « En mémoire de Richard Hillary » sur le destin tragique de son jeune ami pilote de la RAF grièvement blessé dans un combat aérien et qui avait trouvé la mort au cours d'un entraînement (*Horizon*, avril 1943) ; « L'intelligentsia » sur le rôle historique des intellectuels (*Horizon*, mars 1944).

Cinq autres articles d'une teneur plus personnelle, plus douloureuse aussi, constituent la deuxième partie « Exhortations » : « La lie de la terre – 1942 », post-scriptum à son livre *La Lie de la terre* sur le camp du Vernet où il avait été interné fin 1939 début 1940 (*The Evening Standard*, juin 1942) ; « Pourquoi on ne croit pas aux atrocités » sur le refus d'admettre l'entreprise d'extermination des Juifs d'Europe (*New York Times Magazine*, janvier 1944) ; « Chevaliers en armure rouillée » sur les militants de la « grande croisade antifasciste d'avant-guerre » dont les combats n'avaient été qu'une « longue série d'affreuses débâcles » et qui allaient maintenant comme une « avant-garde coupée de ses approvisionnements » (*New York Times Magazine*, janvier 1943) ; « La fraternité des pessimistes » sur la fin des espérances révolutionnaires et les lendemains de guerre (*New York Times Magazine*, novembre 1943) ; « Le roi est mort » sur la persistance de l'esprit fasciste une fois le fascisme vaincu.

La troisième et dernière partie, « Explorations », ne comprend que des textes inédits : trois sur l'Union soviétique, et un quatrième en forme de suite du premier article d'ouverture, « Le yogi et le commissaire II ». Les analyses des trois articles sur l'Union soviétique témoignent d'une grande lucidité et aussi d'un extrême courage. Au plus fort de leur alliance contre-nature, Arthur Koestler prédit que l'évolution de l'Union soviétique rendra impossible tout rapprochement avec le monde libre et démocratique. Le premier article, « Anatomie d'un mythe », traite de la fascination exercée par le régime moscovite sur une partie de la gauche occidentale. Le deuxième, « Mythes et réalités soviétiques », aborde le divorce entre la réalité soviétique et son mythe. Il décrit comment la Russie révolutionnaire a poursuivi un « mouvement continu et cohérent dans une direction opposée aux principes du socialisme », et la façon dont le pouvoir soviétique a abdiqué ses idéaux et renoncé à ses ambitions. Le troisième, « La fin d'une illusion », fait le constat que la Russie soviétique mène « une politique d'expansion qui, tout en utilisant de nouvelles méthodes, reflète les anciennes ambitions de la Russie impériale ». Cette description du régime soviétique rejoint celle qu'avaient faite avant lui les premiers grands dissidents Ante Ciliga, Victor Serge et Boris Souvarine. Mais, contrairement à Trotski qui parlait d'« État ouvrier dégénéré », Arthur Koestler explique que l'Union soviétique n'est socialiste « ni de fait ni de tendance », qu'elle n'est ni une étape intermédiaire ni un passage obligé vers le communisme, et que la révolution bolchévique a échoué et n'est pas « parvenue à créer un nouveau type de société humaine dans un nouveau climat moral ». Quarante ans plus tard, la chute du mur de Berlin et l'effondrement de tout le bloc soviétique lui donneront raison.

Le texte le plus insolite, mais aussi le plus révélateur de l'esprit du recueil, est « Le yogi et le commissaire I et II ». Deux théories s'affrontent pour libérer le monde des maux qui l'accablent, explique Arthur Koestler. La première prône la « transformation par l'extérieur ». Elle professe que « tous les fléaux de l'humanité […] peuvent et doivent être guéris par la révolution, c'est-à-dire par une réorganisation radicale du système de production et de distribution des marchandises », et croit que « cette fin justifie l'emploi de tous les moyens, y compris la violence, la ruse, la trahison et le poison, que le raisonnement logique est une boussole infaillible et l'univers une sorte de vaste mouvement d'horlogerie ». C'est la théorie du commissaire. À l'opposé, le yogi pense qu'il n'y a de salut qu'intérieur, que la violence est inutile et néfaste, que « le raisonnement logique perd graduellement de sa validité à mesure que l'esprit approche le pôle magnétique de la Vérité et de l'Absolu », que « chaque individu est isolé, mais reste quand même relié à l'Univers par un cordon ombilical invisible », et que « son unique devoir pendant sa vie terrestre est d'éviter les actions, les émotions ou les pensées qui pourraient l'amener à rompre ce lien ». L'histoire consacrait selon Arthur Koestler l'échec des deux théories, la faillite des deux logiques. « Une des pentes mène à l'Inquisition et aux épurations de Moscou ; l'autre conduit à tout accepter passivement, le viol, les fusillades et l'existence de villages où les femmes accouchent dans la crasse et où tout un peuple voué au trachome croupit dans l'ordure ». Le yogi et le commissaire sont ainsi « quittes », et leur égalité complète. Ni le mysticisme de l'un ni le rationalisme de l'autre ne fournit à l'humanité la solution qui doit lui permettre de poursuivre sa route vers l'émancipation et le bonheur. Mais l'histoire semble condamnée à une perpétuelle oscillation entre ces deux pôles, où les hommes tantôt partent à l'assaut du ciel, tantôt s'immobilisent dans sa contemplation. Arthur Koestler ne veut ni marcher au pas du commissaire ni s'accroupir aux côtés du yogi. « Ni le saint ni le révolutionnaire ne peuvent nous sauver mais seulement leur synthèse, écrit-il à la fin de l'article. Serons-nous capables d'y arriver ? Je n'en sais rien. Mais si la réponse est négative, il semble qu'il n'y ait plus d'espoir d'empêcher, dans les prochaines décades, la destruction de la civilisation européenne, soit par la guerre absolue, suite à la guerre totale, soit par le conquérant byzantin ».

Lors de sa parution en Angleterre, *Le Yogi et le Commissaire* connut un réel succès. On s'accorda à saluer en Arthur Koestler un « brillant écrivain » et un « penseur profond ». C'est sans doute George Orwell qui, avec son habituelle franchise, en fit une remarquable recension. Outre-Atlantique la critique et l'opinion américaine lui réservèrent un accueil favorable. Tout autre cependant fut la réception de l'ouvrage en France où, depuis plusieurs semaines, la parution du *Zéro et l'Infini* déchaînait une violente campagne orchestrée par le très puissant parti communiste suivi par la cohorte servile des compagnons de route. Pour les propagandistes jdanoviens du Parti, Arthur Koestler était un « traitre au prolétariat », un « renégat », un « déserteur », un « pur et un ardent contre-révolutionnaire », un « agent de l'Intelligence Service », une « canaille », un « ennemi à abattre ». En novembre 1946 et janvier 1947, la revue *Les Temps modernes* publia sous le titre parodique « Le yogi et le prolétaire » une série d'articles signés par Maurice Merleau-Ponty qui attaquaient méchamment Arthur Koestler et se livraient à une tentative de réfutation méthodique du livre. Il en résultait une dissertation ambiguë et souvent empruntée où le disciple d'Edmund Husserl désertait les chemins de la phénoménologie pour s'aventurer avec le zèle du néophyte sur les voies desséchées de la propagande crypto-stalinienne. « Toute critique du communisme ou de l'URSS, concluait Merleau-Ponty, qui se sert de faits isolés sans les situer dans leur contexte […], toute apologie des régimes démocratiques qui passe sous silence leur intervention violente dans le reste du monde […], toute politique qui ne cherche pas à comprendre les sociétés rivales dans leur totalité, ne peut servir qu'à masquer le problème du capitalisme, vise en réalité l'existence même de l'URSS et doit être considéré comme un acte de guerre. »

Avec *Le Yogi et le Commissaire*, un nouvel Arthur Koestler est né, bien décidé à ne rien sacrifier à ce qu'il croit juste, à ne rien admettre qui ne lui soit démontré, convaincu que « ce n'est pas le doute, mais les certitudes qui rendent fou » (Robert Musil), qui ne redoute aucun tyran et est prêt à les combattre tous, qui méprise les imposteurs et dit préférer vivre « sous un vieil imbécile de colonel anglais que sous un commissaire politique ». Rien ne le fera par la suite dévier de la voie escarpée qu'il s'est tracée entre les blocs d'intolérance et de fanatisme et qui le mènera sur les hauteurs des grandes solitudes où vivent abandonnés par leurs contemporains, et souvent même persécutés par eux, les hommes qui ont le redoutable privilège d'avoir raison trop tôt. Il appartient désormais à la caste, privilégiée et maudite à la fois, de ceux qui, le siècle dernier, osèrent défier ensemble les deux grandes tyrannies qui voulaient asservir le monde.

Le Yogi et le Commissaire nous parle au présent. Il nous parle de liberté de pensée, de liberté de critique et de jugement. Il nous parle de la vulnérabilité des « défenseurs de la civilisation » face aux « mouvements fanatiques de masse » parmi lesquels Arthur Koestler range le fascisme, le nazisme et le communisme, mais aussi, il l'écrira plus tard, « les hordes des grandes invasions, les Huns et l'islam ». Il nous parle de la crise de la civilisation occidentale, de la civilisation *helléno-romano-judéo-chrétienne*, de l'« unité spirituelle » qu'Edmund Husserl appelait l'« humanité européenne » dans la dernière conférence qu'il donna le 7 mai 1935 au Kulturbund de Vienne. Face à l'hydre totalitaire, Arthur Koestler a acquis la certitude que la civilisation occidentale courait vers son « irrévocable fin », qu'elle se trouvait prise dans les « spasmes d'une terrifiante agonie », qu'elle était incapable de résister, de se battre, de se défendre. L'origine de cette crise, la cause de cette impuissance, Arthur Koestler l'attribue à la perte de toute spiritualité, au triomphe de la « raison froide » et à l'« idolâtrie sociale ». « La raison pour laquelle l'Europe dégringole sur la pente, fait-il dire au héros de l'un de ses romans, est évidemment que nous avons accepté la finalité de la mort personnelle. Par cet acte d'abdication, nous avons rompu nos liens avec l'infini, nous nous sommes isolés de l'univers, ou si on préfère de Dieu. La résistance contre les mouvements fanatiques de masse, la lutte contre leur vision messianique de l'histoire, ne pouvait se concevoir qu'au nom de cette exigence spirituelle ».

« Pessimistes du monde entier, unissez-vous. Construisons des oasis ! » En novembre 1943, dans son article « La fraternité des pessimistes », Arthur Koestler écrivait que nous étions entrés dans une nouvelle ère, une « période de détresse et de grincements de dents », un « nouvel âge des ténèbres » semblable à celui qui alla de la chute de Rome au début de la Renaissance, un « interrègne », un temps intermédiaire et obscur, sans durée certaine, sans issue prévisible, une sorte de désert moral et spirituel hanté par les barbares, les fanatiques et les tueurs, où, dans les refuges qu'ils auraient construits en forme d'oasis, les hommes les plus lucides devraient rester éveillés dans la nuit et garder les yeux grands ouverts pour guetter les signes d'une nouvelle aurore. Arthur Koestler appelait cela la «fraternité active des pessimistes». Ce message est son legs : ne pas désespérer des hommes, ne rien sacrifier à la liberté de pensée, rester honnête, refuser de se soumettre, d'abdiquer.

Lire *Le Yogi et le Commissaire*, c'est étancher sa soif à l'eau fraîche des oasis.

Michel Laval
Septembre 2022

Préface

I

Une partie de ces essais a été écrite pour des revues américaines où, nous dit-on, il faut enfoncer les clous au marteau-pilon ; une autre partie a paru dans les colonnes précieuses de Horizon où l'instrument d'usage est la lime à ongles. Réunir en un seul volume ces essais de poids et d'intentions différents a pour inconvénient de donner l'impression du rapiéçage ; pour avantage, la variété.

Toutefois, cela ne s'applique qu'aux deux premières parties. La troisième partie, « Explorations », qui contient une analyse de l'expérience soviétique, et apporte certaines conclusions, a été écrite spécialement pour ce livre et n'a pas été publiée auparavant.

II

Quelques-uns de ces essais traitent de sujets assez difficiles de politique ou de psychologie : ils sont en conséquence ardus et compliqués. J'admire la simplicité du style, mais non quand elle obscurcit le contenu. Une phrase maladroite est souvent plus près de la vérité qu'une phrase simple et élégante. Je me console en songeant à la réponse d'Einstein ; on lui reprochait sa formule sur la gravitation, plus longue et plus difficile que celle de Newton, qui est élégante et simple : « Si vous cherchez à décrire la vérité, laissez l'élégance au tailleur. »

III

Lorsque j'étais écolier, j'étais surpris chaque année en me rappelant quel imbécile j'étais l'année précédente. Chaque année m'apportait sa révélation, et chaque fois je pensais avec honte et avec rage aux opinions que j'avais étalées et défendues avant ma dernière initiation. Aujourd'hui, je suis encore incapable de comprendre comment je pouvais, l'année précédente, supporter ma profonde ignorance : mais à présent les nouvelles révélations, au lieu de détruire tout ce qui précédait, semblent se fondre en un dessin suffisamment souple pour absorber le nouveau matériau et conserver cependant la structure fondamentale. J'espère que les lignes générales de ce dessin paraîtront à travers les différents sujets traités dans ce livre et à travers les trois années qui séparent le premier essai du dernier.

Londres, octobre 1944.

PREMIÈRE PARTIE

DIGRESSIONS

Le Yogi et le Commissaire I[1]

LE SPECTRE STATIQUE

Il me plaît d'imaginer un instrument capable de décomposer la nature du comportement social comme les physiciens décomposent les rayons. En regardant à travers ce spectroscope sociologique on verrait sur l'écran s'inscrire l'arc-en-ciel coloré formé du spectre de toutes les attitudes que l'homme peut prendre devant la vie. La pagaille humaine deviendrait nette, claire et compréhensible.

À l'une des extrémités du spectre, évidemment du côté de l'infra-rouge, on verrait le Commissaire. Le Commissaire croit à la Transformation par l'Extérieur. Il croit que tous les fléaux de l'humanité, y compris la constipation et le complexe d'Œdipe, peuvent et doivent être guéris par la Révolution, c'est-à-dire par une réorganisation radicale du système de production et de distribution des marchandises ; il croit que cette fin justifie l'emploi de tous les moyens, y compris la violence, la ruse, la trahison et le poison ; il croit que le raisonnement logique est une boussole infaillible, et l'univers une sorte de vaste mouvement d'horlogerie dans lequel un très grand nombre d'électrons, une fois mis en branle, tourneront pour toujours dans leurs orbites calculées à l'avance ; et que quiconque pense différemment est un fuyard. Cette extrémité du spectre a la plus basse fréquence de vibrations et contient en

1. Publié dans *Horizon*, juin 1942.

un sens les éléments les plus grossiers du rayon lumineux, mais elle transmet la plus grande quantité de chaleur.

À l'autre extrémité du spectre, les ondes sont si courtes et de si haute fréquence que l'œil ne les voit plus ; elles sont incolores et sans chaleur, mais pénètrent tout ; le Yogi accroupi s'y dissout dans l'ultra-violet. Il ne voit aucune objection à appeler l'univers un mouvement d'horlogerie, mais il pense qu'on pourrait l'appeler tout aussi véridiquement boîte à musique, étang ou boxon. Il croit que la Fin est imprévisible et que seuls comptent les Moyens. Il refuse en toutes circonstances la violence. Il croit que le raisonnement logique perd graduellement de sa validité à mesure que l'esprit approche le pôle magnétique de la Vérité ou de l'Absolu, qui seuls ont de l'importance. Il croit que l'organisation extérieure ne peut rien améliorer, mais que l'effort spirituel de l'individu peut améliorer tout, et que quiconque pense différemment est un fuyard. Il croit qu'il ne faudrait pas abolir par une législation financière le servage dont les usuriers accablent les paysans de l'Inde, mais en venir à bout par une éducation mystique. Il croit que chaque individu est isolé, mais reste quand même relié à l'Univers par un cordon ombilical invisible, et que seule la sève qui lui arrive de ce cordon peut nourrir sa bonté, sa vérité, son utilité et ses forces créatrices ; il croit que son unique devoir pendant sa vie terrestre est d'éviter les actions, les émotions ou les pensées qui pourraient l'amener à rompre ce lien. Il ne peut accomplir ce devoir que par une technique difficile et compliquée, la seule technique qu'il accepte.

Entre ces deux extrémités se déroulent en une suite continue les lignes spectrales des attitudes humaines plus rassises. Plus nous approchons du centre, plus le spectre devient brouillé et brumeux. D'une part, cet accroissement de brume sur la nudité des corps spectraux les fait paraître plus décents et rend les rapports avec eux plus civilisés. On ne peut pas discuter avec un commissaire nu — il commence d'abord par se frapper la poitrine comme font les gorilles avant le combat, puis il vous étrangle, ami ou ennemi, dans une étreinte mortelle. On ne peut pas non plus discuter avec le squelette ultra-violet, parce qu'il ne croit pas aux mots. On peut discuter avec les théoriciens d'après-guerre, avec les fabianistes, les quakers, les libéraux et les philanthropes. Mais la discussion ne mène nulle part, car l'essence du conflit est entre le Yogi et le Commissaire, entre les conceptions fondamentales de la Transformation par l'Extérieur et de la Transformation par l'Intérieur.

Il est facile de dire qu'il faut faire la synthèse entre le Saint et le Révolutionnaire ; mais on ne l'a encore jamais réalisée. Ce qu'on a réalisé, ce sont des compromis nébuleux, — ce sont les bandes de couleur intermédiaires et confuses du spectre : compromis, mais non synthèse. Apparemment, les deux éléments ne se mêlent pas et c'est peut-être une des raisons qui font de l'Histoire un tel gâchis. Le Commissaire fixe son énergie émotive sur les rapports entre l'individu et la société, le Yogi sur les rapports entre l'individu et l'univers. Il est encore facile de dire qu'il ne faut qu'un petit effort mutuel. Autant demander à un fleuve de remonter à sa source.

Le dilemme du Commissaire

Toutes les tentatives faites jusqu'ici pour changer la nature de l'homme par les méthodes du Commissaire ont échoué, de l'État solaire de Spartacus à la Russie soviétique en passant par l'Inquisition et la Réforme. Cette faillite semble avoir pour origine deux phénomènes perturbateurs que Kant aurait appelés les Antinomies du Raisonnement appliqué. La première est l'Antinomie des Méandres et l'autre l'Antinomie des Pentes.

L'Utopie est un pic escarpé ; la route en lacet qui y mène fait de nombreux détours. Tant qu'on marche sur la route montante on ne voit pas la cime, la direction demeure tangente et ne conduit nulle part. Si une foule avance le long de ces méandres, elle pousse son guide hors de la route, puis elle le suit, et la masse tout entière dégringole à la tangente dans le néant. C'est ce qui est arrivé à la plupart des mouvements révolutionnaires, où l'impulsion de la masse est puissante et où son inertie se transforme en une violente force centrifuge. D'autre part, dans les mouvements réformistes plus circonspects, la vitesse acquise s'éteint bientôt et la spirale ascendante devient un circuit monotone qui se ralentit au fur et à mesure autour de la cime sans gagner en hauteur ; finalement, il dégénère en spirale descendante ; ex.: le mouvement des Trade-Unions.

La seconde origine de l'échec des utopies révolutionnaires est l'Antinomie des Pentes, ou de la Fin et des Moyens. Quand un homme est dans une situation de responsabilité, il est toujours forcé de choisir entre deux possibilités : ou bien il subordonne les Moyens à la Fin, ou l'inverse. En théorie, on peut adopter une attitude de compromis — compromis du libéralisme, de la religion, de la bonne volonté — mais sous le fardeau des responsabilités pratiques et immédiates, le dilemme s'actualise dans toute sa rigueur : il faut choisir. Une fois qu'on a choisi, on est sur la pente. Si l'on a choisi de subordonner les Moyens à la Fin, la pente vous fait glisser toujours plus bas sur le tapis roulant de la logique utilitaire. Par exemple, on commence par invoquer la légitime défense ; le tapis se déroule : on arrive à la formule que la meilleure défensive est l'offensive, et finalement on aboutit à la bombe atomique, et aux deux cent mille morts de Nagasaki. Un autre exemple bien connu de la pente fatale commence avec le Fer dans la Plaie et finit par les Épurations de Moscou. Le mécanisme était déjà connu de Pascal :

« L'homme n'est ni ange, ni bête, et le malheur veut que qui veut faire l'ange fait la bête. »

Le dilemme du Yogi

Les essais pour provoquer la Transformation par l'Intérieur à l'échelle des masses ont également échoué. Chaque fois qu'une tentative a été faite pour organiser la sainteté par des moyens extérieurs, les organisateurs sont tombés dans les mêmes dilemmes. L'Inquisition a lâché la tangente ; les Églises réformées tournent autour de la cime sans gagner en hauteur. Que la Fin soit subordonnée aux Moyens et la pente est aussi fatale que lorsqu'il s'agit du contraire. La pente de Gandhi a commencé par la non-violence et l'a graduellement fait glisser à sa position actuelle de non-résistance à la conquête japonaise : qu'on laisse les Japonais tuer quelques millions d'Indous, ils finiront par s'en lasser et l'intégrité morale de l'Inde sera sauvée.

Il est évident que les perspectives du peuple ne sont pas plus brillantes sous ce machiavélisme à rebours que sous la conduite des Commissaires. Une des pentes mène à l'Inquisition et aux épurations de Moscou ; l'autre conduit à tout accepter passivement, le viol et les fusillades, et l'existence de villages où les femmes accouchent dans la crasse et où tout un peuple voué au trachome croupit dans l'ordure. Le Yogi et le Commissaire sont quittes.

LE SPECTRE EN MOUVEMENT

Mais ils ne se l'avouent pas. Incapables d'arriver à une synthèse, les mouvements populaires du passé semblent osciller entre les deux pôles du rationalisme et du mysticisme. Cet étrange menuet est l'un des aspects les plus intéressants de l'Histoire, que le marxisme, par ailleurs le plus utile des guides, se trouve incapable d'expliquer.

À certaines époques, la masse se met en marche d'un extrême à l'autre, de l'infra-rouge à l'ultra-violet et inversement, comme sous le souffle de puissantes moussons historiques. Au xixe siècle la masse a oscillé vers le Commissaire ou l'extrémité infra-rouge. Le climat actuel préfère la direction contraire. Depuis 1930, nous avançons tous, plus ou moins consciemment, plus ou moins volontairement vers l'extrémité de l'ultra-violet.

Moins nous nous rendons compte que nous sommes poussés par le vent, plus nous nous laissons pousser volontairement. Personnellement, je voudrais qu'on pût écrire honnêtement un roman infra-rouge sans dénouement ultra-violet. Mais c'est impossible, de même qu'un savant honnête ne peut actuellement publier un livre de physique sans conclusion métaphysique, de même qu'il est impossible à un socialiste honnête d'écrire l'histoire des défaites de la gauche sans tenir compte dans la psychologie des masses du facteur irrationnel. Celui qui s'attache aveuglément au passé restera en arrière ; mais celui qui s'abandonne trop facilement sera emporté comme une feuille morte.

Mais encore, une réadaptation intentionnelle de ce genre est-elle possible ? Est-ce le plus grand pouvoir d'adaptation, ou tout simplement la facilité, qui permet de survivre aux grands déplacements du spectre ? Quand je pense à quelques confrères qui ont accompli le trajet de la décade du Front populaire au nouveau mysticisme avec une agilité si parfaitement simiesque, je suis tenté de croire que parfois la maladresse est respectable et la facilité abjecte. Ces artistes-commissaires d'hier n'avaient jamais sérieusement essayé de gouverner contre le vent ; ils s'abandonnaient à la première brise, qui les détachait doucement de leurs tiges, les entraînait dans un petit tourbillon et les déposait doucement à l'autre extrémité ; c'est pourquoi leurs murmures ressemblent tant au bruit des feuilles mortes.

Ainsi, l'artiste offre au courant la moindre résistance ; le révolutionnaire, au contraire, la résistance la plus grande. On peut en fait définir le Commissaire comme le type humain qui a complètement rompu ses rapports avec le subconscient. C'est d'autant plus remarquable que le danger constant sous lequel il vit — Lénine, je crois, disait : « Nous sommes des morts en permission » — est une tentation constante de communiquer avec ces zones défendues. En fait, il est condamné à vivre dans un état permanent de puberté refoulée. Tandis que, dans l'évolution normale, la grande crise de l'adolescence, la confrontation avec les problèmes tragiques et insolubles de l'existence n'a lieu qu'une seule fois — comme de mettre ses dents — le Commissaire passe toute sa vie dans ce climat tropical, et ces problèmes tragiques restent son pain quotidien. La plupart des individus, une fois terminée la dentition spirituelle, s'en tiennent à un paisible *modus vivendi* avec l'absolu ; ce que le Commissaire peut espérer de mieux, c'est de trouver un paisible *modus moriendi*.

Cependant, bien qu'il vive dans un climat de perpétuelle adolescence, sa conduite est aussi dépourvue que possible de romantisme. On a l'impression que son subconscient a péri, non sur le divan d'un psychanalyste, mais sur la table d'opération et par le bistouri d'un chirurgien. Or, si la vie est impossible sans la pitié, elle est peut-être également impossible sans un peu de compassion pour soi-même. Le Commissaire n'est pas immunisé contre la douleur, mais ce qu'il a expérimenté est beaucoup plus l'écho de la souffrance que la souffrance elle-même, comme il semble qu'un membre amputé fasse mal. Il force l'admiration, mais aussi la pitié, cette tendre pitié que les forts inspirent aux faibles. Confrontés avec les figures gigantesques de Blanqui, de Trotsky ou de Rosa Luxembourg, nous ne pouvons que nous taire et nous rendre compte à quel point nous sommes des nains frivoles et futiles ; et cependant la pitié demeure.

On s'aperçoit que cet instinct est justifié lorsque le Commissaire affronte la crise de sa vie. C'est un processus tragique et compliqué, souvent mal compris. La forme varie avec les individus, mais il est toujours identique à la base ; c'est la revanche de l'organe amputé. Dans un récit de Gérard de Nerval, un juge condamne un voleur à avoir la main coupée ; cette main coupée poursuit le juge et finalement l'étrangle. Dans le cas du Commissaire, juge et victime sont une seule et même personne et le membre amputé n'est pas la main. Si l'on y regarde de près, on découvre que c'est le cordon ombilical du Yogi, ce sont ses moyens de communication avec l'Absolu, avec le «Sentiment océanique», pour employer le mot de Freud. Le Commissaire vivait avec la certitude qu'il s'agissait là d'un luxe superflu ; mais quand la crise éclate, il se rend compte qu'il s'est trompé. Le lien Homme-Société se révèle soudain incapable de maintenir le métabolisme psychique. Il faut rétablir le lien Homme-Univers.

Deux choses peuvent alors se produire. Ou bien le lien brisé est renoué et, par manière d'expiation, le lien Homme-Société est rompu ; c'est le cas classique du Révolutionnaire qui devient Mystique, le saut sans retour du Commissaire vers le Yogi.

Ou le lien *n'est pas* rétabli — le cordon mort s'enroule alors autour de son propriétaire et l'étrangle. C'est le cas également classique des ex-révolutionnaires dont l'âme meurt d'asphyxie. Ils peuvent être cadavériques comme Zinoviev aux procès de Moscou ; ou bien cyniques comme Laval et Doriot ; ou bien aussi desséchés que les bureaucrates travaillistes. Il n'est apparu depuis Rosa Luxembourg ni homme ni femme qui fût doué à la fois du pouvoir d'action et du pouvoir de communion.

Malheureusement, il n'existe pas encore de terminologie scientifique pour décrire ces processus, qui sont d'une importance vitale pour la compréhension du « facteur subjectif » de l'Histoire. Aussi, plus on essaie de les décrire sobrement et plus sont vagues les images que, faute de mieux, l'on est obligé d'employer. L'énorme littérature des trois principales écoles psychologiques contemporaines ne contient pas une seule étude sur cette conversion, sur la transformation du révolutionnaire en cynique ou en mystique, dont l'histoire offre de si nombreux exemples. Jung a approché de près la question ; son interprétation du subconscient ressemble beaucoup au « cordon ombilical », mais il préfère en étudier les effets sur le type humain le moins intéressant, — sur les riches, sur les Babbitts d'un certain âge. Et cela pour une bonne raison. S'il choisissait ses malades parmi les détenus des camps de concentration allemands ou russes, non seulement sa thérapeutique serait inefficace, mais il lui faudrait introduire dans son système une telle quantité de nouveaux facteurs déterminants que sa terminologie et sa *Weltanschauung* seraient pulvérisées. Les déplacements spectraux du Commissaire sont *terra nova* pour le psychologue.

Quant aux parties intermédiaires du spectre — ce sont les plus confuses —, la façon dont elles réagissent au courant mystique est révélatrice. Dans les régions roses[1], la réaction se manifeste d'abord par une forte prise de conscience des défaites en série subies par la gauche, puis viennent le dégoût des vieux partis, des leaders usés, des plans et des promesses, des idées et des idéaux, et enfin

---

1. C'est-à-dire chez les intellectuels bolchevisants. (Note du Traducteur.)

le dégoût d'avoir nourri des espoirs absurdes et de les voir déçus.
Ce genre de cafard est le point de départ émotionnel. On se rend
compte ensuite qu'il doit y avoir à la base quelque chose de faux
« dans nos rapports avec les masses ». Ensuite, on découvre que
c'est sur le point même où la gauche a échoué — l'agitation des
masses — que le fascisme a effroyablement réussi. Or, le sentiment
que le succès inspire aux ratés est l'envie. Si l'on examine les
choses de près, on constate que l'attitude rose envers le fascisme
est l'envie bien plus que la haine.

Il y a quelqu'un qui bénéficie nettement du déplacement, c'est
l'homme de science. En un certain sens, c'est lui qui a lancé le
mouvement ; puis la vitesse acquise l'a emporté plus loin qu'il
ne l'avait probablement voulu. Il faut se rappeler que l'élément
irrationnel ou ultra-violet, qui colore si fortement la physique, la
biologie et la psychologie actuelles, n'est pas une mode philosophique entrée en fraude dans les laboratoires, mais est bel et bien
sorti de ces mêmes laboratoires et a créé le nouveau climat philosophique. L'exemple le plus frappant en est le développement de la
physique qui fut un énorme succès pour une Science-Commissaire
rationnelle jusqu'aux dernières années du xixᵉ siècle et qui, depuis,
est devenue de plus en plus une Science-Yogi, — Matière, Substance, Temps, Espace, Causalité, Précision des calculs et Foi dans
la possibilité de prévoir le comportement du Mesurable, tout cela
s'est écoulé comme sable entre les doigts des physiciens : il n'en
reste qu'un ensemble de déclarations diplomatiques du genre que
voici : « Si un petit dé de poker est construit de telle sorte qu'il
n'y ait aucune raison pour qu'il préfère tomber sur l'as, on peut
s'attendre à ce que, au cours d'un grand nombre de coups, il ne
manifeste pas, par préférence, de tendance à tomber sur l'as. »

Voilà indéniablement un théorème précis, mais plutôt modeste
par rapport à notre désir de voir expliqués les mystères de l'Univers.
Naturellement, le physicien moderne affirme qu'il n'a pas pour
fonction « d'expliquer » quoi que ce soit et il prend un plaisir de
masochiste à trouver des formules qui établissent avec précision
le degré d'imprécision de ses lois ; c'est-à-dire, l'incapacité de

la physique, non seulement à expliquer, mais même à décrire ce qui se passe exactement dans le monde physique. Laplace pensait jadis que si une intelligence supérieure faisait le compte de tous les atomes et calculait leurs vitesses à un moment donné, elle pourrait prédire tous les événements futurs jusqu'à la fin du monde, y compris la marque des cigares de M. Churchill. Les physiciens et les philosophes de la dernière « période du Commissaire » ont essayé de jouer autour du piège essentiel du déterminisme physique, celui de la fatalité, mais ils n'ont pas pu l'éviter. Dans la physique du XIXe siècle, le monde se déroulait comme un mouvement d'horlogerie sans aucune liberté, sauf l'arbitraire d'un état initial et le choix initial d'une certaine série de « lois naturelles » qui gouvernaient le mécanisme. Dans la physique du XXe siècle, cette liberté est répartie en petites doses à tous les carrefours possibles dans le Temps et dans l'Espace ; la création initiale est devenue une création continue — « Liberté » ou « Arbitraire » ne sont naturellement que des termes qui désignent la présence de facteurs impossibles à décrire ou à définir selon la terminologie de la physique. La physique du XIXe siècle décrit un monde clairement défini en partant d'une donnée confuse ; la physique contemporaine décrit un monde où la confusion est répartie sur toute la surface, et semblable à une pellicule rugueuse (la rugosité étant indiquée par le quantum de l'Action « h » et définie par les principes d'Éventualité d'Heisenberg). Que nous décrivions ce monde comme « Panthéiste », « Libre », « Indéterminé », « Statistique », « Spirituel », ou « Volontariste », c'est plus ou moins affaire de goût. Ce qui importe, en fait, c'est que les instruments de calculs du physicien dénoncent la présence de facteurs physiquement incalculables. — Et c'est pourquoi le physicien avance peut-être plus consciemment que n'importe qui dans la direction de l'ultra-violet.

LE PENDULE

Le Commissaire, l'Artiste, l'Homme de Bonne Volonté, le Savant, semblent non seulement réagir de différentes façons dans le grand déplacement du spectre, mais semblent avoir pour y participer des motifs différents par nature. Y a-t-il à ce pèlerinage une raison qui soit valable pour tous ? Dans une certaine mesure, la révolution dans la psychologie a certainement affecté l'artiste, la révolution dans la psychologie a influencé le point de vue politique et l'on peut facilement découvrir d'autres carrefours d'influences. Ces lignes de force forment un dessin de diagonales, — c'est le dessin d'un filet, non celui d'une chaîne causale. Il n'y a pas de chaîne causale qui parte d'Einstein pour aboutir aux auto-accusations de Boukharine, mais tous deux sont directement reliés par des diagonales. On ne peut exiger une raison qui soit valable pour tous, mais on peut exiger un dénominateur commun qui soit valable pour toutes les variétés de raisons.

Dans les années critiques de la République de Weimar, alors que la Révolution communiste ou la Révolution fasciste semblaient également possibles et que la seule chose impossible était de voir continuer le régime existant, qui était usé, un certain Ernst Jünger lança l'expression : « la nostalgie anti-capitaliste des masses ». Ce désir vague, mais violent, était, en effet, partagé par des groupes de gens de tendances absolument différentes. Peut-être le dénominateur commun que nous cherchons pourrait-il s'appeler la « nostalgie anti-matérialiste ». Elle refuse le rationalisme, l'optimisme superficiel, la logique sans scrupule, l'arrogante confiance en soi, bref, l'attitude prométhéenne du XIXᵉ siècle ; elle est attirée par le mysticisme, par le romantisme, par les valeurs éthiques irrationnelles, par le crépuscule médiéval. En somme, elle va précisément dans la direction même dont s'est éloigné l'avant-dernier grand déplacement spectral vers l'infra-rouge. Ces mouvements obéissent apparemment au rythme du pendule.

Le mouvement de pendule, qui va de la période rationaliste à la période romantique et inversement, n'est pas en contradiction avec la conception d'un mouvement dialectique fondamental de l'histoire. Il ressemble aux répercussions de la marée sur un fleuve qui coule vers la mer. Une des lacunes fatales dans l'interprétation marxiste de l'histoire c'est qu'elle ne s'occupe que du cours de la rivière et non du mouvement des marées. La psychologie de masse du nazisme ne peut pas se décrire en termes marxistes par rapport au cours du fleuve ; pour le comprendre, il faut le mouvement de la marée. D'autre part, notre pendule n'est pas à lui seul un guide pour l'histoire. Il faut connaître le fleuve avant de parler des vagues.

Il n'est peut-être pas trop risqué d'affirmer que ces changements oscillatoires dans le spectre de la psychologie des masses ont un processus analogue au rythme du sommeil et de la veille chez l'individu. Les périodes irrationnelles ou romantiques de la psychologie des masses sont les périodes de sommeil et de rêve. Les rêves ne sont pas nécessairement pacifiques ; le plus souvent, ce sont des cauchemars ; mais ce sont ces plongeons périodiques dans le subconscient qui fournissent les ressources vitales pour la période prométhéenne suivante. Chaque période de gothique est peut-être suivie d'une période de Renaissance et elles ne sont que la succession des nuits Yogi et des jours Commissaire dans l'évolution de la race. Et peut-être notre civilisation actuelle n'est-elle pas morte, mais seulement avide de rêves.

Le « catarrhe français[1] »

Les administrateurs de la vie littéraire anglaise, écrivains, éditeurs, critiques, essayistes — bref, la bureaucratie de notre Parnasse —, ont récemment été affectés par un nouvel assaut de cette épidémie périodique qu'on peut appeler le « catarrhe français ».

Elle se reconnaît à ce que le malade, homme habituellement sceptique, pondéré, prudent, perd l'usage de ses facultés critiques, dès qu'une ligne de poésie ou de prose française lui tombe sous les yeux. De même que, dans le rhume des foins, une bouffée d'air suffit à déclencher la crise, de même un seul mot comme « bouillabaisse », « crève-cœur », « patrie » ou « pinard » provoque des spasmes violents : les yeux se remplissent de larmes, des convulsions douces-amères contractent le cœur, les glandes surrénales inondent le sang d'une ivresse adolescente. Qu'un poète anglais ose employer des mots tels que « ma patrie », « mon âme », « mon cœur », etc., il est aussitôt perdu, mais qu'un Français aligne des platitudes musicales sur la *Patrie, la France, mon cœur et mon âme*, et le malade commence à ressentir les frissons de l'extase.

1. Cet essai a été publié pour la première fois dans *Tribune*, en novembre 1943, sous le titre *The French Flu*. On m'a avisé qu'il vaudrait mieux ne pas le comprendre dans l'édition française de mon livre. Mais, en l'espèce, la diplomatie équivaut à la lâcheté. En outre l'article est dirigé bien moins contre les livres dont je fais la critique qu'il ne l'est contre le brouhaha insensé soulevé à leur propos par une certaine faction de critiques anglais.

L'article a été écrit en 1943 et les livres de Vercors, de Gide et d'Aragon étaient les seuls ouvrages de la littérature française de guerre qui fussent à l'époque parvenus en Angleterre. Je ne savais pas alors ce qu'étaient devenus mes écrivains français préférés, Malraux et Sartre. C'est à eux que se rapporte la première phrase du dernier paragraphe.

Durant ces dernières années, trois œuvres ont pu sortir de France et ont été accueillies comme des révélations littéraires. Ce sont : les *Interviews imaginaires* de Gide, *Le Crève-Cœur* d'Aragon, et *Le Silence de la Mer* de Vercors. J'ai lu les *Interviews imaginaires* de Gide avec soin et même avec avidité ; avec l'avidité de quelqu'un qui voudrait apprendre les nouvelles de la planète Mars. Ce fut une lecture affligeante. Il y a toujours eu dans les écrits de Gide certaine arrogance ésotérique ; une atmosphère raréfiée et subtile semble flotter autour de lui et de ses livres. Son influence sur la jeune génération française a été déplorable (non pas à cause de l'érotisme ambigu que lui reprochaient les fascistes de Vichy : les livres ne vous font pas changer de mœurs) mais à cause de l'ambiance d'arrogance intellectuelle qu'elle suscita — cette attitude d'initié, l'illusion qu'il donna d'appartenir à une secte privilégiée, d'avoir part à des valeurs raffinées qui pourtant, lorsqu'on essaie de les définir, vous échappent comme du sable entre les doigts. Le message de Gide à la jeunesse intellectuelle ressemble aux habits neufs de l'empereur de Chine : personne n'ose avouer qu'on ne les voit pas.

Ces jeunes Français de la classe moyenne vivaient dans un monde qui se partageait entre le bifteck et l'esprit. Ils contre-balançaient leur complaisance entre eux-mêmes ou leur cynisme en se donnant pour excuse que rien de tout cela ne pouvait mettre en péril leur existence spirituelle, leur part de ce qu'ils appelaient « le génie français ». Dans la journée, ils revendaient des automobiles d'occasion, le soir ils revêtaient les vêtement de l'Empereur. À en juger sur les *Interviews imaginaires*, Gide n'a guère changé, sinon en pire. On retrouve le même royaume de l'ennui éthéré, une pâle fluorescence qui ne projette pas d'ombre. J'ai lu le livre il y a un mois et je ne peux me souvenir d'une seule phrase ou d'une seule pensée : le sable s'est échappé et tout ce qu'il m'en reste est un vague parfum. Cependant, si le mot « message » a quelque sens en littérature, c'est que l'essentiel en doit demeurer dans la mémoire lorsque les mots se sont évanouis.

Sur Louis Aragon, on lit dans la préface du *Crève-Cœur* : « Je le rencontrai (Aragon) pour la première fois un soir d'été à la Foire de Neuilly, où lui et une jeune bande de surréalistes, leurs cravates blanches lumineuses dans l'obscurité, faisaient la cour à celle qui pour eux était l'unique femme au monde, la charmante et intelligente Femme-Tronc qui, sans bras ni jambes, tournait sur son piédestal comme un buste, signait sa photographie avec un porte-plume placé entre les dents. Il était petit, pâle, très nerveux, avec des yeux froids, et une épaisse chevelure noire rejetée en arrière. Plus tard, il fit partie de l'expédition surréaliste aux îles Marquises, expédition ordonnée par un rêve. Après une période de déceptions et de dégoût de soi-même, il rompit avec le surréalisme sur le terrain politique et se rallia au Parti communiste, plus impersonnel. »

En dépit de tout cela, il pourrait être excellent poète et personne ne se soucierait de son passé politique ni de sa vie privée ; mais les propagateurs du «catarrhe français» se croient obligés de présenter Aragon non seulement comme un poète mais comme un héros et un martyr de la gauche. Ils nous racontent qu'il a été arrêté pour un poème antimilitariste, qu'il est allé en Russie, etc., et que lorsque la guerre éclata il fut «en tant que communiste affecté à un poste particulièrement dangereux »… Or, la vérité est que la carrière communiste d'Aragon est plutôt dans la tradition surréaliste. Il parcourut le front espagnol dans un camion à haut-parleur, en récitant des poèmes aux miliciens pendant que Malraux organisait l'escadrille internationale d'Aviation républicaine et que Cornford et Ralph Fox mouraient sur le front. Je ne veux pas dire que tous les écrivains auraient dû imiter leur exemple, je veux souligner seulement que si les mots ont un sens quelconque, c'étaient eux les héros et les martyrs et non pas les gens du type d'Aragon. Son arrestation «pour un poème antimilitariste» fut une comédie qui dura une journée. Ce n'est pas en réfugié qu'il est allé en Russie, comme on nous le laisse entendre, mais en touriste pour prendre la parole au Congrès des Écrivains ; il ne fut pas affecté «à un poste particulièrement dangereux », mais a servi comme officier dans le corps médical, — où sans aucun doute il fit son devoir comme beaucoup d'autres. La lutte de la Gauche n'est pas une opérette et je trouve assez écœurants ces travestissements en héros d'opérette, ne serait-ce que par respect pour nos morts[1].

Outre les poèmes, *Le Crève-Cœur* contient un essai d'Aragon intitulé *La rime en 1940*, qui est assez révélateur. L'auteur nous parle d'un certain nombre d'innovations qu'il a introduites dans la poésie française. La première de ces innovations est le retour à une poésie rimée, liée pour lui, d'une manière plutôt surréaliste, à la défaite de la France.

> « *Nous sommes en 1940. J'élève la voix et je dis qu'il n'est pas vrai qu'il n'est point de rimes nouvelles quand il est un monde nouveau. Qui a fait entrer encore dans le vers français le langage de la T.S.F. ou celui des géométries non euclidiennes ?* » Op. cit. p. 75.

Et ainsi de suite. Le groupe New Writing nous a déjà dit tout cela en 1930. Et le génie de Auden nous a convaincus, que nous ayons ou non accepté le principe. Les révélations d'Aragon ont toujours eu dix ans de retard ; il a découvert le Communisme pendant les épurations de Moscou et le lyrisme des géométries non euclidiennes pendant la défaite française. Sa seconde découverte est de supprimer la ponctuation, ce qui fait que ses phrases se fondent en un seul bloc, comme des chocolats qui se ramollissent dans la poche. Sa troisième découverte est ce qu'on appelle en termes techniques « les rimes imparfaites » (ex : mer-aimer). Les poètes, depuis Donne et Goethe, ont employé les rimes imparfaites quand ils ne pouvaient pas les éviter. Mais ils n'ont jamais essayé de faire d'une insuffisance une philosophie, et certainement, ils n'ont jamais proposé leurs strophes manquées comme des modèles à imiter, ce qu'Aragon fait par exemple dans la strophe suivante :

---

1. N.B. 1946. — Il est certain que plus tard, dans la Résistance, Aragon a fait son devoir comme beaucoup d'autres. Il serait stupide de reprocher à Aragon de n'avoir pas été pendant la guerre torturé ou fusillé par la Gestapo, mais il est également stupide d'essayer de rendre sensationnels des actes qui ne furent que l'accomplissement d'un devoir, imposé à notre époque à des milliers d'anonymes, et c'est ce qu'ont fait les admirateurs anglais d'Aragon, et c'est contre eux que je m'élève.

> *« Parler d'amour, c'est parler d'elle et parler d'elle C'est*
> *toute la musique et ce sont les jardins Interdits où Renaud s'est*
> *épris d'Armide et l'Aime sans rien dire absurde paladin »…*

Il donne ensuite d'autres exemples de ces rimes nouvelles : (ivresse — est-ce ; Ourcq — vautour — cour) qui font dresser les cheveux et conclut avec son habituelle modestie :

> *« Je cesse avec celui-ci mes exemples, certain d'avoir montré*
> *la voie aux chercheurs d'équations poétiques nouvelles,*
> *et déjà assuré de ce hochement de tête qui accueillera au*
> *printemps 1941 de semblables considérations… »*

Tels sont donc les propres commentaires d'Aragon sur *Le Crève-Cœur*. Quant aux poèmes en eux-mêmes, étant donné notre nostalgie de la France, ils fournissent une lecture extrêmement mélodieuse. Tout d'abord, tous les vers se terminent par une rime, plaisir dont nous sommes privés depuis longtemps. Ensuite ils sont écrits en français, c'est-à-dire qu'ils fondent dans la bouche comme un rahat-loukoum. «L'usage du cabinet est interdit pendant l'arrêt du train en garc [1] » cst un simple avertissement, mais on croit entendre en l'écoutant les pures harmonies des sphères quand on a été coupé du continent depuis quatre ans. Pour l'amoureux de la France, lorsqu'il est loin d'elle, même les noms des stations de métro (Vavin, les Buttes-Chaumont, Réaumur-Sébastopol, Porte des Lilas) produisent sur les réflexes conditionnés une excitation nostalgique. On ressent d'abord une agitation puis une contraction du cœur et le mucus du catarrhe français commence à couler. Si l'on enlevait à Aragon le bénéfice de ces réflexes provoqués par la nostalgie et par l'association des tons majeurs et mineurs et qu'on le ramenât au dépouillement qui est le propre des poètes anglais devant leurs critiques infaillibles, on le jugerait probablement excellent homme de métier, dans la plus petite des mares

---

1. En français dans le texte.

l'une des plus grosses grenouilles et il s'entendrait dire que « s'il réussissait à s'affranchir de son maniérisme, de ses acrobaties faciles, de ses images tantôt abstraites, et tantôt mièvres, etc. (ici petite tape sur l'épaule) il pourrait devenir un jour un très bon poète ». Mais appeler *Le Crève-Cœur* comme on l'a fait le « S.O.S. de l'Europe », est une insulte à l'Europe et un blasphème envers les morts.

Enfin, il y a *Le Silence de la mer* de Vercors. L'auteur, nous dit-on, serait un écrivain français très connu caché sous un pseudonyme. Voici comment se déroule l'histoire :

Un officier allemand est logé dans une maison française où vivent un vieillard et sa nièce. Le nom de l'officier est Werner von Ebrennac. Il est musicien, compositeur, jeune, beau, cultivé, extrêmement sensible, il admire et il aime la France, il connaît à fond les classiques français et il est convaincu que la guerre finira par une réconciliation éternelle, par une sorte de mariage spirituel entre l'Allemagne et la France, sous la tutelle culturelle de cette dernière. C'est ce qu'il dit d'une voix agréable, basse, modeste, le dos au feu dans le salon, pendant tout l'hiver 1940-1941 au vieillard et à sa nièce, bien que ces deux derniers ne prononcent pas un mot et n'ouvrent pas la bouche et qu'ils écoutent ses monologues pendant plus de cent soirées d'hiver dans un silence de pierre, tels des sourds-muets, le vieillard en fumant sa pipe, la nièce en continuant à broder son ouvrage. Enfin, Werner s'en va à Paris, découvre que les nazis sont des brutes (bien qu'il fût partisan de la République de Weimar, extrêmement sensible, cultivé, etc., etc., il ne s'en était encore jamais rendu compte) et désespéré, il décide d'aller se faire tuer comme volontaire sur le front russe. À l'annonce de cette décision, la nièce (qui naturellement est aussi amoureuse de lui que lui d'elle) lui adresse son premier et dernier mot : « Adieu. » Le récit, à la première personne du singulier, est fait par le vieillard.

Considérons d'abord cette histoire sous l'angle psychologique. Peut-on imaginer qu'un homme sensible continue à parler pendant plus de cent nuits à des gens qui font semblant de ne jamais le voir, et qui ne lui répondent jamais ? Au plus tard dès la seconde soirée, il aurait une crise de nerfs et ferait quelque chose d'absurde, ou bien claquerait la porte et s'en irait dans sa chambre pour ne plus jamais revenir dans le salon. Les mêmes réflexions s'appliquent à la conduite de la jeune fille et du vieillard pendant «les cents soirées et davantage».

Psychologiquement, l'histoire ne tient pas debout, mais politiquement, elle est pire. Toutes les paroles et toutes les pensées de cet aristocrate éclairé vont diamétralement à l'encontre du nazisme — mais il est évident que l'auteur exècre l'idée que la fidélité d'un homme à ses convictions politiques puisse être plus forte que sa foi patriotique[1]. Aussi von Ebrennac devient-il une sorte de schizophrène ou de somnambule, qui, malgré la vivacité de son intelligence, n'a apparemment jamais lu un discours d'Hitler, ni vu un journal dans les dix ans qui se sont écoulés entre l'incendie du Reichstag et l'invasion de la Pologne. C'est la seule façon possible de résoudre la contradiction, d'éviter les implications sociales et de réduire le débat posé par la guerre actuelle à une allégorie patriotique franco-allemande, style 1870 ou même 1815.

Ce qu'il y a de plus exaspérant dans ce petit livre, c'est le mélange d'arrogance et de complexe d'infériorité. S'il a jamais existé un ami de la France noble, bien intentionné, généreux, c'est ce héros rêveur qui pousse l'amour jusqu'au suicide. Alors pourquoi le punir par ce silence arrogant et stupide ? Uniquement parce que cet antinazi est né de parents allemands ? Nous avons là, en 1942, la répétition étrangement exacte de la mentalité qui en 1939 envoyait dans les camps de concentration français les Allemands antinazis. M. Vercors n'a pas plus appris que les politiciens français qui se chamaillaient en exil. La souffrance n'a pas nécessairement un effet purificateur, les chocs psychologiques peuvent produire des conséquences diamétralement opposées. Et il est temps que les admirateurs de la grande tradition de la culture

---

1. Mes excuses à M. Vercors. Il est évident que je me trompais pour ce qui est de ses opinions personnelles ; quant à son livre, je n'ai pas changé d'avis.

française apprennent à distinguer entre le nimbe des vrais martyrs et les illusions qu'offre à leurs yeux brûlants le prisme de fièvre.

D'autres, qui pourraient légitimement parler au nom de la France, se taisent. Ils savent, comme le dit le proverbe chinois, qu'il est un temps pour aller à la pêche et un temps pour faire sécher les filets. Mais il existe un marché noir de la littérature où le sacrifice des hommes, leur lutte et leur désespoir sont commercialisés, et où le courage est tourné en dérision. Tout ce brouhaha littéraire donne une image à peu près aussi juste du peuple français que Hollywood des mouvements de résistance en Europe. Il ne sert en rien la cause de la France et il détourne dangereusement l'attention des problèmes véritables que nous aurons à affronter.

Les tentations du romancier[1]

I

Un des grands romanciers russes — je crois que c'était Tourgue-
niev — ne pouvait travailler que les pieds dans un baquet d'eau
chaude placé sous son bureau, et face à la fenêtre ouverte de sa
chambre. Il me semble que c'est une parfaite explication du romancier. Le baquet d'eau chaude figure l'inspiration, le subconscient,
la source créatrice (appelez cela comme vous voudrez). La fenêtre
ouverte figure le monde extérieur, la matière première d'où l'artiste
tirera son œuvre.

Laissons de côté le baquet d'eau chaude et supposons que notre
romancier est un artiste authentique, doué de puissance créatrice ;
et examinons le problème de la fenêtre ouverte et de son influence
sur l'homme assis derrière son bureau.

La première tentation, et la plus forte, que le monde au-delà de
la fenêtre exerce sur l'écrivain est la tentation de tirer les rideaux
et de fermer les volets. Mais cette réaction si simple en apparence
présente des points intéressants et variés. Ce que le geste a peut-être
de plus dangereux est qu'il semble si naturel. L'écrivain a besoin
de concentration ; il a les nerfs facilement troublés. Il lui faut faire
un effort immense et toujours renouvelé pour supporter la fenêtre

---

1. Conférence prononcée au 17ᵉ Congrès international du P.E.N. Club en septembre
1941.

ouverte, pour laisser entrer dans sa chambre les cris perçants, les rires, les gémissements et les éphémères cris de guerre.

La tentation de fermer la fenêtre offre un autre aspect qui ne ressemble en rien à la forme traditionnelle des tentations et lui est précisément opposée. Le Tentateur n'en appelle pas aux désirs charnels, mais aux plus hautes régions de l'esprit. Ses appâts sont: la Paix, la Beauté, peut-être même la Communion avec Dieu. Le démon ne veut pas vous prendre votre âme, mais vous la donner. Il murmure: «Ferme la fenêtre — Le monde est sans espoir — Toute action est mauvaise — Tire les rideaux, oublie ces sauvages cris de guerre, laisse le silence emplir tes oreilles et le demi-jour de l'éternité baigner tes yeux brûlants.»

Derrière les persiennes closes, il naît ainsi des constructions étranges et parfois belles, des plantes de serre chaude, des intrigues et des personnages de serre chaude. La tour d'ivoire n'a été qu'une forme passagère de la chambre close. Il en est d'autres; car la décoration de la chambre aux rideaux tirés est, chose étrange, conforme à la mode de l'époque, bien que la mode et l'époque soient censées n'y pas pénétrer. La tour d'ivoire était une création d'esthète: d'autres sont des créations de moralistes. Ceux qui les habitent ne jouent pas de la cithare pendant l'incendie de Rome: ils prient. La chambre aux rideaux tirés peut devenir la nef d'une cathédrale où un romancier russe et barbu chante des hymnes pour expier son passé révolutionnaire; elle peut devenir une sorte d'aquarium sous-marin peuplé de monstres sous la lumière phosphorescente des grandes profondeurs, ou bien la cellule capitonnée de Guy de Maupassant et de Gérard de Nerval. La dernière en date des transformations paraît être un ermitage exotique où l'on puisse accomplir les exercices du Yogi. Il semble presque que la Décade Rose doive être suivie par la Décade Yogi. Et voilà pour la Tentation n° 1.

Dans la Tentation n° 2, l'action de la fenêtre ouverte sur le romancier s'exerce non sous forme de pression, mais sous forme d'aspiration. L'homme derrière son bureau est tenté non pas de fermer la croisée, mais de se pencher à la fenêtre. Il est tellement fasciné par les événements de la rue qu'il commence à gesticuler, à crier et à déclamer. Nous avions en premier lieu une force créatrice intacte, sans perception de la réalité, nous avons maintenant une perception brûlante de la réalité, mais que le processus de création ne digère pas. En se penchant trop en dehors de la fenêtre notre auteur a dû retirer les pieds du baquet d'eau chaude ; en termes techniques, il a cessé d'être romancier, et il est devenu reporter. Ce serait l'explication de la faillite de beaucoup d'écrivains de la Décade rose. C'était une période où l'on croyait, en lisant les romans, lire les dépêches de correspondants de guerre, envoyés sur le front de la lutte des classes. Les personnages y sont des êtres sans épaisseur, des êtres à deux dimensions, qui sur un arrière-plan de feu se livrent des batailles d'ombres.

Dans le roman « période rose » les gens ont une dimension par rapport à leur classe (la longueur) plus, si l'on veut, une dimension par rapport à leur sexe (la largeur), mais la troisième dimension, la dimension irrationnelle (la profondeur), a été perdue ou bien atrophiée.

Dans la Décade yogi, la dimension irrationnelle prend sa revanche en dépassant toutes les autres. Les quelques auteurs qui ont survécu à « la période rose » sont ceux qui, même au plus fort de la bataille, n'ont jamais perdu de vue la dimension irrationnelle — par exemple : Silone et Malraux. Mais ce sont des exceptions.

Il est apparemment difficile d'avoir, en même temps, la fenêtre ouverte et les pieds dans le baquet d'eau chaude. — Toutefois, beaucoup de romanciers, anciens et modernes, s'en tirent par un compromis ; et ce compromis est l'essence de la Tentation n° 3.

La fenêtre n'est alors ni ouverte ni fermée, mais entrouverte et les rideaux sont tirés de façon à ne laisser voir qu'une partie limitée du monde extérieur, tout en cachant aux yeux de l'auteur les spectacles les plus propres à troubler la paix de son âme. L'auteur peut même placer un télescope dans un trou du rideau et obtenir ainsi l'image admirablement nette d'une petite fraction du monde, sans peut-être beaucoup d'importance. On peut ainsi réaliser des œuvres d'une valeur incontestable, bien qu'elles ne soient faites que de phénomènes extérieurs fragmentaires — c'est l'amour sans sexe, le travail sans sueur, la lutte des classes sans haine, les humeurs noires sans constipation. On peut diriger le télescope dans une autre direction, ouvrir le volet gauche au lieu du volet droit. On obtient alors le sexe sans l'amour, et une image télescopique aiguë de la constipation, de la haine, de la sueur. Cette optique fragmentaire a fait naître des œuvres de valeur. Pourquoi dire alors de cette méthode si efficace que « c'est succomber à la tentation » et pourquoi exiger que la fenêtre soit grande ouverte ? C'est que la méthode du trou dans le rideau peut donner à l'occasion des chefs-d'œuvre de virtuosité technique, comme dans le roman victorien ou dans le roman naturaliste, mais elle conduit inévitablement à un point mort, le roman considéré comme un art. Notre admiration pour Dickens ou pour Zola est toujours légèrement teintée d'indulgence bienveillante.

II

En effet, le mot « Tentation » présuppose l'existence d'un chemin qui conduit à un but déterminé, d'un chemin qui va vers la perfection et d'où le tentateur essaie de nous faire dévier. Céder n'entraîne pas nécessairement la faillite artistique ; mais je crois pourtant qu'il existe une grande route qui mène de *Don Quichotte* à *Guerre et Paix* et à *La Chartreuse de Parme*, à *La Montagne magique* et à *Fontamara*, et je crois aussi que *Tristram Shandy* et *Les Hauts de Hurlevent*, *Du côté de chez Swann* et *Les Vagues*, sont des chefs-d'œuvre qui aboutissent à une impasse.

Pour justifier cette différence apparemment arbitraire, retournons à notre fenêtre et surveillons pendant son travail notre auteur après la chute. Les rideaux sont fermés, mais il a fait un petit trou circulaire dans le tissu, il y a ajusté son télescope, et surveille une maison et un jardin : une jeune fille, un bouquet de roses à la main, attend son fiancé. Elle n'est pas nécessairement la jeune fille dont rêvent, dans les faubourgs, les lecteurs des bibliothèques circulantes — c'est peut-être une jeune femme très raffinée qui, dans la main gauche, tient un volume de Proust. «N'est-elle pas séduisante ?» nous demande l'auteur — peut-être un excellent auteur recommandé par la Book Society. «N'est-ce pas qu'elle est vivante ? Elle s'appelle Sylvia.» Il faut avouer en effet que la maison, le jardin, la jeune fille et les roses donnent absolument l'illusion de la vie. Pourtant, ils ont été créés par la méthode du trou dans le rideau. Nous les regardons avec admiration jusqu'à la page 25 ; et puis nous scandalisons l'auteur en lui posant une question : «Je vous demande pardon, mais n'avez-vous pas oublié dans votre arrière-plan la cheminée de l'usine, la désintégration de l'atome, le Singe de Voronoff et les camps de concentration ?

— Vous êtes fou ? rétorque l'auteur, vous voulez que j'ajoute à mon tableau un réfugié allemand, avec des cicatrices sur le dos ?»

Naturellement, la réponse est «Non». Personne ne demande qu'il ajoute quoi que ce soit à son tableau, pas même une cheminée d'usine sur la toile de fond ; cela ne servirait à rien. Mais dans notre esprit, il subsiste une alternative qui exige une réponse, si Sylvia n'est pas une marionnette, mais un être réel, qui vit dans notre siècle, de nos jours et chez nous. Voici l'alternative : ou bien elle connaît l'existence des camps de concentration et continue à ne pas bouger, des roses dans les bras, et ce fait ajoute à son caractère un trait important — qui sans être nécessairement un trait péjoratif demeure important. Ou bien elle n'a jamais rien lu à propos des camps, ou n'en a jamais entendu parler — et voilà un nouvel indice. Ces indices sont de première importance parce qu'ils nous montrent quels rapports s'établissent — ou ne s'établissent pas — entre elle et les faits essentiels de son époque. Mais ces faits essentiels étant cachés à l'auteur par le rideau — il n'a qu'un petit trou — comment peut-il nous montrer les proportions réelles de son héroïne ? Ce n'est pas dans le tableau que nous sentons l'absence de la cheminée d'usine, c'est dans l'esprit de l'auteur.

Le manque d'arrière-plan (non dans le tableau lui-même, mais dans l'esprit de l'auteur) fait que la maison, le jardin et Sylvia avec ses roses ont l'apparence d'une demi-vérité, donc d'un mensonge.

L'auteur ignore ce qui se passe derrière la partie voilée de la fenêtre : cela suffit pour enlever au tableau sa largeur et sa profondeur, sa perspective et ses proportions, et nous faire sentir que, plus on regarde la jeune femme dans son jardin, plus elle ressemble à une figure de cire.

Le roman parfait présuppose, en effet, une fenêtre largement ouverte, et, de la part de l'auteur, une connaissance générale de son temps : aussi bien les courants et les faits essentiels (y compris les statistiques) que les idées et les théories (y compris les sciences naturelles). Bien entendu, il ne faut pas qu'il encombre son œuvre de ces connaissances techniques, il ferait une encyclopédie et non un roman. Il faut que l'utilisation en soit implicite. Elles doivent agir comme catalyseur, comme la salive dans le processus de l'assimilation. Sans elles, les caractères sont déformés, et l'histoire devient aussi arbitraire qu'une intrigue victorienne. L'acte de création présuppose l'omniscience.

III

Mais tout cela n'est-il pas un peu abstrait ? Dans des centaines de romans, et parmi eux il en est d'excellents, la jeune femme est encore triomphalement debout dans son jardin et serre encore ses roses dans sa main tendue. Nous n'avons qu'une seule objection à son égard : c'est que l'auteur ne la voit pas, ou ne peut pas la voir, dans la perspective de son milieu véritable, dans le monde de la désintégration atomique et des lance-flammes. Mais on objectera que l'étroit univers qui « détermine » son tempérament peut n'avoir en fait aucun rapport avec les événements désagréables que nous nous obstinons à considérer comme essentiels. N'existe-t-il pas des millions de Sylvia qui ne sont atteintes ni par les lance-flammes, ni par les problèmes de leur temps ? Et n'est-il pas possible d'écrire sur elles d'excellents livres ?

Imaginons un être humain vivant sur une île isolée du reste du monde et dans l'ignorance complète de ce monde. Dans le *réel*, sa personnalité est naturellement déterminée par le milieu où il vit ; cependant, ses traits les plus intéressants, en tant que *personnage de roman*, seront justement l'ignorance où il se trouve des faits essentiels de son temps, et ses rapports (négatifs) avec l'univers. Nous le voyons dans la perspective propre au roman ; c'est-à-dire que *nous savons sur lui plus qu'il n'en sait lui-même*. Dans la vue que nous avons de lui, nous avons compris tout l'arrière-plan, les villes, les montagnes et les rivières qui lui sont inconnues ; et c'est seulement en le situant dans ces rapports avec ces villes, ces rivières et ces montagnes, que nous lui donnons sa vie de personnage de roman — autrement dit son caractère romanesque n'est pas seulement déterminé par la petite île qui l'entoure et qui forme pourtant le cadre unique de sa vie réelle, mais par le milieu lointain avec lequel il n'a aucun point de contact. Si j'efface de mon esprit ce lointain milieu qui cependant l'entoure, il vivra en tant qu'être réel, mais il sera mort en tant que personnage de roman. Et les camps de concentration, les cheminées d'usine et les lance-flammes sont-ils moins réels ou moins significatifs que les rivières et les montagnes ?

La loi de la perspective du roman prescrit qu'il ne suffit pas à l'auteur de créer « la vie réelle », il faut aussi qu'il en inscrive le lieu géométrique dans le système coordonné, dont les axes sont les faits, les idées et les tendances dominantes de son temps ; il lui faut faire le point de la situation de son personnage dans le temps et dans l'espace. La véritable Sylvia gravite dans un petit tourbillon de facteurs déterminants ; tandis que l'auteur, en l'élevant à la vie du roman, la place au centre d'un tourbillon formé par les grandes moussons, par les dépressions et les ouragans de son temps. Naturellement, il n'est pas nécessaire de les décrire ni même de les mentionner. Mais il faut qu'on en éprouve implicitement la présence.

C'est la seule façon pour le romancier de ne pas dévier de la grande route et d'éviter les ornières et les impasses. Sa valeur est en rapport direct avec la largeur et la profondeur de sa vision. Il faut que sa fenêtre embrasse tout le panorama même s'il n'a pour sujet que la jeune fille dans le jardin. Il faut que ses oreilles entendent les harmonies et les discordances de la grande symphonie, même s'il ne concentre son attention que sur le son d'une seule flûte.

IV

Puisque l'auteur est notre contemporain, ce qu'il éprouvera sera surtout la souffrance. Peut-être qu'à d'autres périodes s'occuper de politique fut une tentation pour l'artiste. Dans la période actuelle, la tentation est de ne pas s'occuper de politique.

Cependant, quelles que soient les convictions de l'auteur, toute idée — politique, philosophique, scientifique —, n'a de valeur romanesque et de raison d'être que si elle est assimilée par les personnages du roman. Dans le roman véritable qui s'oppose au reportage et à la chronique, l'action principale se déroule dans le cœur et dans le cerveau des personnages. Ainsi les faits et les idées ne sont exprimés qu'après un double processus d'assimilation.

C'est un processus étrange et quelquefois douloureux. Quand je pense à l'espèce dite Romancier, je me souviens toujours des mœurs étranges des termites d'Australie. Les fourmis de cette espèce ne sont pas normalement capables de profiter de la nourriture qui est à leur portée à cause d'une insuffisance de leur appareil digestif. Elles mourraient de faim sans l'existence de certaines ouvrières spécialisées qui rentrent la récolte, dévorent et digèrent la nourriture et nourrissent toutes les autres fourmis, reine, ouvrières et adultes ailés du contenu de leur estomac — chez quelques espèces, ces ouvrières spécialisées ne quittent jamais le nid ; elles demeurent suspendues, la tête en bas, accrochées aux voûtes obscures et aux tunnels de leurs termitières et, en l'absence d'autres réceptacles, elles se transforment en réservoirs vivants ; en citernes, en pots de miel — et dans leurs énormes ventres distendus et élastiques, on déverse la nourriture, que l'on pompe ensuite quand on a faim.

Accroché la tête en bas aux voûtes obscures de nos termitières, pour fournir aux guerriers et aux adultes ailés les aliments prédigérés d'une amère et vénéneuse moisson, l'artiste d'aujourd'hui incline à des réflexions plutôt sinistres. Il a parfois l'impression d'être le seul adulte au milieu d'êtres qui en sont encore à souiller leurs couches. De là son devoir et sa nécessité dans un monde où nul n'est à son aise : *le devoir de ne pas accepter*.

En fait, toutes les tentations dont j'ai parlé ont un commun dénominateur : la tentation d'accepter. Fermer la fenêtre « pour embrasser l'absolu » veut dire qu'on reconnaît pour incurable la folie du monde extérieur et qu'on dégage sa responsabilité. Laisser la fenêtre entrouverte et cacher les spectacles les plus désagréables veut dire acceptation et complaisance. La complaisance est une complicité passive, et dans ce sens tout art est propagande, par ce qu'il omet et ce qu'il rapporte. Mais seulement en ce sens. La propagande consciente équivaut à l'abdication de l'artiste et représente une autre forme d'évasion — évasion dans les terres bénies du dilettantisme où toutes les difficultés se résolvent facilement.

L'artiste n'est pas un chef : sa mission n'est pas de résoudre, mais d'exposer, non de prêcher, mais de démontrer. « De nos querelles avec les autres, nous faisons de la rhétorique, mais de nos querelles avec nous-mêmes, nous faisons de la poésie » dit Yeats. L'artiste doit laisser aux autres le soin de guérir, de prêcher ou d'enseigner ; mais en exposant la vérité avec ses moyens propres et spécifiques, il crée l'émotion qui porte vers la guérison.

Ainsi l'écrivain a-t-il un devoir social et une fonction bien définie à remplir. Quand il s'embarque dans un roman, l'autre ressemble à un capitaine de vaisseau qui entreprend un voyage avec les ordres cachetés dans sa poche ; quand il ouvre l'enveloppe en pleine mer, il constate que les ordres sont écrits à l'encre invisible. Incapable de les lire, il a cependant constamment conscience d'un devoir à accomplir — car il commande un vaisseau de guerre et non un yacht de plaisance. Les ordres indéchiffrables, mais impératifs, qu'il a dans sa poche le remplissent de la conscience de sa responsabilité. Dans la mission de l'écrivain, c'est en cela que réside la grandeur, c'est là que se trouve l'écueil.

Le Grand Illuminé [1]

La seule phrase qui le révèle tout à fait n'a jamais été traduite exactement. L'original dit : « *In der Groesse der Luege liegt immer ein Faktor des Geglaubtwerdens.* » Il est difficile d'en donner le sens littéral, car la phrase n'a pas de structure logique ; c'est une proposition de mystique faite en sa propre langue. Traduisons, approximativement : « La grandeur d'un mensonge contient toujours un élément qui veut être cru. » Notez que le verbe « contient » a pour sujet grandeur et non mensonge. Le mot « grandeur » ici a un sens mystique double. Il indique à la fois la quantité (un gros mensonge) et la grandeur, la majesté. Ce mensonge superbe, l'apothéose du Mensonge Absolu, contient une qualité, celle d'être cru, autrement dit, le mensonge n'est pas laborieusement construit pour être cru, il naît par intuition et sa grandeur même impose automatiquement l'adoration. Voilà une des clefs du mysticisme de l'Illuminé ; celle qui lui a ouvert en fait la porte du pouvoir. Évidemment, si la clef fut étrange, la serrure a dû l'être encore plus.

Mais la serrure est un problème qui regarde l'historien ; ici seule la clef nous intéresse. L'illuminé, dans sa jeunesse malheureuse, a frappé à de nombreuses portes et il a toujours été évincé. Il a essayé d'être artiste, mais ses couchers de soleil à l'aquarelle ne se sont pas vendus. Il a travaillé dans un chantier, mais n'est pas entré dans la fraternité de ses compagnons parce qu'il buvait du lait au lieu de bière, et qu'il faisait des discours. Il s'est enrôlé dans

1. Publié dans la série « Profils anonymes », *Observer*, octobre 1942.

l'armée, mais n'a jamais pu dépasser le premier galon. Il a vécu dans les asiles de l'Armée du Salut, sous les ponts et dans les abris de rencontre, il s'est mêlé au *Lumpen-Proletariat*, aux proscrits nomades du no man's land de la Société. C'est une période qui a duré plusieurs années ; expérience unique pour un futur homme d'État. C'est là que le passe-partout commence grossièrement à prendre forme, la forme d'un souverain mépris du peuple. Il est vrai qu'il a pris le rebut pour la substance, mais cette erreur s'est révélée profitable, et non pas nuisible. Il a eu l'intuition que la mentalité de la masse n'est pas la somme totale des mentalités individuelles qui la composent, mais qu'elle en est le plus petit commun dénominateur, que les forces intellectuelles n'y forment pas bloc, mais s'éparpillent par l'interférence des intelligences, de même que la lumière plus la lumière donne l'obscurité ; et que par contre les résonances émotionnelles s'y amplifient par induction et retour sur elles-mêmes comme le courant dans une bobine électrique. En descendant dans la plus basse couche de la Société, l'Illuminé a fait la grande découverte de sa vie ; il a découvert le plus petit dénominateur commun. Le passe-partout était trouvé.

Il exerça d'abord sa magie sur lui-même. En lui le ressentiment fit place à l'inspiration. Son visage des premières années, informe pudding barré d'une tache noire horizontale, s'est animé à mesure que la lumière de l'obsession s'allumait derrière ses prunelles. Ses traits conservèrent leur ridicule, avec la tache noire sous le nez en trompette et une seconde tache noire collée sur le front, mais il s'en dégageait maintenant quelque chose d'horrible et de grotesque comme des masques totémiques portés aux danses rituelles qui accompagnent les sacrifices humains. Sa voix perçante devint encore plus perçante, propre aux incantations extatiques, et les slogans qu'elle prononçait étaient simples et monotones, sans cesse répétés comme le battement rythmique du tambour dans la brousse. Il le savait et, en ces jours du début, il s'appelait lui-même : le Tambour.

Il parla d'abord dans de petites réunions et essaya la formule : désintégration de l'intelligence par interférence, augmentation de l'émotion de la foule par induction. Cela réussit. C'était après la défaite de son pays, aux jours où les généraux vaincus étaient à la recherche d'idées fixes pour détourner utilement les forces d'une populace aigrie ; il incarna parfaitement l'idée fixe. Les effets n'en furent visibles que plus tard, mais ce fut un événement historique : la clef avait trouvé sa serrure.

On écrit toujours l'histoire avec des clefs et des serrures ; les clefs sont faites par des facteurs individuels subjectifs, les serrures par d'objectives constellations dans la structure de la Société. Si le cours de l'histoire est fixé dans ses grandes lignes, il reste toujours une marge pour l'indéterminé — c'est la marge du hasard dans tous les calculs de probabilité — le hasard d'une serrure donnée qui rencontre une clef qui s'y adapte, et inversement. Combien de Robespierres en puissance sont morts avocats sans cause à Châteauroux ? Nous ne le saurons jamais. Et inversement, si les Gracques avaient été un peu moins dilettantes, Rome aurait peut-être survécu, et si l'Illuminé avait été tué à temps, Weimar aurait peut-être survécu, et peut-être la guerre actuelle aurait-elle été retardée ou même évitée. Les choses étant ce qu'elles sont, il faut que les hommes aillent à la mort les yeux ouverts, pour remplir la marge aveugle du hasard ; et le danger subsiste qu'un pareil phénomène se reproduise demain ; le danger subsiste qu'un autre illuminé découvre la clef qui rend maître des masses ; jusqu'au jour où le plus petit commun dénominateur des hommes aura peu à peu dépassé le niveau de ses capacités. C'est peut-être là que réside le débat fondamental entre la Démocratie et la Dictature.

En mémoire de Richard Hillary[1]

I

Parler d'un ami mort, c'est parler contre le temps, c'est courir après une image qui s'enfuit ; c'est la saisir, l'arrêter, avant que le mythe ne la change en pierre. Car les morts sont arrogants ; il est aussi difficile d'être à l'aise avec eux qu'avec quelqu'un qui a été nommé officier après avoir servi avec vous comme simple soldat. Leur silence entêté nous engourdit ; on a perdu la course avant le départ, on ne pourra jamais les saisir tels qu'ils furent. Le mécanisme fatal qui forme les légendes fonctionne déjà ; les petits souvenirs amusants se pétrifient, et se transforment en anecdotes biographiques, et les épisodes qui furent sans poids se suspendent comme des stalactites aux voûtes de la mémoire.

En temps de guerre, les morts s'éloignent plus vite et les mythes se forment plus rapidement ; une légende grandit déjà autour de Hillary et il est facile de prévoir qu'elle ira se développant et s'enrichissant jusqu'à ce que son nom devienne un des noms symboliques de cette guerre. On ne peut pas agir sur

1. Publié dans *Horizon*, avril 1943, sous le titre : *La Naissance d'un Mythe*.

Richard Hillary, auteur de *La Dernière Victoire*, est entré dans la Royal Air Force comme pilote de combat en 1939 ; il avait dix-neuf ans. Son appareil fut descendu pendant la bataille d'Angleterre, et il fut grièvement brûlé et défiguré.

Malgré son mauvais état physique, il exigea de reprendre du service actif et fut tué dans un accident inexpliqué, dans un vol d'entraînement de nuit, le 8 janvier 1943, à vingt-trois ans.

l'évolution d'un mythe et il ne faut pas essayer. Car les mythes se développent comme des cristaux ; il y a dans le milieu social une émotion latente et diffuse qui cherche à s'exprimer comme les molécules dans une solution saturée cherchent à se joindre en masse cohérente ; aussitôt qu'elles trouvent un noyau approprié, elles se groupent autour de lui, le cristal se forme, le mythe est né.

Bien entendu, la question est de savoir ce qui fait d'un être un noyau approprié ? Il faut qu'il ait des affinités avec ce sentiment vague et diffus, avec le désir qu'ont les masses de trouver un certain type de héros capable de devenir un mythe ; il faut que ce qu'il exprime spontanément soit le contenu inconscient de ce désir. En un sens, la vie et la mort de Hillary étaient symboliques et il le savait — mais symboliques de quoi ? C'est ce qu'il ne savait pas et qu'il aurait beaucoup aimé savoir.

> ... « *J'écris ceci avant d'aller me coucher et je me sens un peu mal car j'ai appris aujourd'hui que Colin Pinckney a été tué à Singapour. Vous ne le connaissez pas, mais vous le connaîtrez et j'espère que vous l'aimerez quand vous lirez mon livre. Sa mort fait un parfait post-scriptum et me rappelle une fois de plus une question que j'ai soulevée dans mon bouquin et à laquelle j'ai essayé de répondre, la question de la responsabilité qui incombe à celui qui reste. Je dis celui qui reste, car je suis maintenant le dernier. Il est étrange que moi qui ai si peu donné je sois le seul qui reste. Pourquoi ? Je me le demande*[1]. »

Quelle sorte de responsabilité lui était donc échue ? De quoi donc était-il le symbole ? Un mythe peut grandir et nous attirer, un mythe peut nous obliger à répondre, comme un diapason à la vibration d'une corde tendue, et cependant nous pouvons ne pas savoir pourquoi ; nous sentons le symbole sans l'avoir déchiffré.

---

1. Lettre à X, 1-3-42.

Après tout, il a fallu attendre deux mille ans pour qu'on nous explique pourquoi le mythe d'Œdipe Roi nous coupe le souffle.

Dès l'âge de vingt ans, Hillary, qui devait mourir à vingt-trois ans, se préoccupait de trouver cette réponse, d'analyser le point de départ de la légende qu'il sentait se refermer sur lui. Il savait qu'il allait mourir, et il voulait trouver le pourquoi. En fait, il avait délibérément choisi une direction qui, il le savait, ne pouvait aboutir qu'à sa mort.

> ... « *Vous me demandez d'avoir la foi, chérie*[1]. *Oui, mais en quoi ? Vous dites : "Tout ira très bien." Cela dépend de ce que vous voulez dire par très bien. Si vous voulez dire qu'il va arriver un miracle et que je recevrai l'ordre de faire un travail que je ferai non seulement bien, mais même avec plaisir, alors je dis non : C'est très mauvais et très démoralisant de s'attendre à ce genre de miracle. Si vous voulez dire que j'ai bien fait de revenir*[2], *alors oui. Mais si vous voulez dire que je vais survivre, eh bien, je dis encore non. Si les choses vont à leur conclusion logique, il n'y a pas de raison que je survive. Après quelques heures de vol, l'instinct me dit que je vais survivre, tandis que la raison me dit le contraire — et cette fois la raison ne se trompe pas.* »

Et encore :

> « *Comme avant, plus je vais, plus l'instinct me dit que j'en sortirai, mais la raison me dit que non, que mes chances diminuent de plus en plus. Et, cette fois, la raison ne me trompe pas. J'en sais trop pour qu'il n'y ait aucun doute là-dessus...* »

N'est-ce pas un peu bizarre ? Car normalement c'est l'instinct qui nous avertit et nous met en garde, et la raison qui nous rassure. Pour lui, c'est le contraire qui se produit. Mais il y a encore

---

1. Lettre à X, 1-12-42.
2. Il a recommencé à voler deux ans après son premier accident.

quelque chose de plus extraordinaire. Nous avons vu combien cet instinct était perfide. Il le savait et le répétait souvent. Ex.: « Déjà, la potion commence à agir. J'entre au mess d'un pas léger, etc.» Et cependant il prend la décision fatale de recommencer à voler, en suivant délibérément son instinct et contrairement à sa raison. Quelques jours après son arrivée, il écrit:

> « On peut raisonner éternellement et la raison vous dit finalement que telle ou telle chose est une folie, mais c'est l'instinct qu'on écoute...»

Et dans une autre lettre:

> « C'est en effet un drôle de lieu pour la fin du voyage[1]. »

Ainsi, il se méfie de son « instinct » quand il lui dit qu'il va survivre, mais il s'y fie quand il le pousse vers la fin du voyage. Qui trompe l'auteur? Apparemment, l'« instinct » trompe sa victime: il l'attire dans un piège mortel par le mirage de sa brillante invulnérabilité. Mais, en y regardant de plus près, on découvre que la victime se laisse conduire dans le piège les yeux ouverts et l'esprit ironiquement en alerte.

> « J'éprouve le même sentiment que le gangster des films de Hollywood, qui est retourné volontairement en prison, lorsqu'il entend les grilles se refermer sur lui pour la dernière fois[2]...»

Cet « instinct » curieux et suspect dont il accepte la décision et dont il repousse les consolations, — non sans rancune, non sans nostalgie, non sans discussion et même non sans larmes, « comme un enfant », mais auquel enfin il se soumet en acceptant humblement son destin — cet « instinct » nous semble maintenant une force vraiment très étrange. Nous n'avons pas encore de terme

---

1. Lettre à X, 25-11-42.
2. Lettre à X, 25-11-42.

scientifique pour le nommer ; mais il ressemble étrangement à cette force qui fait que le cristal, pour réaliser sa forme prédestinée, se referme hermétiquement autour de son noyau et l'emprisonne.

II

On voit là, avec une précision presque clinique, combien le mythe envahit et détruit son objet. On voit dans ses lettres, comment l'image du héros désiré, ardent symbole des espérances de son temps, se glisse en lui comme un microbe sous la peau, pénètre le sang et le brûle, afin de préserver les traits extérieurs du symbole.

Mais tout cela ne répond pas à la question : Quel symbole ? Après tout, Pat Finucane a abattu 32 avions, et Hillary 5 seulement (et 3 probables). Il n'a même pas été décoré. Et *La Dernière Victoire*, le livre le plus riche de promesses de sa génération, n'est pas une œuvre accomplie. Que se passe-t-il donc ? Quelle est l'attitude, l'idée, quel est l'état d'esprit, l'espoir latent qu'il exprime ? Le jeune Hillary lui-même aurait donné n'importe quoi pour le savoir, mais cela ne lui fut pas permis. C'eût été contre les règles du jeu, car, dans ces obscurs royaumes il faut toujours que le bien se fasse pour de mauvaises raisons. Son « instinct ne se trompait pas là-dessus [1] » ; il n'en savait pas davantage, mais il faisait tentative après tentative pour expliquer pourquoi son instinct ne se trompait pas. Il ne put y arriver, car s'il avait réussi à l'analyser, l' « instinct » serait mort, et lui-même aurait survécu. Il a fallu qu'il meure à la recherche de sa propre épitaphe.

La première qu'il se proposa fut ces quatre vers de Verlaine :

> « Quoique sans patrie et sans roi
> Et très brave ne l'étant guère,
> J'ai voulu mourir à la guerre :
> La mort n'a pas voulu de moi. »

---

1. Lettre à X, 25-11-42.

Mais cela faisait encore partie de sa première jeunesse, du malaise de l'adolescence, de la pose nihiliste d'après la puberté. Il les écrivit rétrospectivement, pour clore le premier chapitre de La *Dernière Victoire*. Mais le dernier chapitre se termine sur un accent profondément différent ; il lui semble que « le voile se soulève sur des possibilités de pensée qui jusque-là étaient hors d'atteinte de l'esprit humain », et l'épitaphe devient :

> *« Le sentiment d'être tout et l'évidence de n'être rien. C'était moi. »*

Dans l'épilogue du livre, la facilité éblouissante des chapitres précédents devient un bégaiement presque inarticulé. Mais une fois la crise surmontée — l'inévitable processus de mort et de renaissance de la personnalité — il repart à la recherche de l'idée qu'il représente :

> *« C'est avec hésitation que je me suis mis à écrire ce livre, car je sentais que quiconque essaierait d'expliquer le choc moral produit par cette guerre sur la jeunesse de mon pays — choc qui dépasse les faciles emballements de l'écran — devrait le faire d'une façon compétente et digne du sujet. Je ne sais si j'ai réussi. J'étais à la fin tellement dégoûté des rengaines sur la "Forteresse Angleterre" et sur "Les Chevaliers de l'Air" que je me suis décidé à écrire tout de même ce livre. Je l'ai fait dans l'espoir de faire comprendre à la prochaine génération que, si nous étions stupides, nous ne l'étions pas entièrement ; nous nous souvenions bien qu'on avait déjà vu tout cela dans la dernière guerre, mais que c'est malgré cela et non à cause de cela, que nous étions persuadés qu'il valait encore la peine de se battre cette fois-ci[1]. »*

Cela n'explique pas grand-chose sauf l'expression « Malgré cela et non à cause de cela… » qui en quelque sorte communique à nos diapasons de faibles vibrations. Car nous avons tous plus ou

---

1. Lettre à L.D., Automne 1941.

moins le sentiment de faire cette fois-ci la guerre plutôt « malgré »
que « à cause de » quelque chose. Les grands mots et les slogans
nous embarrassent, nous n'aimons pas qu'on nous croie si naïfs.
Ce patriotisme ironique, cette attitude de chevalier sceptique,
de croisé hérétique, sont des formes aussi typiques du climat
moral de la guerre d'aujourd'hui que les histoires sur le Kaiser à
la dernière ; et elles nous donnent un aperçu des forces qui sont
capables de mobiliser les héros de ce genre. Mais ce n'est qu'un
aperçu et pas davantage. Il est rendu un peu plus explicite dans
une autre lettre, écrite après la torture d'une des nombreuses et
monotones opérations qui lui refaisaient le visage morceau par
morceau jusqu'à ce que, comme pour un vêtement usé, il y eût
plus de pièces que de tissu original. Elle est ainsi datée :

> *À l'hôpital. Dans un lit. En colère,* et dit :
> *« L'humanité est une plaisanterie. C'est la première chose
> à comprendre, si l'on veut combattre pour elle. On n'en tire
> aucun profit et si l'on ne trouve pas que la vertu porte en soi
> sa propre récompense, il faut être assez humain pour en rire ;
> sinon que Dieu nous aide*[1]. »

Six semaines plus tard, après une autre opération (cette fois ce
sont de nouvelles attelles pour les mains), il essaie d'exprimer ce
même insaisissable désir, mais d'un autre point de vue :

> *« Quelle est la qualité particulière de la Royal Air Force ? Trop
> difficile à expliquer. Je suppose qu'il y a quelque chose qui
> maintient ses membres tout à fait à l'écart des autres unités.
> Dire qu'elle a une qualité ésotérique est à la fois fantaisiste
> et faux, cependant, je ne trouve pas de mot plus juste. Il y a
> quelque chose, une connaissance inconsciente si l'on veut,
> qui ne peut naître que d'une synthèse et entre l'humilité et
> la suprême confiance en soi que tous les pilotes de combat
> sentent en eux ; peut-être en définitive est-ce cela. Les êtres*

---

1. Lettre à X, 19-4-42.

humains sont plus étroitement reliés à l'invincible que les organisations, mais une organisation comme la R.A.F. laisse plus de marge aux êtres humains en tant que tels que n'importe quelle autre. Et cependant s'ils éprouvent vraiment cela, c'est inconsciemment, car ils sont étrangement décevants — comme les romans de M. Morgan — le thème est sublime, mais quelque chose manque à l'accomplissement. "Le temps viendra-t-il aux jours de la paix, comme le demande Harrison, où ils remporteront la victoire sur autre chose que sur la peur[1] ?..." »

Comme il est jaloux de l'intégrité de son scepticisme ! Il le poste en chien de garde devant la porte. Il aboie tout le temps — furieux, amusé, excité — mais il ne mord pas, et derrière lui la porte est ouverte, la maison sans défense.

Cinq mois plus tard, l' « instinct » l'emportait et il retournait voler quoique sa main, qui ressemblait à une patte d'oiseau et tenait le couteau et la fourchette comme des baguettes chinoises, n'eût pas la force de manœuvrer le frein du lourd bimoteur sur lequel il s'entraînait. On avait allongé pour lui le levier du frein[2]. Il était incapable de déclencher le train d'atterrissage, et fut obligé de prendre quelqu'un pour le faire à sa place. Quelquefois, il ne pouvait accrocher ses courroies et volait sans être attaché… « car maintenant, je n'y fais vraiment plus attention. Si nous devons tomber, nous tomberons — Si je dois passer à travers le pare-brise, je passerai à travers le pare-brise. » Quelquefois, ses yeux blessés recouverts de paupières artificielles lisaient mal l'altimètre[3]. Il souffrait de migraines terribles, l'altitude le rendait malade[4], l'effort de conduire la lourde machine dans la tempête arrachait la peau à ses mains brûlées[5]. Il était arrivé à tromper les commissions médicales, mais non à se tromper lui-même. Il l'avait échappé belle dans ses

1. Lettre à X, 5-6-42.
2. Lettre à X, 1-12-42.
3. Lettre à X, 30-12-42.
4. Lettre à X, 3-1-43.
5. Lettre à X, 7-3-43.

dernières nuits de vol d'entraînement et tôt ou tard la corde devait casser. Mais alors pourquoi, bon dieu, y retourna-t-il ?

Était-ce par vanité ? « Je me demande si, comme le disait une sotte jeune fille, j'y suis retourné purement par vanité. Je ne le crois pas ; car par ma décision j'acceptais implicitement le fait que je n'en reviendrais pas. » On peut faire le malin et dire que la défense ne réfute pas l'accusation, « qui s'excuse, s'accuse », et ainsi de suite... D'accord, mais alors, il faut trouver un mot plus approprié que « vanité » pour désigner une passion qui accepte l'anéantissement pour se satisfaire. Narcisse ne s'est pas fait brûler vif pour sauvegarder son image dans la source.

Désir d'autodestruction, masochisme, état morbide ?...

> « *Ma chérie, je suis comme un homme qui marche dans un tunnel obscur et aperçoit un point de lumière devant lui ; il saute de joie, puis il hésite, saisi par la peur que ce soit un mirage. Rassuré, il avance, silencieux, le cœur battant, et ce n'est que lorsqu'il trébuche dans la lumière qu'il se détend, et, pleurant de joie, délivre son âme*[1]. »

Un garçon qui écrit ce genre de lettre d'amour, ne me paraît pas un masochiste morbide ; mais, on peut dire là aussi que l'un n'exclut pas l'autre, que les extrêmes se touchent, etc. : d'accord une fois de plus.

Dévouement fanatique à une cause ?...

> « *Je ne pouvais pas décevoir mes amis ou repousser leur pitié mal placée sans que cela parût de la fausse modestie ou une extravagance blessante. Donc, je reste un imposteur. Ils disent : "J'espère que quelqu'un aura le cochon qui vous a eu, ce que vous devez détester ces salauds !" et je réponds faiblement : "Oh ! je ne sais pas", et c'est tout. Impossible d'expliquer que je n'avais pas été blessé dans leur guerre, que ce n'est pas la pensée de notre* Forteresse Angleterre *ou le désir de*

---

1. Lettre à X, 12-2-42.

sauver la démocratie *qui m'enflamment quand je monte au*
combat. Je ne peux expliquer que ce que j'ai enduré, je ne le
regrette en aucune manière ; que j'ai accepté la souffrance et
que, maintenant que c'est fini, j'éprouve en quelque sorte un
sentiment de reconnaissance et la certitude que tout cela sera
utile plus tard à mon développement personnel[1]. »

Mais peut-être faut-il après tout voir là un excès de modestie
ou de l'orgueil déguisé.

Nous pouvons continuer ainsi à être malins et à faire de la
psychologie, à coller des étiquettes sur notre victime jusqu'à ce
qu'elle ressemble à la malle-cabine d'une globe-trotter. Il y aura
toujours une certaine part de vérité dans les analyses de ce genre ;
elles s'appliquent en général à tout le monde, comme les horos-
copes à vingt francs, et si un des adjectifs cliniques ne colle pas
directement, nous pouvons toujours le modifier en mettant un petit
signe moins devant et en l'appelant une activité de compensation
ou la « revanche des répressions ». Nos petits adjectifs nous plaisent
évidemment beaucoup, ils nous protègent du pathétique et de la
gêne que nous éprouverions à affronter l'essence tragique de la
condition humaine. Nous préférons allumer nos petites bougies
sous les étoiles. Mais une fois qu'elles sont consumées, nous nous
retrouvons à notre point de départ, sous un ciel trop vaste pour
nous. Nos adjectifs se fanent, les étiquettes s'arrachent, l'homme
reste seul sous les étoiles, face à cette force sans nom qui est
braquée pour le détruire. Nous observons la lutte, la raison contre
le destin, l'homme contre le mythe, et le mythe dévore l'homme.

« J'y retournerai, je crois. Je ne peux raisonner plus avant.
Il faut que l'instinct décide. C'est peut-être pour cela que
je me suis renfermé en moi-même. Je ne sais pas. Je n'y
comprends rien. (Vous le comprendrez peut-être.) Et cependant,

---

1. *La Dernière Victoire*, page 206.

c'est en quelque sorte une explication... Voilà ces cercles de
paix qui reviennent. Il faut qu'ils reviennent. — Il le faut[1]...»

Comme il se débat dans le filet ! Échapper, vivre — après tout,
il n'a que vingt-deux ans :

> *« Non, chérie, je vous en supplie, ne froncez pas vos jolis*
> *sourcils à la légère et ne vous fiez pas aux apparences, car*
> *ce sont, à peine voilées, les palpitations d'un cœur égaré... Si*
> *j'étais Mr. Beverley Nichols, si j'avais des chaussures de daim,*
> *et qu'il y eût des jonquilles, je sortirais sauter et danser par*
> *simple joie de vivre ; privé de ces trois choses, je me contenterai*
> *d'aller boire un pot au mess, et seule une expression un peu*
> *placide de satisfaction révélera le pressentiment joyeux qui*
> *m'étreint intérieurement[2]. »*

Après tout, il n'a que vingt-deux ans et il a encore dans la
poche un chèque à encaisser du double de son âge. Mais il n'y pas
d'échappatoire et il le sent ; aussi essaie-t-il au moins de donner
un nom à la force sans nom qui le détruit. Nous avons suivi ces
différentes tentatives depuis la première. « Quoique sans patrie et
sans roi », jusqu'à la dernière : « Je ne peux raisonner plus avant.
Il faut que l'instinct décide. » Cependant, quand la décision est
prise, il essaie une fois de plus, post-factum, de la raisonner. Cette
dernière tentative pour déchiffrer l'oracle prédomine dans les
lettres qu'il écrivit pendant les dernières semaines avant d'être tué :

> *« Étrange, votre instinct à propos de Kennington. Si je n'étais*
> *pas allé chez lui, je n'aurais pas lu The Mint et si je ne l'avais*
> *pas lu, je ne serais (peut-être) pas revenu à la R.A.F.[3] »*

---

1. Lettre à X, 6-10-42.
2. Lettre à X, 26-11-42.
3. Lettre à X, 25-11-42. T.E. Lawrence, auteur des *Sept Piliers de la Sagesse*, était
un ami du peintre Kennington, chez qui Hillary a lu le manuscrit inédit du journal de
Lawrence, *The Mint, La Forge.*

Le sens de cette phrase s'éclaircit en lisant le passage suivant, écrit une semaine plus tard :

> « *Quand j'étais encore convalescent, j'ai lu* The Mint, *l'histoire du martyre secret de T.E. Lawrence dans l'armée de l'air ; il décrit sa première période à Uxbridge comme simple soldat de la "Royal Air Force". Ce livre, je l'avoue, m'a fortement influencé, car j'y ai reconnu ce que je cherchais. Lawrence avait trouvé parmi les aviateurs et au milieu des choses ordinaires qu'il partageait avec eux (tyrannie mesquine, etc.) une sorte de camaraderie et de bonheur qui auparavant lui avaient été refusés. C'est pour trouver cela, au moins autant que pour autre chose, que je suis revenu, et cependant*[1]... »

Voilà donc pourquoi il serait retourné à la R.A.F. : à cause de la camaraderie et du bonheur Nous sommes loin de « l'humanité est une plaisanterie » écrit sept mois auparavant. Ceux qui meurent jeunes vont vite, mais ce n'est pas la dernière station. Il y a une étrange ironie dans cette dernière tentative pour expliquer les raisons de son retour, car la lettre continue ainsi :

> ... « *et cependant il est difficile après trois ans de se réorienter. Les jeunes pilotes sont les mêmes et cependant ne sont pas les mêmes... en un sens, moins admirables. Je suis encore en dehors... Je lève la tête quelquefois pendant une leçon technique et je m'attends à voir Noël Agazarian assis à côté de moi, mais à sa place il y a un jeune garçon boutonneux, les doigts dans le nez...* »

Et, un peu plus haut, dans la même lettre :

> « *Ce camp entièrement froid et désert me rend malheureux, non seulement il n'y a ni arbres ni maisons, mais aucun contact humain... Les deux premières nuits, je me suis glissé dans*

---

1. A « A.K. », 3-12-42.

*ma baraque et j'ai pleuré comme un enfant — à ma grande
surprise, car je croyais m'être endurci...»*

Même Lawrence, qui eut une influence si décisive sur lui, ne le
remonte pas. Le premier livre qu'il découvre à la bibliothèque du
camp, ce sont les lettres de Lawrence, choisies par David Garnett.
Elles lui apparaissent chargées d'une curieuse signification. Ainsi,
il cite les réflexions de Garnett sur le désir qu'avait Lawrence de
revenir à la R.A.F.:

> *« On se demande si chez lui la volonté ne dépassait pas
> l'intelligence. La témérité d'un enfant trop fier pour faire
> des histoires est une chose qu'on admire ; chez un homme
> instruit, c'est ridicule et anormal. »*

Ce jugement sur Lawrence, il l'applique *mutatis mutandis*, à
lui-même ; c'est une dévaluation de sa recherche de «la camaraderie et du bonheur.» Il ne cesse de se plaindre de sa déception
et de sa solitude.

> *« Peut-être est-ce simplement la peur d'être si souvent seul
> — amère médecine, alors que j'avais toujours cru beaucoup
> aimer la solitude. Mais l'absence totale de contact humain
> est terrible. Ces gens sont des machines, non des hommes.
> À l'aviation de chasse, il y avait des hommes. On pouvait leur
> parler et les aimer... Je vous aime tellement que, par moments,
> je crois que mon cœur va se briser. Vous êtes tout ce qu'il
> n'y a pas ici — chaleur, humour, humanité et intelligence[1]. »*

Il y a évidemment des moments d'exaltation. Quand les pilotes
plus jeunes le félicitent de son premier vol seul dans un bi-moteur:

> *« Ils sont donc humains après tout. Je me sens envahi d'une
> vieille chaleur bien connue : la drogue fait déjà son effet.*

---

1. Lettre à X, 23-11-42.

Je prends un journal. Le rapport de Beveridge ? Oh ! le type
se préoccupe de l'après-guerre, — pourquoi nous soucier de
l'après-guerre — de toute façon, nous serons morts. Il vaut
mieux regarder Jane dans le Daily Mirror. *On tourne les*
pages, on discute ses jambes : j'observe attentivement les
visages autour de moi, et ce que je vois me plaît. Je suis
heureux. Nous allons dîner et ensuite nous asseoir autour
du feu, commander de la bière, beaucoup de bière et parler
métier. Le temps passe. Me suis-je ennuyé ? Un peu, mais très
peu seulement, car demain je serai de nouveau en forme. »

Mais ces moments de camaraderie et de bonheur sont courts,
et soutenus par une fièvre assez artificielle ; puis la solitude se
referme une fois de plus sur lui. Ses jours sont de nouveau comptés,
il n'en a plus que dix à vivre :

« Je pense à la théorie de K. qui dit que l'espoir de la fraternité
est toujours une quête chimérique à moins d'être ivre ou
physiquement épuisé au milieu d'une foule — comme après
une longue marche.
Ce soir je suis presque convaincu qu'il a raison. Mais je
me refuse à y croire, car c'est justement pour trouver cette
fraternité que je suis revenu[1]. *»*

Dix jours encore et la quête chimérique est terminée. Mais
est-il vrai qu'il soit revenu pour cela — pour trouver la fraternité ?
Et la fraternité avec qui ? Derrière le jeune homme boutonneux,
s'inscrit le visage de Noël Agazarian, celui de Peter Pease, celui
de Colin Pinckney et des autres ; il reste le seul survivant, le
« dernier des garçons aux cheveux longs », des étudiants pilotes
de la Bataille d'Angleterre. Les jeunes aviateurs du camp « ne sont
pas ceux d'autrefois » ; à vingt-trois ans, il a l'impression d'être
anachronique, d'être le survivant d'une autre génération. L'un
après l'autre, ils ont été tués ; il y a une phrase qui revient sans

1. Lettre à X, 30-12-42.

cesse dans son livre et qui donne l'impression d'une monotone rangée de pierres tombales :

> « De ce vol, Broody Benson n'est pas revenu. De ce vol, Bubble Waterston n'est pas revenu. De ce vol, Larry Cunningham n'est pas revenu. Chaque fois qu'ils sautaient dans leur appareil et s'envolaient au combat, ils rendaient instinctivement hommage à leurs camarades qui étaient morts[1]. »

Il était le seul survivant, et il devait continuer à leur rendre hommage, car le survivant est toujours un débiteur. Il croyait revenir pour trouver l'amitié chez les vivants, alors qu'il appartenait déjà à la fraternité des morts.

Si bien que cette dernière tentative pour expliquer et raisonner ses mobiles nous apparaît aussi vraie que la première, mais qu'elle n'est pas la vérité définitive. La vérité définitive est probablement faite de la trame de tous les fils que nous avons relevés, suivis un court moment et perdus de nouveau. Car le dessin de l'étoffe est plus que la somme totale des fils qui la composent ; il s'en dégage des intentions symboliques dont les fils ne savent rien. Les fils sont formés de causes et d'effets, mais le dessin terminé, l'effet semble produire la cause. Les fils obéissent à la causalité, le dessin à la finalité.

III

On m'accusera peut-être de romantisme. Il y a des gens qui aiment que leurs héros soient des idoles d'argile, et d'autres qui aiment les couper en tranches pour les examiner au microscope. Les derniers se réjouiront et les premiers seront indignés par la publication des lettres de Richard Hillary ; car ses dernières lettres

---

1. *La Dernière Victoire*, page 220.

sont terrifiantes. Ce sont les lettres d'un très jeune homme qui sait qu'il est condamné et se regarde dans un miroir.

> « *Toute la journée, les larmes me venaient aux yeux et maintenant, enfin, dans la solitude de ma chambre, je viens de pleurer pendant une heure comme un enfant. Pourquoi ? est-ce la peur ? Je n'ai pas encore vu d'avion et je ne sais pas si la nuit m'épouvantera ou non. Est-ce seulement l'atmosphère ? En grande partie, je le sais. Mais c'est peut-être ce qu'on entend dans la "R.A.F." par "perte de résistance morale". Je me le demande souvent. Peut-être est-ce ce qui arrive quand on perd courage. Et cependant, je n'ai pas conscience d'avoir peur de quelque chose, mais je suis indiciblement malheureux*[1]… »

Cette détresse est due principalement à des causes physiques :

> « *Étant plutôt du genre égoïste, ce qui de loin m'intéresse le plus est le moyen d'empêcher le froid extrêmement aigu, non seulement de pétrifier la peau brûlée de mon visage et de mes mains, mais de se glisser en moi jusqu'au fond de l'âme… Je suppose que l'atmosphère fait remonter à la surface la terreur subconsciente de mourir là-haut, dans la nuit et dans le froid*[2]. »

Naturellement, il ne se trahit pas, personne au camp ne devine son martyre, il est populaire et on trouve que c'est «un drôle de type» quand il parcourt l'aérodrome avec son visage et ses mains brûlés et la moue constante et puérile de ses lèvres greffées. Il y a la routine, la rengaine, les danses, la moyenne ordinaire des accidents ; on pourrait aussi bien faire son calvaire entre Oxford Circus et Marble Arch.

---

1. Lettre à X, 25-11-42.
2. Lettre à A.K., 2-12-42.

Ces périodes de profond désespoir alternent avec des moment d'exaltation ; avec les rencontres de ces insaisissables Cercles de Paix dans les airs :

> « *Beaucoup mieux aujourd'hui, car j'ai volé… Si ce n'était le froid qui nous fait claquer des dents et nous force à marcher, ce serait agréable de s'asseoir sur l'aérodrome et de regarder cette grande paix — car tout est paix ; et le ronronnement des appareils qui s'envolent ou atterrissent semble la souligner. Il est psychologiquement étrange qu'il me suffise de monter dans un avion — monstrueux assemblage de fer et d'acier qui guette le moment de me lâcher — pour que toute peur s'évanouisse. Je suis en paix de nouveau*[1]. »

Et il a d'autres périodes de grande fatigue — presque dominées par le désir que tout cela finisse vite. Il raconte une soirée de danse à l'aérodrome, une semaine avant de mourir :

> « *Je voulais aller me coucher, mais je suis resté à regarder des gens boire et parler. À 2h 30, j'étais encore là. Pourquoi ? Je ne le sais pas. J'avais depuis longtemps surmonté cette émotion déprimante qui devrait être réservée aux femmes d'un certain âge et aux très jeunes gens — la peur de manquer quelque chose — et cependant je suis resté*[2]. »

Le pire, c'est qu'il a ce que les catholiques appellent « la maladie du scrupule », il se méprise de ses divagations égoïstes.

> « *Pardonnez cette longue lettre, où je m'apitoie (oui, c'est vrai) sur moi-même. N'ayez pas honte de moi si vous pouvez*[3]. »

La fraternité des morts a son cérémonial particulier, il faut non seulement vivre mais mourir à la hauteur de sa classe. Mais d'autre

---

1. Lettre à X, 1-12-42.
2. Lettre à X, 30-12-42.
3. Lettre à X, 25-11-42.

part, il y a la curiosité propre de l'écrivain qui le force à tâter le pouls et, sur de grandes pages barbouillées au crayon, à noter, en phrases décousues, les minutes de son agonie. Il y a les oscillations déchirantes entre l'hypocrisie et l'introspection, entre l'acceptation et la révolte, l'arrogance et l'humilité, les vingt-trois ans et l'éternité.

> « *Koestler a une théorie. Il croit que l'existence se déroule sur deux plans, qu'il appelle la "vie tragique" et la "vie triviale". Notre plan ordinaire est celui de la "vie triviale", mais parfois, dans des moments d'exaltation, de danger, etc., nous nous trouvons transportés sur le plan de la "vie tragique", avec ses perspectives cosmiques contraires au bon sens. Un des malheurs de la condition humaine est que nous ne pouvons vivre en permanence ni sur un plan, ni sur l'autre, mais que nous oscillons entre les deux. Quand nous sommes sur le plan trivial, les réalités du plan tragique paraissent absurdes. Quand nous vivons sur le plan tragique, les joies et les souffrances du plan trivial nous semblent superficielles, frivoles, sans importance. Il y a des gens qui essaient toute la vie de choisir sur quel plan vivre. Ils sont incapables de comprendre que nous sommes condamnés à vivre alternativement sur l'un et sur l'autre suivant un rythme biologique. Mais il arrive que, dans des circonstances exceptionnelles, par exemple s'il faut vivre en danger de mort pendant une longue période, on se trouve pour ainsi dire à la ligne d'intersection des deux plans ; situation curieuse qui oblige à marcher sur la corde raide du système nerveux. Comme c'est une chose que peu de gens peuvent supporter longtemps, on crée des conventions et des formules, par exemple l'argot de la "R.A.F." ; en d'autres termes, on essaie d'assimiler le plan tragique au plan trivial. Au fond, selon Koestler, nous avons là un des mécanismes principaux de l'évolution de la civilisation ; il consiste à pétrifier la violence et le tragique dans des formules conventionnelles et pompeuses. Je crois qu'il a raison*[1]. »

1. *La Dernière Victoire.*

En fait, je suis encore persuadé que c'est juste, dans la mesure où les métaphores sont valables. C'est le passage d'un plan à l'autre qui transforme l'étudiant en héros, la psychologie en mythologie, et mille activités individuelles en Bataille d'Angleterre. Le simple écoulement du temps donne un résultat semblable — car, dans l'ensemble, le présent se déroule sur le plan trivial, et l'histoire toujours sur le plan tragique. Les guerres et les catastrophes accélèrent le processus en y ajoutant ce qu'on pourrait appeler le phénomène Pompéi : des enfants qui jouent aux billes sont saisis par une coulée de lave et, pétrifiés, deviennent statues.

IV

Il est un autre type d'homme condamné à marcher sur la corde raide à la ligne d'intersection des deux plans : c'est l'artiste et particulièrement l'écrivain. Le pilote ne peut résister qu'en projetant le tragique sur le plan trivial. L'artiste procède inversement, il essaie de voir le trivial selon la perspective du plan tragique ou de l'absolu.

Hillary écrivain y parvient-il ? La promesse est là, promesse qu'il aurait tenue, j'en suis persuadé. Parmi les aviateurs écrivains, Hillary forme avec Saint-Exupéry une catégorie à part. Il compare les autres à des gens qui se trouvent devant un accident, un appareil photographique entre les mains et qui font une bonne photo ; tandis qu'il est, lui, l'opérateur professionnel qui fera toujours une bonne photo, même s'il n'y a pas d'accident.

La marque professionnelle de *La Dernière Victoire* est évidente. Il y a une éblouissante facilité d'expression très rare dans un premier livre. Il y a toutes les qualités d'un reportage de premier ordre — la précision, la vivacité, le brio, l'économie des moyens, l'émotion. Deux chapitres mis à part, je dirais que c'est le meilleur reportage de la guerre. Et ce sont précisément ces deux chapitres — « La vision du monde de Peter Pease » et « Je vois qu'ils vous ont eu aussi » qui, malgré leur faiblesse, démontrent qu'il était plus qu'un reporter. Dans ces deux chapitres, il essaie de traiter le problème des valeurs éthiques « sub specie æternitatis », et toute sa facilité et sa verve l'abandonnent ; la langue devient plate et la pensée d'une naïveté désarmante. On sent qu'une émotion écrasante lui coupe le souffle et le fait bégayer :

> « J'écrirais sur ces hommes, sur Peter et sur les autres, j'écrirais pour eux et avec eux. Ils seraient à mon côté. Et à qui dédierais-je ce livre, à qui parlerais-je, en parlant d'eux ? Cela aussi, je le savais. À l'humanité, car l'humanité doit être le public de tout livre. Oui, cette humanité méprisée que j'avais si cruellement bafouée et ridiculisée devant Peter[1]. »

Si l'on compare ce passage avec la virtuosité des chapitres de reportage, on se rend compte que là il ne tient pas ce qu'il promettait. L'intensité de la perception émotionnelle et la compétence à décrire l'action sont les qualités fondamentales de l'écrivain : dans *La Dernière Victoire*, ces deux qualités mènent encore une existence séparée. Mais il y a des passages dans le livre où elles commencent à marcher de concert. C'est, par exemple, le souvenir du premier accident mortel de l'escadrille.

> « C'était après une leçon sur les armes de bord dans un des baraquements. Nous entendîmes, très nettement, le mince sifflement plaintif d'un avion qui descendait à toute allure. Le caporal s'assit et roula une cigarette. Il prit la feuille de papier, en fit avec l'index un petit chéneau bien formé, ouvrit la boîte de tabac, en répartit quelques brins sur le papier, passa la langue le long de la feuille et la roula. Au moment où il mit la cigarette à la bouche, nous entendîmes le bruit de l'écrasement à peut-être un kilomètre de là. Le caporal craqua une allumette et dit : "Je me rappelle la dernière fois que nous en avons eu un, je faisais partie de l'équipe de sauvetage. Ce n'étais pas joli à voir." Nous apprîmes plus

1. *La Dernière Victoire*, page 221.

tard que le pilote faisait une épreuve d'altitude, avec pleine charge de guerre, et qu'il s'était sans doute évanoui. On ne trouva pas grand-chose de lui, mais nous remplîmes le cercueil de sable et nous lui fîmes un enterrement solennel. »

Le voilà, le mélange du tragique et du trivial. On le retrouve encore dans l'étrange impression que donne «L'Institut de Beauté» — le cabinet des horreurs de la chirurgie plastique à l'hôpital, où l'on refait le nez avec la peau du front, où l'on peint en rouge au mercurochrome les lèvres blanches nouvellement greffées, où l'on arrache et où l'on jette dans le seau les greffes de paupières qui n'ont pas pris. Mais tout cela est monté avec une telle maîtrise du grotesque qu'au lieu d'être malade, on se laisse emporter par une hilarité grimaçante et blasphématoire. Comment parvient-il à réussir? C'est qu'il marche sur la ligne d'intersection; le grotesque qui nous frappe est le reflet du tragique dans le miroir déformant du trivial.

De tels passages abondent dans le livre, on en rencontre toutes les deux ou trois pages — des souvenirs d'Oxford, une régate en Allemagne, le premier contact avec un Spitfire, une panique au cours d'un vol de nuit, les enfants de Tarfside, des portraits de pilotes, des échantillons de l'atmosphère «R.A.F.» pris sur le vif à l'aérodrome, des accidents, des morts, des scènes d'ivresse, opérations sur opérations, la cécité, des disputes avec les infirmières et des discours philosophiques. Les deux plans ne sont pas encore fondus l'un dans l'autre, mais tout en vivant sur un plan, on sent la présence de l'autre. Cela prouve que si Hillary avait pu vivre quelques années de plus et écrire quelques livres de plus, il aurait tenu ses promesses.

Les choses étant ce qu'elles sont, sa place dans la littérature ne peut être marquée que par un blanc, cependant, on peut au moins définir la position de ce blanc sur la carte. Le roman bourgeois devient de plus en plus insipide à mesure que s'achève l'époque qui l'a produit. Un nouveau type d'écrivain semble remplacer l'homme de lettres humaniste de la classe moyenne: c'est l'aviateur, le révolutionnaire, l'aventurier, ce sont les hommes qui mènent une vie dangereuse, et qui ont une nouvelle technique d'observation, une curieuse introspection de plein air et une tendance encore plus curieuse à la contemplation, même au mysticisme, qui naît en plein centre de l'ouragan. Saint-Exupéry, Silone, Traven, Hemingway, Malraux, Cholokov, Istrati en sont peut-être les précurseurs et Hillary aurait pu devenir l'un d'eux. Mais un mince volume, un paquet de lettres, deux courtes nouvelles sont tout ce qu'il a laissé ; et ce n'est pas assez pour remplir le blanc.

Thomas Mann dit quelque part que, pour laisser une trace derrière lui, l'écrivain doit offrir non seulement la qualité, mais la quantité ; la masse même de l'œuvre augmente son pouvoir de choc. C'est une vérité mélancolique ; et cependant le mince volume de Hillary semble avoir un poids spécifique qui l'entraîne au fond de la mémoire, tandis que des tonnes de matière imprimée flottent comme épaves à la surface.

V

Nous étions partis de la question : Qu'est-ce qui fait un symbole de la vie et de la mort de ce jeune pilote écrivain ? Et nous n'avons pas encore répondu. Les idées et les valeurs qu'il représente doivent finalement se confondre avec les idées et les valeurs de sa génération et de sa classe. Voici ce qu'il en dit lui-même :

> « *Les germes d'autodestruction étaient plus visibles encore parmi les intellectuels de l'Université. Méprisant la classe moyenne à laquelle ils devaient leur éducation et leur situation, ils l'attaquaient, sinon avec vigueur, du moins avec une impertinence juvénile. Ils y étaient encouragés par les écrivains qu'ils vénéraient comme des idoles : Auden, Isherwood, Spender et Day Lewis. Avec eux, ils affectèrent en dilettantes un penchant pour la politique de gauche. Ainsi, tout en refusant de se limiter au point de vue étroit de leur propre classe, ils étaient regardés avec méfiance par les dirigeants travaillistes, qui*

les tenaient pour des bourgeois, pour des idéalistes, timides
en politique et faibles dans l'action. Ils balançaient, incertains
et irritables, entre un monde méprisé dont ils venaient et un
monde méprisant où il ne pouvaient entrer. »

Voilà comme il voyait son passé, mais on obtient une impression étrangement différente et de l'atmosphère et de lui-même, en lisant la lettre de condoléances du vice-président de Trinity Collège au père de Hillary :

... « *Alors arriva Dick avec son grand charme et sa forte*
personnalité et, à la fin de sa première année, il avait accompli
un exploit qui passera à la postérité : il était chef d'une équipe
de régates qui était la meilleure équipe de régates qu'on
ait jamais vue au collège, et qui, en cinq abordages, prit la
tête de la course. C'est un exploit qui ne sera probablement
jamais dépassé. En 1939, son courage indomptable et son
adresse nous gardèrent une fois de plus le rang que sa maîtrise
nous avait valu une année auparavant. Puis arriva cette
affreuse guerre... »

Je suppose que c'est là ce qu'on peut appeler un contrepoint, mais sans lequel il n'y aurait pas eu de fugue. Auden et les cinq abordages, se complètent mutuellement d'une manière singulière : sans les cinq abordages, pas de Bataille d'Angleterre, sans Auden, pas de *Dernière Victoire*. La violence même avec laquelle ces jeunes gens réagissaient contre la tradition prouve combien elle avait encore de prise sur eux. Mais la tradition peut agir de deux façons : elle peut stériliser ou catalyser. Dans la majorité des cas, c'est la première manière qui l'emporte. Hillary appartenait à l'heureuse minorité dans le bilan de laquelle Shrewsbury plus Oxford s'inscrit non au passif mais à l'actif. Voici comment, en quelques lignes remarquablement sobres, il résuma ce qu'il doit à Oxford :

« *En tout état de cause, je faisais d'assez vastes lectures et, ce*
qui était plus important, j'acquérais un certain savoir-faire.

> *J'apprenais quelle quantité d'alcool je pouvais supporter,*
> *comment n'être pas gauche avec les femmes, comment parler*
> *aux gens sans être agressif ou embarrassé. Je gagnais ainsi un*
> *certain degré de confiance en moi qu'aucune forme d'éducation*
> *ne m'aurait procuré. »*

Puis, sans transition, entre deux coups de rame sur la rivière — Pompéi. Il venait tout juste d'apprendre un certain savoir-faire lorsque :

> …« *Dans une clairière du Devon, j'ai appris le dernier vol de*
> *Richard Hillary — j'étais assise, l'esprit calme, à regarder de*
> *grands éperviers tourner dans le vent, planer longtemps avant*
> *de découvrir leur proie, puis soudain foncer dessus. C'est*
> *ainsi qu'il manœuvrait son Spitfire, qu'il bravait hardiment*
> *les éléments et les inventions diaboliques des hommes pour*
> *nous sauver et sauver l'Angleterre*[1]. »

Autre contrepoint. Notre épervier cultivé grimace. Car voici comment les choses se présentent à ses yeux à lui :

> « *Telle était la génération d'Oxford qui, le 3 septembre*
> *1939, partit pour la guerre… Nous étions désabusés et gâtés.*
> *La presse parlait de nous comme de la génération perdue et cela*
> *ne nous déplaisait pas. Superficiellement, nous étions égoïstes*
> *et égocentriques sans un Graal auquel consacrer notre vie.*
> *La guerre y pourvut et tout à fait à notre goût. Elle ne demandait*
> *de nous aucune manifestation pompeuse d'héroïsme, mais nous*
> *donnait l'occasion de prouver par les actes notre antipathie*
> *pour le patriotisme de commande. Elle nous permettait aussi*
> *de démontrer, et à nous-mêmes et au monde, que nous tenions*
> *moins à nos airs décadents et prétentieux qu'à notre haine de*
> *toute tutelle. Enfin, elle nous fournissait l'occasion de faire*

---

1. D'un éloge inédit de Lady Fortescue.

voir que, malgré notre indiscipline, nous étions un adversaire de taille pour la jeunesse hitlérienne nourrie d'idéologie[1].»

Que d'efforts et de soins pour rester lucide et éviter la « gloire ». Il y a ceux qui meurent les souliers propres, et ceux qui meurent l'esprit lucide. Pour les premiers, la tâche est aisée. Leur vie et leur mort sont réglées par des points d'exclamation. Pour les Hillary, c'est plus difficile ; leur vie est ponctuée de points d'interrogation qu'il leur faut redresser et braquer tout seuls.

Mais on ne peut que deviner le but qu'ils visent. On le devine, non dans ses théories et ses raisonnements, mais dans les pages où il ne pense pas à lui et où il s'exprime mal. «Dans une époque où il est vulgaire d'aimer sa patrie, archaïque d'aimer Dieu et sentimental d'aimer l'Humanité, vous faites les trois », dit-il à Peter Pease — à ce Peter Pease que, de tous les amis, il admire le plus, qu'il voit mourir en rêve pendant une anesthésie et dont la mémoire devient pour lui un culte et une obsession. Et, dans cette seule phrase et ces trois adjectifs méprisants, on aperçoit une lueur de nostalgie secrète, le « mal du siècle » de ceux qui meurent l'esprit lucide.

Car, malgré tous les camouflages intellectuels et l'habileté des théories, on n'expose pas trois fois son corps aux flammes «par antipathie pour le patriotisme de commande». Cela sonne très bien, mais ce n'est pas vrai. Mais on le fait peut-être, si l'on est très sensible et très courageux et si l'on est pris par la grande nostalgie de son temps, on le fait pour trouver l'émotion libératrice, un credo qui ne soit ni sentimental, ni vulgaire, ni archaïque et que l'on puisse réciter sans embarras et sans honte. Quand tous les ismes perdent leur sens, et que le monde ressemble à une allée plantée de points d'interrogation, alors la passion pour le Graal peut devenir si forte qu'on vole à la flamme comme un papillon et, les ailes brûlées, on y retourne encore. Mais, bien entendu,

---

1. *The Last Ennemy*, pages 28, 29.

c'est là, dans la condition humaine, le seul instinct que l'homme est incapable de raisonner.

Richard Hillary a brûlé trois fois. La première fois, on le ramena, on le rapiéça et on lui refit un visage. En vain, car, la deuxième fois, il fut carbonisé. Mais pour être sûr que la ligne de son destin serait achevée, il avait exprimé le désir d'être incinéré ; on le brûla donc une troisième fois, le 12 janvier 1943, à Golders Green ; et le charbon devint cendres et les cendres furent dispersées sur la mer.

C'est là que finit l'homme et que commence le mythe. C'est le mythe de la génération perdue : croisés pleins de scepticisme, chevaliers aux airs prétentieux et décadents ravagés par la nostalgie d'une cause qui valût la peine de combattre et qui n'existe pas encore. C'est le mythe d'une croisade sans croix et de croisés qui cherchent désespérément une croix. La foi qu'ils adopteront, celle du Christ ou celle de Barrabas, personne encore n'en sait rien.

L'intelligentsia

I

« L'intelligentsia »[1] est un mot qui se prête difficilement à la définition, mais facilement à l'association des idées. Il reste assez confus au point de vue logique, mais il porte une charge d'émotion bien vivante, et il est entouré d'un halo, ou plutôt de plusieurs halos qui se recouvrent et qui varient selon l'époque et le lieu. On peut en donner pour exemples le salon romantique, les professions libérales dans la classe moyenne, les organisations terroristes d'étudiants et d'aristocrates dans la seconde moitié du XIXᵉ siècle en Russie, les corps universitaires patriotiques de l'Allemagne post-napoléonienne, la Bohème de Montmartre, etc. Sans compter des noms de lieu évocateurs tels que Bloomsbury, Montparnasse et Cagnes, et certains modes de vie typiques par l'habillement, la coupe des cheveux, le boire et le manger. L'aura de l'Intelligentsia change tout le temps, ses représentants temporaires se subdivisent en classes et en groupes, et les frontières en sont rendues imprécises par une horde de sympathisants et de parasites, des membres de l'aristocratie, des mécènes, des snobs, des imbéciles, des grues, des admirateurs et de bons jeunes gens. Aussi l'on ne va pas loin si l'on se borne aux jugements impressionnistes, il vaut mieux chercher une bonne définition dans le dictionnaire d'Oxford. On y trouve ceci :

1. Publié dans *Horizon*, mars 1944.

> *Intelligentsia. — La partie d'une nation (particulièrement en Russie) qui aspire à penser librement.*

Voilà ce que dit le petit Oxford Dictionary, troisième édition, 1934. En 1936, dans le climat du front populaire, la définition a subi un changement significatif :

> *Intelligentsia. — La classe composée de la partie cultivée de la population que l'on considère capable de former l'opinion publique.*

Il a été évidemment démontré depuis que cette seconde version est trop optimiste, et il vaut mieux se rabattre sur la première, qui est excellente. Historiquement, c'est en effet « le désir de penser librement » qui fournit la seule caractéristique valable pour définir l'Intelligentsia en tant que groupe.

Mais comment se fait-il qu'une « tendance à penser librement » naisse dans une partie d'une nation ? Dans notre monde de luttes de classes, les élites ne se forment pas par groupement spontané. À une époque et dans un pays donnés, l'Intelligentsia a une texture sociale assez homogène : les fils sans attaches n'apparaissent que dans la frange. L'intelligence seule ne forme pas une qualification nécessaire ou suffisante pour un membre de l'Intelligentsia. Il faut plutôt considérer la formation de l'Intelligentsia comme un processus social qui, en ce qui concerne la société moderne, commence avec la Révolution française.

II
L'INTELLIGENTSIA ET LE TIERS ÉTAT

Dans les couches supérieures du Tiers État, la tendance à penser librement n'était pas un luxe, mais une nécessité vitale. La jeune bourgeoisie, prisonnière de la paralysante structure féodale, avait à conquérir son *lebensraum* historique ; et cette conquête n'était possible qu'en faisant sauter les totems et les tabous féodaux avec la dynamite de la «libre pensée». Les premiers intellectuels modernes ont été encyclopédistes, et ils sont entrés sur la scène de l'histoire en iconoclastes. On ne peut imaginer Goethe ressuscité à notre époque, mais Voltaire s'acclimaterait en quinze jours dans Bloomsbury. Goethe fut le dernier génie de la Renaissance, il descendait en droite ligne de Léonard et son attitude envers la Société fut celle d'un courtisan envers quelque prince florentin éclairé. Tandis qu'avec Voltaire commence la grande destruction des valeurs féodales.

L'Intelligentsia, au sens moderne du mot, apparaît ainsi tout d'abord comme une partie de la nation qui, par sa situation sociale, n'aspire pas tant à l'indépendance de la pensée qu'elle n'y est contrainte, en créant une attitude qui a pour but de détruire la hiérarchie des valeurs existantes (dont elle est exclue), et de la remplacer par une autre fondée sur de nouvelles valeurs qui lui soient propres. Cette tendance constructive de l'Intelligentsia est son second caractère fondamental. Les véritables iconoclastes ont toujours eu quelque chose du prophète, et tous les destructeurs cachent timidement un penchant à la pédagogie.

Mais quelles sont les origines de ces nouvelles valeurs ? C'est là que l'analyse marxiste conclut en schéma très simplifié :

«La bourgeoisie, historiquement, a joué un rôle très révolutionnaire... Le constant bouleversement de la production, les changements ininterrompus de toutes les conditions sociales, une incertitude et une agitation sans répit distinguent l'époque bourgeoise de toutes celles qui l'ont précédée. Tous les rapports immuables et fixes, toutes les opinions anciennes et tous les préjugés vénérables sont balayés, et tout ce qui se forme de neuf devient caduc avant même d'avoir achevé sa structure. Tout ce qui est solide s'évapore dans l'atmosphère, tout ce qui est sain est profané, et l'homme est enfin contraint d'examiner, avec sa seule raison, ses véritables conditions de vie et ses relations avec ses semblables...

«Et cela concerne aussi bien la production intellectuelle que la production matérielle. Les créations intellectuelles de chaque nation deviennent propriété de tous. Le sectarisme national et l'étroitesse d'esprit deviennent de plus en plus impossibles et, de nombreuses littératures nationales et locales, il naît une littérature mondiale.» *Manifeste du Parti communiste*, 1848.

Le premier paragraphe cité montre Marx et Engels sous leur meilleur jour. Dans le second paragraphe, ils prennent le fatal raccourci qui va de l'économie à la « superstructure » ; c'est-à-dire la culture, l'art et la psychologie des masses. Dans la société marxiste, il y a deux sortes de productions : l'une, économique, au sous-sol, et l'autre (la production intellectuelle) au grenier ; il manque l'escalier et les ascenseurs. Car ce n'est pas si simple : la classe victorieuse ne se crée pas une superstructure philosophique qui s'adapte à son mode de production comme on se fait faire un complet sur mesure. L'encyclopédie n'a pas été commanditée par l'Assemblée nationale. Toutes les fois qu'il est arrivé à une classe ou à un groupe de sortir victorieux de la lutte, l'idéologie qui lui convenait était déjà prête et l'attendait comme un vêtement tout fait dans un grand magasin. Ainsi, Marx a trouvé Hegel, Feuerbach et Ricardo ; Mussolini n'a eu qu'à piller Sorel et Pareto ; Hitler a trouvé Gobineau, Houston Stuart Chamberlain et Jung ; Staline a ressuscité Machiavel et Pierre le Grand. Ce n'est là naturellement qu'un pot pourri d'exemples de mouvements progressifs et régressifs qui, strictement parlant, ne devraient pas être confondus. Car les mouvements régressifs n'ont que la peine de se rabattre sur des valeurs périmées — non pas les dernières, mais les avant-dernières, ou les avant-avant-dernières, pour accomplir une régression romantique et tirer beaucoup d'enthousiasme pseudo-révolutionnaire de cette révolution à rebours. Et il y a toujours eu une partie de l'Intelligentsia qui abandonnait ses tendances à la libre pensée, et se détachait du gros de la troupe pour se prêter à ces régressions romantiques. Ce sont les blasés et les cyniques, les hédonistes, les capitulards romantiques qui transforment leur dynamite en feux de Bengale, les Jünger, les Montherlant, les Ezra Pound.

Ceux-ci mis à part, reste le problème suivant : comment et pourquoi les véritables mouvements progressistes, nés de l'histoire, ceux d'où sont issus les Droits de l'Homme et la Première Internationale ouvrière, ceux qui n'ont aucun avant-dernier précepte sur lequel se rabattre, trouvent-ils invariablement l'idéologie qu'il leur faut, juste au bon moment ? Je répète que je ne crois plus que le processus économique en lui-même soit capable de créer sa propre superstructure. Le Marxisme orthodoxe n'a jamais donné de preuve historique de ce postulat. Ce n'est naturellement, pas davantage, une coïncidence. Il semble plutôt que l'économie politique et le développement culturel soient simplement deux aspects de la même évolution fondamentale, que nous sommes encore loin de pouvoir définir.

Un exemple pris dans une autre sphère peut nous aider à mettre en relief cette affirmation assez vague.

Quand Einstein se trouva devant les preuves contradictoires données par deux expériences physiques parfaitement justes (Michelson-Morley et Fizeau) il fut à même de développer la théorie de la Relativité uniquement parce que les visions mathématiques non euclidiennes, apparemment abstraites et inutiles de Bolyai, Riemann et autres, l'attendaient, à point nommé, au tournant du chemin. Autrement dit, les éléments mathématiques et les éléments physiques de la théorie de la Relativité s'étaient développés de façon tout à fait indépendante, et la coïncidence apparaîtrait miraculeuse si l'on ne reconnaissait l'existence d'une ligne d'évolution fondamentale dans la pensée scientifique, dont les nombreuses disciplines sont simplement des aspects isolés. L'ascension du Tiers État n'a été ni la cause ni l'effet de la philosophie libérale humaniste. Les deux phénomènes sont nés à la même racine, ils se sont enlacés et reliés l'un à l'autre comme la couleur et la forme dans un même objet. Les encyclopédistes et les groupements d'Intelligentsia qui leur ont succédé dans l'histoire ont eu pour fonction fondamentale d'établir une corrélation entre l'évolution sociale et l'évolution intellectuelle. Ils ont été l'organe d'introspection et d'interprétation du corps social, ce qui mettait automatiquement en jeu l'iconoclaste et le pédagogue, l'élément destructif et l'élément constructif.

III
LA DÉCADENCE DU TIERS ÉTAT

Cette fonction fondamentale donne la clef de la structure toujours singulière de l'Intelligentsia.

Le comportement social est plus apathique que la pensée. Il y a toujours un énorme hiatus entre nos habitudes collectives de vie et notre bagage scientifique, artistique, technique. Nous faisons la guerre, nous allons à l'église, nous honorons les rois, nous suivons des régimes meurtriers, nous nous conformons aux tabous sexuels, nous faisons de nos enfants des névrosés, des drames de nos mariages, nous opprimons et nous nous laissons opprimer — et, en même temps, l'on trouve dans nos manuels et dans nos musées la connaissance objective d'une manière de vivre que nous ne mettrons en pratique que dans plusieurs dizaines d'années ou dans des siècles. Dans la vie de chaque jour, nous nous conduisons tous comme des caricatures anachroniques de l'homme que nous pouvons être. La distance entre la bibliothèque et la chambre à coucher est astronomique. Toutefois, la connaissance théorique et la pensée indépendante existent, elles attendent d'être utilisées, comme les jacobins ont utilisé les encyclopédistes.

Cette utilisation, toutefois, est le rôle d'une catégorie toute spéciale ; ce sont les gens qui établissent la liaison entre la manière dont nous vivons et la manière dont nous devrions vivre étant donné le niveau contemporain des connaissances objectives. Ceux qui sont installés à l'aise dans la hiérarchie sociale n'ont évidemment aucune raison qui les incline sérieusement à la libre pensée. D'où leur viendrait-elle ? Ils n'ont aucune raison de détruire les idées reçues ni aucun désir d'en édifier de nouvelles. La soif de connaître est principalement l'apanage des conditions sociales où l'inconnu est inquiétant. Les gens heureux sont rarement curieux. D'autre part, la grande majorité des opprimés, le prolétariat, n'a ni l'occasion, ni l'objectivité nécessaires à l'exercice de la libre pensée. Ils acceptent ou refusent les valeurs existantes ; dans les deux cas, leur attitude manque d'objectivité et de clarté. Ainsi, la fonction de coordination entre les deux concepts Homo et Sapiens revient à ceux qui sont pris en sandwich entre les deux et qui supportent la pression de l'un et de l'autre. L'Intelligentsia est une sorte de membrane sensible et poreuse qui s'étend entre des milieux aux propriétés différentes.

Il ne faut cependant pas les confondre avec la classe moyenne. La pensée indépendante est née d'une attitude qui se caractérise par le sentiment d'un certain manque, d'un malaise social assez modéré, d'un déséquilibre harmonieux. La couche supérieure de la société, qui accepte les valeurs traditionnelles, n'éprouve pas ce manque ; la couche inférieure l'éprouve trop au point d'en être paralysée ou de s'en évader par des convulsions. De plus, il faut que ce soit un manque spécifique — le mécontentement du professionnel, écrivain, artiste, qui se révolte, non parce que la société lui a refusé sa chance en le condamnant à vivre dans la mine ou dans l'atelier, mais parce qu'on lui a donné une marge assez large pour développer ses dons, et en même temps trop étroite pour le satisfaire et lui faire accepter l'ordre des choses tel qu'il est. Pour l'homme heureux, penser est un luxe, pour l'homme à qui manque quelque chose, c'est une nécessité. Et tant qu'existera le gouffre entre la pensée et la tradition, entre la connaissance en théorie et la routine en pratique, la pensée sera nécessairement orientée par les deux pôles : utopie et débourrage de crâne.

Tout cela n'est plus valable pour l'ensemble de la classe moyenne. Mais ce fut vrai tant qu'elle fut républicaine et jacobine. Entre-temps, la bourgeoisie urbaine, autrefois révolutionnaire, est devenue une force conservatrice. Ce n'est plus une membrane sensible, mais une glu inerte et collante qui maintient debout le corps social. Elle a transformé ses manques en répressions, et désire, non plus établir une nouvelle hiérarchie des valeurs, mais arriver au sommet de la hiérarchie existante. C'est ainsi que l'Intelligentsia, qui fut jadis l'avant-garde de la bourgeoisie montante, est devenue à l'époque de sa décadence la Lumpen-Bourgeoisie.

IV
L'INTELLIGENTSIA ET LE QUATRIÈME ÉTAT

À mesure que le Tiers État perd peu à peu son caractère progressiste, pour devenir d'abord stagnant, puis régressif, l'Intelligentsia s'en détache de plus en plus et cherche des alliés plus vigoureux, capables de réaliser son œuvre de destruction et de construction.

L'exemple le plus attachant de cette recherche est offert par la Russie du XIXᵉ siècle… « Qu'ils (l'Intelligentsia révolutionnaire) parlent de la nécessité de la liberté politique, de la souffrance des paysans ou de l'avenir socialiste de la société, c'est toujours leur propre souffrance qui les pousse. Et leur souffrance n'a pas pour première cause le besoin matériel : elle est spirituelle. » (Borkenau — *Histoire de l'Internationale communiste*.)

Cette souffrance spirituelle de l'Intelligentsia russe est encore un aspect de la dualité dont j'ai parlé : de la contradiction entre l'inertie, l'apathie, la routine quotidienne d'une part, et d'autre part les données accumulées de connaissance objective qui sont laissées en friche, sous les vocables « théorie » et « idéologie ». Pour les Russes du XIXᵉ siècle, le dernier principe s'incarnait dans la civilisation de l'Europe occidentale, dans le parlementarisme anglais, dans la littérature française, dans la philosophie allemande. Pour eux, l'Occident personnifiait l'Homo Sapiens et s'opposait aux Barbares des Steppes ; exactement comme, par un ironique retour de l'Histoire, on vit l'Intelligentsia occidentale des vingt dernières années se laisser ensorceler par le Communisme russe qui semblait donner corps à une Utopie véritablement humaine, par opposition à la décadence du Capitalisme.

Il y a, toutefois, une différence fondamentale entre la première Intelligentsia révolutionnaire russe, — les Shelabows, Sonia Perovskaia, Bakounine, Nechayev, Kropotkine, et le Bloomsbury du Front populaire. Il est facile de se moquer d'une telle comparaison et d'opposer aux intellectuels du Front populaire l'héroïsme des assassins d'Alexandre II, le martyre des exilés sibériens et des prisonniers de Schlossburg. L'endurance indéniablement plus grande, le fatalisme semi-asiatique des Russes par opposition à la nervosité des Occidentaux, nous donnent un des éléments de la différence, mais non l'élément de base. Le point essentiel, c'est que les hommes grandissent sous le poids de leurs responsabilités et diminuent si on les leur enlève. Nechayev a vécu plusieurs années enchaîné au mur d'une cellule humide et, lorsque ses camarades eurent réussi à établir un contact avec lui et lui offrirent de le libérer, il refusa, parce qu'il préférait qu'ils s'occupent de choses plus importantes ; mais plus tard, à Genève, dans le milieu démoralisant de l'émigration, il se laissa aller aux plus sordides querelles et mourut dans l'obscurité. Les étudiants russes martyrs et les héroïnes vénérables et justement vénérées n'étaient pas moins sujets aux crises de nerfs que les personnages de Huxley ou de Malraux ; Lassalle était un snob qui se fit tuer dans un duel extravagant, Marx un vieux tapeur aux colères pathologiques, Bakounine avait un amour incestueux pour sa sœur, était impuissant et mourut vierge ; Trotsky, à une certaine période, passait ses après-midi et ses soirées à jouer aux échecs au café Central à Vienne ; Lénine avait réprouvé un choc traumatique lorsque son frère Alexandre avait été pendu, d'où sa haine fanatique pour la bourgeoisie, haine dont la révolution russe n'est, analytiquement parlant, qu'une projection. La névrose est inhérente à la structure des Intelligentsia (je vais y revenir) ; cependant, l'histoire ne s'intéresse pas aux mobiles, mais aux actes. Mais comment se fait-il que le fardeau et la bénédiction de la responsabilité soient donnés à l'Intelligentsia à certaines périodes, et lui soient refusés à d'autres, ce qui la condamne à la stérilité et à la futilité : c'est à quoi se réduit finalement le contraste entre les premiers révolutionnaires russes et le Bloomsbury d'après-guerre, et plus précisément à la question de savoir comment les constellations historiques départagent les responsabilités.

Une comparaison entre la structure sociologique des deux pays rend la réponse évidente. La Russie du xixe siècle n'avait pas de syndicats, de parti ouvrier, ni de mouvements coopératifs. Le servage n'a été aboli qu'en 1862. Dans ce gigantesque pays inerte et somnolent, il n'y eut aucune transition entre la féodalité patriarcale et le capitalisme moderne ; j'ai parlé à des paysans qui ne s'étonnaient pas des avions qu'ils voyaient voler tous les jours au-dessus de leur tête, mais qui n'avaient jamais vu un train, ni une auto ; à d'autres qui avaient voyagé en auto, mais ne voulaient pas croire qu'il existât des bicyclettes.

Quel paradis pour des intellectuels avec une vocation pédagogique ! Quand les premiers d'entre eux, les martyrs de Narodnaya Volya, commencèrent comme ils le disaient à « aller au peuple », vêtus en paysans, pour prêcher le nouvel Évangile, ils foulaient un sol vierge ; ils ne rencontrèrent aucune concurrence, il n'y eut pas de politiciens travaillistes ou syndicalistes pour leur dire d'abandonner leur mascarade et de retourner aux salons de Moscou ou de Pétrograd. Le moujik se montra apathique et ne répondit pas à leur appel, mais les croisés de l'Intelligentsia ne se découragèrent pas parce qu'ils n'avaient pas de rivaux ; ils changèrent de tactique, de l'appel aux masses passèrent au terrorisme, du terrorisme à la propagande dans le prolétariat industriel, chez les paysans sans terre, parmi les soldats. Ils se disputèrent, ils se divisèrent, ils se ramifièrent, mais tout ce temps-là ils pouvaient continuer à travailler dans la matière première encore vierge de l'Histoire, ils pouvaient donner forme à leur souffrance intellectuelle, à leurs désirs de détruire et de reconstruire sur un gigantesque plan historique. Leur foi remuait des montagnes parce qu'il y avait encore des montagnes à remuer.

Par contraste, l'Intelligentsia occidentale n'avait pas de sol vierge à labourer, ni d'alliés naturels pour réaliser ses aspirations. Selon la théorie marxiste, l'Intelligentsia devait rallier les rangs de la classe ouvrière et lui servir de stratège et de tacticien. Rien ne prouve que l'Intelligentsia ait manqué de courage ou de capacité pour le faire. En 1848, les étudiants et les ouvriers combattirent ensemble sur les barricades ; pendant la Commune de Paris et dans les mouvements révolutionnaires qui suivirent la dernière guerre en Allemagne, en Autriche, en Hongrie, en Bulgarie, et même dans les Brigades internationales en Espagne, ils ont fait leurs preuves. Mais, à partir de 1850, les travailleurs de l'Europe centrale et occidentale développèrent rapidement leurs organisations, leurs partis, leurs syndicats, eurent leurs propres chefs, et surtout leur propre bureaucratie, — des hommes à la volonté de fer et à la tête de bois. Dans une époque de développements rapides, le Quatrième État est parvenu à la stagnation plus rapidement que ne l'avait fait jadis le Tiers État, et sans même avoir accédé au pouvoir. Les quelques miettes d'amélioration matérielle et l'ombre d'influence politique que diverses sections de la Seconde Internationale avaient arrachées aux gouvernements suffirent à paralyser leur élan. Les membres de l'Intelligentsia occidentale devinrent députés travaillistes au Parlement, directeurs de journaux de gauche, conférenciers de lugubres cours du soir, mais il ne restait plus de montagnes à soulever avec le levier de la « libre pensée ». Vers la fin du siècle, l'Intelligentsia occidentale n'avait plus qu'à choisir : être des bourgeois décadents ou des instituteurs prolétariens. Leurs groupes et leurs chapelles se développèrent selon ces deux pôles. Comparez Shaw à Voltaire, Aragon à Saint-Just et vous voyez la différence. C'est moins une question de taille que d'occasion offerte (ou refusée) par l'histoire.

Le choc de la première guerre mondiale semblait avoir créé une nouvelle occasion de réviser et de reconstruire les valeurs. L'ensemble des idées avait subi une transformation radicale : Relativité et Quantum mécanique, découverte des Hormones et Psychanalyse, Léninisme et Comportement, Aviation et Radio, Expressionnisme et Surréalisme, un univers complètement nouveau était né dans les bibliothèques, et la lumière éblouissante qu'il irradiait déchaînait l'Intelligentsia contre les traditions anachroniques, moisies et poussiéreuses qui dirigent encore aujourd'hui nos actions et nos croyances. Quelle occasion historique pour détruire et reconstruire ; mais où étaient les alliés qui l'auraient saisie ? La membrane sensible vibrait furieusement, mais aucun corps de résonance ne lui répondait. La lutte pour l'Utopie pendant ces vingt années fut monopolisée par la Troisième Internationale, dont les conceptions de révolution européenne étaient façonnées pour un pays qui avait 80 % d'illettrés et un citadin pour dix paysans. Pendant les vingt années de son existence, le mouvement révolutionnaire fut orienté et gouverné par cette dictature semi-asiatique. Son extension européenne n'avait pas besoin d'intellectuels, mais d'une bureaucratie sans scrupules, sans esprit critique et obéissante. Les quelques membres de l'Intelligentsia de l'Europe occidentale qui furent acceptés dans ses rangs, perdirent d'abord le droit et bientôt même le désir de conquérir l'indépendance de la pensée, ils devinrent des fanatiques sectaires et des valets du parti, tandis que les meilleurs d'entre eux avaient une fin tragique. Le sort de L'Intelligentsia révolutionnaire a été particulièrement tragique dans le pays où la révolution semblait près d'aboutir, en Allemagne. Liebknecht et Rosa Luxembourg ont été assassinés en 1918, Paul Lévy s'est suicidé après son expulsion du P.C., Ruth Fischer, elle aussi expulsée, a fini dans l'oubli, Toller s'est pendu à New York, Muehsam a été tué dans un camp de concentration nazi, Max Hoelz s'est noyé dans des circonstances suspectes en Russie, Heinz Neumann, le dernier chef survivant du P.C.A. sorti de l'Intelligentsia, a été liquidé.

Mais le gros de l'Intelligentsia occidentale n'a jamais été admis dans cet Olympe sanglant. On ne voulait pas d'eux, ils restaient des compagnons de voyage et la cinquième roue d'un char. L'Intelligentsia des années 20 à 30 a été irresponsable parce qu'on lui a enlevé le privilège de la responsabilité. Laissés dehors, en l'air, les hommes qui la composaient devinrent les éléments décadents de la bourgeoisie. Ce n'était la faute de personne, car ils étaient le miroir et non la lumière.

Je ne veux ni blanchir, ni accuser. L'Intelligentsia est une partie du corps social, la partie la plus sensible. Quand le corps est malade il se produit une éruption sur la peau. La désagrégation de l'Intelligentsia est un symptôme de maladie autant que la corruption de la classe dirigeante ou que l'apathie du prolétariat. Ce sont les symptômes du même processus fondamental. Tourner en dérision l'Intelligentsia et, tout en lui ôtant la responsabilité de l'action, lui imputer la responsabilité de la faillite, est ou bien une stupidité irréfléchie, ou bien une manœuvre dont les mobiles sont évidents. Le Nazisme savait exactement ce qu'il faisait quand il a exterminé l'Intelligentsia du continent européen.

V
L'INTELLIGENTSIA ET LA NÉVROSE

Cette membrane sensible ne s'étend pas seulement entre les classes sociales hétérogènes, mais entre l'ensemble du corps social et son milieu extérieur. Il est tentant, et peut-être pas si futile, de poursuivre encore cette métaphore. C'est la surface, l'ectoderme, l'enveloppe de la bulle plasmatique originelle qui fournit à l'embryon le tissu des nerfs, de la moelle épinière et du cerveau. Le système nerveux central ne dérive pas, comme on pourrait s'y attendre, des parties internes et protégées du noyau mais de la surface exposée soumise en permanence à des séries d'excitations ou d'irritations externes, à un peu de plaisir et à beaucoup de souffrance. Sous l'influence de cette douche permanente d'excitations, la surface du tissu perd graduellement son insensibilité et subit l'étrange transformation, le processus d' « embrasements » qui aboutit finalement à l'apparition d'une première lueur de conscience, faible et fugace. La matière grise de l'enveloppe cervicale a été originellement un tissu épidermique, exposé et maltraité, qu'une prodigieuse métamorphose organique a transformé. Freud lui-même, ce géant de la profanation, est devenu presque lyrique quand il a traité cet aspect de la biologie de l'intelligence (voir dans *Au-delà du Principe du Plaisir*).

Toutefois, l'homme possède un crâne dans lequel sa précieuse matière grise est soigneusement enfermée comme le caviar dans une boîte. La société ne met aucun blindage de ce genre à la disposition de ses propres tissus nerveux. Elle les traite plutôt comme on traite les cors aux pieds, en leur marchant dessus.

Laissons la métaphore pour revenir aux faits : le rapport entre l'Intelligentsia et la névrose n'est pas accidentel, mais fonctionnel.

Penser et se conduire librement met automatiquement l'homme en opposition avec la majorité dont la pensée et la conduite sont gouvernées par des formes traditionnelles ; et le seul fait d'appartenir à une minorité crée une situation propice aux névroses. Du non-conformiste à l'excentrique, il n'y a qu'un pas et la pression hostile de la société fournit l'impulsion.

Quand un homme tousse dans une salle de théâtre tout le monde tousse et on se sent une démangeaison dans la gorge. Le mimétisme des masses est une force réelle ; y résister conduit à détonner par rapport à l'orchestre, à créer une tension nerveuse et un sentiment de culpabilité. On peut théoriquement avoir mille fois raison et cependant se sentir coupable de s'élever contre une injustice acceptée et sanctionnée par une tradition dont les racines ont poussé dans votre propre inconscient. S'en prendre à la société veut dire s'en prendre à ses propres projections et provoque les formes classiques de lésion nerveuse. Le complexe d'Œdipe et le complexe d'infériorité, la timidité et l'arrogance, la compensation et l'introversion sont simplement des métaphores imagées pour différentes déformations dont le dénominateur commun est l'inadaptation. Une Intelligentsia privée du soutien de l'alliance avec une classe montante se replie fatalement sur elle-même et crée l'atmosphère de serre, le climat d'inceste et de masturbation intellectuels, qui furent ses caractéristiques pendant les dix dernières années.

Et, de plus, elle provoque une attraction morbide sur les pseudo-intellectuels, sur les parasites dont le mobile initial n'est pas « l'aspiration à la libre pensée », mais la névrose pure et simple, et qui se pressent autour des serres parce que le monde extérieur est trop froid pour eux. Ils s'infiltrent et supplantent graduellement les habitants légitimes et ajoutent à leur discrédit, jusqu'au jour où, aux époques de décadence, les parasites envahissent l'armée.

Mais, même pour la véritable « Intelligentsia », la névrose est presque toujours un facteur corrélatif. Prenons le problème sexuel par exemple. D'une part, nous connaissons la nature anachronique de notre organisation sociale au point de vue sexuel, son influence paralysante et le malaise dont elle enveloppe la société. D'autre part, les expériences individuelles d'«union libre», de mariages où l'on s'accorde une liberté mutuelle, etc., ont toutes une fin pitoyable; l'expression même d' «amour libre» a déjà une embarrassante nuance fin de siècle. Des arrangements raisonnables ne peuvent réussir dans une société déraisonnable. La contrainte du milieu (aussi bien à l'extérieur qu'à l'intérieur de notre «moi») est considérable; sous son influence déformante, le naturel s'altère.

La contrainte du milieu déforme l'art comme elle déforme l'être moral. On peut porter un défi au milieu, mais le défi se paie par la névrose de la culpabilité. Il n'y a jamais eu d'Intelligentsia sans complexe de culpabilité; c'est l'impôt sur le revenu qu'il faut payer pour pouvoir enrichir les autres. Il est possible aux marchands de canons d'avoir la conscience pure mais je n'ai jamais rencontré de pacifiste dont le regard ne décèle un certain sentiment de culpabilité.

Ceux qui reprochent à l'Intelligentsia sa prédisposition aux névroses, peuvent aussi bien reprocher aux mineurs leur prédisposition à la tuberculose. C'est une maladie professionnelle et il faut la reconnaître pour telle, sans mépris et sans honte.

VI
L'INTELLIGENTSIA ET L'AVENIR

La vieille Intelligentsia libérale et socialiste du continent n'existe plus; bien que nous soyons encore incapables de nous rendre compte à quel point le Nazisme a réalisé le programme de son poète lauréat: «Lorsque j'entends le mot culture, je sors mon revolver.» Il se peut qu'une nouvelle Intelligentsia soit en train de se développer dans la clandestinité comme une nouvelle semence sous la neige; mais malgré les articles des journaux, malgré les revues et la radio, nous sommes en ce moment aussi peu renseignés sur le climat moral des peuples de l'autre côté de la Manche, sur la façon dont ils se représentent le passé, le présent et l'avenir que nous le sommes sur la planète Mars. Les échantillons de littérature qui nous arrivent de France ne me semblent pas très encourageants, mais peut-être suis-je prévenu contre ce que je crois être la prédilection nouvelle des intellectuels français pour l'enflure poétique[1]. Cependant, il se peut qu'en Italie, dans les Balkans, en Autriche et en Norvège, un mouvement ait déjà commencé, qui au grand jour apparaîtra tout à fait neuf et révélera une nouvelle attitude de vie devant laquelle nous aurons l'air de vieux débris de l'autre siècle ; et ceux qui parmi nous auront mérité un bon point se verront octroyer le maximum de ce que nous doit l'histoire.

Tout cela n'est que spéculation ; il est plus facile de prophétiser pour dix ans que pour une année. On peut avoir quelque idée sur la courbe que suit l'histoire au temps où nous vivons, mais les oscillations de la courbe sont imprévisibles. Si le diagnostic de Burnham se trouve au bout du compte vérifié, comme j'en suis persuadé, et si après quelques oscillations intermédiaires nous sommes destinés à vivre dans une époque de super-États technocrates, l'Intelligentsia deviendra fatalement un corps spécial de fonctionnaires. C'est moins fantastique et moins invraisemblable que ce n'en a l'air ; dans une large mesure, c'est un état de choses qui a été réalisé en Russie durant les vingt dernières années, et l'Allemagne a depuis dix ans suivi le même chemin. En Russie, les journaux, les théâtres, les banques, les laboratoires de recherches, les Universités et les services médicaux appartiennent à l'État ; en fait, l'auteur, l'acteur, l'architecte, le savant sont des fonctionnaires. Même les mouvements littéraires en Russie, le « Romantisme révolutionnaire », le « Réalisme socialiste », la « Littérature opérative », le « Nouveau Patriotisme », ne se sont pas développés spontanément, mais sont nés de décisions prises au congrès du Parti, et de déclarations gouvernementales et il en est de même à des degrés divers de la poésie, de l'art dramatique, de l'architecture, du cinéma, sans oublier la recherche historique et la philosophie. Le déroulement

---

1. Cet essai a été écrit en mars 1944, avant que l'on connaisse en Angleterre les nouveaux ouvrages de Malraux, Sartre, Camus, etc. (Voir le *Catarrhe français*.) A.K.

des mouvements philosophiques et artistiques de l'État soviétique semble obéir à des mots d'ordre « à droite », « à gauche », « fixe ». Dans le Reichskulturkammer allemand, la transformation du Parnasse en caserne a été également parfaite.

Dans les pays anglo-saxons, un changement de ce genre est difficile, mais non pas impossible. On peut arriver au même but par des voies différentes. La mobilisation totale de la guerre actuelle a été une sorte de répétition générale de la version occidentale de l'État bureaucratique. Pendant les deux dernières années, une part considérable de l'Intelligentsia a été temporairement absorbée par les services civils du ministère de l'Information, par les Bureaux de la presse, par la B.B.C., etc. Pour le moment, le « fonctionnariat » et la « production personnelle » sont encore en cloisons étanches (bien que la production personnelle aille en s'atrophiant), mais on peut imaginer qu'une nouvelle situation les fera se fondre, lorsqu'au lieu de considérer le travail d'administration comme une sorte de patriotisme stipendié et la production personnelle comme l'essentiel, les énergies seront soudain canalisées en un seul courant. Il suffit d'un petit nombre pour lancer la nouvelle mode, et le reste suivra ; les intéressés croiront peut-être suivre leur impulsion personnelle tandis qu'ils obéiront en fait à un nouveau processus d'adaptation de leur nouvelle situation sociale par rapport à l'état dirigeant. Le danger est d'autant plus grand que le conformisme est souvent une forme de trahison qui permet de garder la conscience pure, et la tentation d'échanger les souffrances imposées par l'intégrité intellectuelle contre les satisfactions réconfortantes de la participation au pouvoir est grande. L'écroulement du mouvement révolutionnaire a contraint l'Intelligentsia à prendre une position défensive. Dans les années à venir, il ne s'agira plus de choisir entre le capitalisme ou la révolution, mais entre la sauvegarde d'un minimum d'humanisme, ou sa perte totale. Et, pour éviter de perdre les valeurs essentielles de l'homme, il faudra s'accrocher de plus belle au drapeau en loques de la « libre pensée ».

Ce n'est pas aujourd'hui un drapeau extrêmement populaire, mais les crachats de la dérision y sont mêlés au sang de nos morts.

DEUXIÈME PARTIE

EXHORTATIONS

La Lie de la Terre — 1942[1]

Tout comme il arrive de temps en temps, et après plusieurs années, d'apprendre par bribes des nouvelles d'un vieux camarade de classe, il me parvient par bribes des nouvelles de mon ancien camp de concentration. C'est un des camps les plus distingués du bon vieux continent et ceux de nous qui y survécurent portent pour insigne des cicatrices sur quelque endroit du corps, ou un ulcère à l'estomac, ou tout au moins une bonne névrose d'anxiété. Quant aux nouvelles, elles sont non point du genre : « B., le petit salaud, est maintenant dentiste à Glasgow », mais plutôt : « B., celui qui a attrapé à Guadalajara une balle dans le genou, s'est pendu dans les cabinets en face de la baraque 34. »

Les dernières bribes de nouvelles m'ont été données par un Anglais arrivé ici il y a quelques semaines. Il fut interné dans mon vieux camp de concentration au moment de la défaite de la France, c'est-à-dire cinq mois après mon départ et il y a passé un an. Il m'apporta des nouvelles de ceux de mes amis qui étaient encore vivants, des membres des Brigades internationales, des habitants de la Baraque des Lépreux, des Gendarmes, des punaises, des rats, de Mimi la Cantinière qui m'avait volé mon bracelet-montre et du lieutenant C. qui avait battu Klein avec sa cravache. Il me rapporta l'odeur des latrines pendant une épidémie, l'odeur de la paille humide des baraques et l'odeur des hommes qui y pourrissaient

1. Publié dans l'*Evening Standard*, juin 1942, ce récit est un post-scriptum au livre de souvenirs de l'auteur, *La Lie de la Terre* (éd. Charlot).

depuis des années ; la faim, le froid, les coups, la peur ; le regard des hommes juste avant qu'ils ne deviennent fous, et le regard d'un gendarme quand il vous passait les menottes.

J'ai dit que c'était un camp très distingué, il s'appelle le Vernet, et c'était le seul camp disciplinaire de France, réservé aux « suspects » politiques et aux internés qui, par mesure de punition, y furent transférés des autres camps, une sorte d'« Île du Diable » au nord des Pyrénées. Il avait été primitivement créé pendant le prélude que constitua la guerre d'Espagne, pour offrir l'hospitalité française aux miliciens républicains vaincus. L'organisation du Vernet consistait alors en tranchées creusées dans la terre gelée, où on laissait mourir les blessés ou tomber malades les bien-portants. Les premiers aménagements consistèrent à établir des barbelés autour du camp, et un cimetière à côté ; les premières files de croix de bois portent trois noms espagnols. Il n'y a aucune inscription, mais l'un des prisonniers, José, ou Diego ou Jésus, a sculpté au canif dans le bois : « Adios, Pédro. *Los fascistas* voulaient te brûler vif, mais les Français t'ont fait mourir de froid en paix. *Pues viva la democracia.* »

Plus tard, on construisit des baraques de bois, contenant chacune deux cents hommes avec un espace vital de 65 cm de large ; et quand elles furent prêtes tout le camp fut évacué parce qu'une commission d'inspection l'avait jugé inhabitable. Il resta vide quelques mois, livré aux rats et aux punaises ; puis la guerre éclata, et il s'emplit de nouveau d'une étrange foule d'hommes venus de toutes les régions d'Europe ; les journaux français les avaient aimablement dénommés la Lie de la Terre.

C'étaient, en partie, les derniers Mohicans des Brigades internationales et, en partie, les exilés politiques de tous les pays fascistes. La Sûreté nationale française, qui n'avait jamais cessé d'être l'instrument de la politique Bonnet-Laval, et qui depuis septembre 1939 se tenait prête à vendre Vichy en bouteilles, décida que la première chose à faire dans la guerre contre Hitler était de boucler tous les anti-Hitlériens… Pour faire avaler au public ce pogrom personnel de la Sûreté contre la gauche, la « Lie » fut saupoudrée d'environ 20 p. 100 de malfaiteurs authentiques, d'entremetteurs, de trafiquants, de pédérastes et autres crus du monde interlope de Montmartre.

Mais les 80 p. 100 qui restaient et qu'on venait de jeter sur le tas de fumier étaient ceux pour qui la guerre avait commencé en 1930 et même avant ; ceux qui avaient bu l'huile de ricin de Mussolini, et qui s'étaient couchés sur les chevalets de torture de la Siguranza à Bucarest, ceux qui s'étaient assis sur les bancs du ghetto de Lwow et avaient connu les fouets d'acier des SS à Dachau, ceux qui avaient imprimé des feuilles antinazies à Vienne et à Prague et, par-dessus tout, ceux qui avaient combattu pendant tout le prélude de l'Apocalypse en Espagne. Oui, je suis fier de mon insigne du Vernet.

Je fus relâché en janvier 1940 et, bien que j'aie eu de vagues échos de ce qui s'était passé là-bas depuis, le premier rapport authentique m'est parvenu par ce jeune Anglais qui avait été enfermé dans ce camp cinq mois après moi. Comme il a encore des parents en France, je l'appellerai « Murdock ». — Il fut arrêté à Paris quelques jours après l'occupation allemande, puis il fut envoyé dans un camp de prisonniers de guerre près de Reims ; il s'échappa et parvint à gagner la zone non occupée ; arrêté par les gendarmes de Vichy pour avoir traversé sans permis la ligne de démarcation, il fut envoyé comme « Suspect » au Vernet où il arriva menottes aux mains aux premiers jours de juillet 1940.

Son histoire est le résumé de tous les détails familiers d'une année passée au Vernet. Au bout de trois mois, son poids était passé de 75 à 60 kilos. Au bout de six mois, il attrapait la fièvre typhoïde, mais, contrairement à ceux dont la résistance avait été minée par dix ans de détention, il survécut. Au bout de douze mois, il en était arrivé à penser qu'une agonie courte vaut mieux qu'une longue et il commença une grève de la faim ; au bout de vingt jours, il obtint un résultat parce qu'il avait la chance — circonstance exceptionnelle — de posséder un passeport et d'avoir, à Marseille, un consul qui se démena pour lui. La caractéristique du membre ordinaire de la Lie de la Terre est de n'avoir ni passeport ni consul ni personne qui se soucie de lui.

Murdock arriva au camp juste au moment où circulaient les premiers bruits sur les conditions de l'Armistice et sur le fatal paragraphe dix-neuf. Le paragraphe dix-neuf accordait l'extradition des sujets d'origine allemande réclamés par les autorités allemandes — autrement dit, la remise à la Gestapo des réfugiés antinazis.

Et cependant, quand les termes de l'armistice furent publiés, il n'y eut aucune panique dans le camp. Les hommes se rassemblèrent et demandèrent au commandant de laisser les plus compromis s'enfuir avant l'arrivée des Allemands. Le commandant refusa. En tant qu'officier, il n'aimait probablement pas la besogne qu'il était obligé de faire, mais après tout, le métier est le métier. Puis une délégation de prisonniers demanda que les dossiers fussent détruits avant l'arrivée de la Gestapo. Le commandant promit, mais quand la première commission allemande arriva, les listes des prisonniers étaient intactes. La première commission nazie arriva au camp dans le courant du mois de juillet, et la tragédie devint une sinistre comédie. Pendant les deux jours qui précédèrent la visite, et sur les ordres du commandant, il y eut une activité fébrile : on nettoya et on fit reluire. La paille fut changée, les baraques désinfectées, les latrines lavées. Quand la commission arriva, tout le camp, sauf une douzaine d'hommes qui s'étaient pendus ou s'étaient ouvert les veines à temps, était aligné pour l'inspection sur le terrain. Les hommes restèrent là pendant des heures groupés par nationalités, tous lavés et brossés, les oreilles et les ongles propres, en ordre militaire parfait : des moutons attendant le boucher. La commission était constituée par seize officiers allemands impeccables dans des uniformes variés, y compris la gestapo et les SS, corrects et impersonnels. Comme des marchands de chevaux qui prennent livraison de la marchandise, ils passèrent en revue leurs victimes. Les officiers et les gendarmes français les accompagnaient.

Chose assez surprenante, les Allemands n'étaient pas pressés de prélever leur livre de chair. Environ trente des réfugiés politiques les plus notables furent emmenés par fournées de trois ou cinq pendant les mois qui suivirent. Mais à part ces exemples,

les Nazis semblaient se désintéresser de ramener leurs réfugiés. Ils croyaient probablement que ces malheureux ne pouvaient plus faire de mal, maintenant que l'Europe était sous la coupe de l'Allemagne. Ce qu'ils cherchaient, en revanche, c'était de la main-d'œuvre. La commission Todt installa un bureau au Vernet pour recruter des volontaires pour les camps de travail, les fortifications, les usines, les mines, etc. Leurs besoins semblaient si urgents qu'ils prirent n'importe qui, sans se soucier des opinions politiques, « pourvu que le candidat fût Aryen, en bon état physique, et décidé à travailler dur » ; ils promettaient le salaire, fantastique à l'époque, de 120 francs par jour.

Plus d'un millier de ces hommes désespérés s'enrôla dans la commission Todt. Un grand nombre étaient des condamnés de droit commun, non des politiques. Les hommes des Brigades internationales refusèrent en bloc. Mon informateur entendit l'un d'eux répondre à la Commission qui lui demandait s'il désirait retourner en Allemagne : « Avec plaisir, quand Thaelman sera président. » (Thaelman est le chef du parti communiste, en prison depuis 1932.) Chose étrange, il ne lui arriva rien.

Un millier d'autres furent embarqués de force par les autorité françaises, et dirigés vers l'Afrique du Nord, pour travailler au Transsaharien en construction. Ces déportations étaient plus redoutées par les habitants du camp que l'extradition en Allemagne. Les victimes étaient apparemment choisies au hasard, personne ne savait quand son tour arriverait. Les lettres qui arrivaient au Vernet donnaient, malgré la censure, une idée de l'horreur de ces équipes d'esclaves au Maroc, parlaient des hommes qui mouraient comme des mouches, de faim, de fatigue, d'épidémie, sous un climat meurtrier.

L'extradition par la Gestapo ou la déportation au Sahara constituaient une menace suspendue jour et nuit, pendant des semaines et des mois, sur la tête des hommes du Vernet. Ils n'avaient plus d'espoir pour l'avenir et le passé, après des années d'existence hors la loi, était devenu irréel pour eux. Cependant, il n'y eut parmi eux que douze cas de folie et une vingtaine de suicides.

Quand Murdock fut libéré, il restait à peu près deux mille hommes au Vernet. Quelques Belges, quelques Suisses et quelques Hollandais avaient été rapatriés, plus d'un millier d'hommes étaient partis travailler dans les organisations Todt, environ huit cents furent déportés en Afrique ; mais il était arrivé de nouveaux prisonniers pendant ce temps-là. La majorité de ces nouveaux venus étaient des volontaires étrangers qui s'étaient battus pour la France. Quelques-uns avaient été blessés, d'autres décorés pour acte de bravoure sur le champ de bataille. Maintenant, ils promenaient leur Croix de Guerre aux fameuses corvées de latrines du Vernet. Il y avait aussi deux Chinois et un homme venant d'une tribu Abyssine qui s'était enfui en 1935 d'un camp de concentration italien et avait ensuite vécu à Marseille, jusqu'au jour où la police le ramassa comme « suspect d'activités antifascistes ». Il est mort de tuberculose à l'hôpital du Vernet.

Quant aux gens de la Cinquième Colonne, seuls trois ou quatre ont déshonoré par un court séjour mon vieux camp de concentration. Léon Degrelle, le chef des Rexistes belges, est resté quelques jours dans la baraque 17, avec les membres des Brigades Internationales. Il avait peur d'être tué par les sauvages rouges. Ils ne l'ont même pas touché. Ils regardaient à travers lui comme s'il avait été transparent. Il fut relâché avant même la signature de l'armistice. Le commandant du camp vint en personne lui annoncer la bonne nouvelle, ce qu'il fit par la phrase classique : « Monsieur Degrelle, votre voiture est avancée. »

Toutefois, pour mes vieux amis, il n'arriva aucune voiture ; s'ils partaient, ils partaient sur une civière. Mario est le seul qui, par miracle, parvint à se libérer après sa déportation au Maroc. Il est maintenant au Mexique, et continue à écrire le livre sur Benedetto Croce qu'il avait commencé au Vernet. Les éditeurs que l'ouvrage intéresse peuvent le toucher par mon entremise. Mais le vieux Poddach est encore là avec son asthme et son désespoir et Klein, le Roumain, qui dessinait des modèles de chaussures ; et Yankel le petit gars de dix-neuf ans, la goutte au nez et le cache-nez rouge autour du cou — il avait vécu deux pogroms et avait subi deux peines de prison pour avoir distribué des tracts à Cracovie, Murdock croit qu'il était un des trois hommes qui furent fusillés sur les douze qui essayèrent en novembre de s'évader, mais il n'en est pas sûr. « Un chic petit juif avec beaucoup de cran », voilà son signalement. Mais, au Vernet, il y avait beaucoup de chics petits juifs avec beaucoup de cran.

Pues viva la democracia. Nous sommes en juin 1942, et je me demande combien d'entre eux sont encore vivants. Des barrières de barbelés de la section C, ils peuvent compter le nombre de croix de bois dans le cimetière, qui s'augmentent de jour en jour, rang par rang. C'est probablement la plus cosmopolite collection de crânes depuis les ossuaires des croisés. Et ils furent en effet des croisés, l'orgueil d'un continent en décadence, les pionniers de la lutte pour la sauvegarde de la dignité humaine. Mais peut-être les historiens futurs déterreront-ils leur histoire pour conter l'épopée des Brigades internationales et de mon vieux camp de concentration ; et peut-être changeront-ils l'étiquette qu'on leur a collée et les appelleront-ils ce qu'ils furent réellement : « Le sel de la terre ».

Pourquoi on ne croit pas aux atrocités[1]

Il y a un rêve qui m'assaille à intervalles presque réguliers : il fait nuit et on est en train de m'assassiner dans une sorte de taillis ou de fourré ; à quelque dix mètres de distance se trouve une route passagère. Je crie au secours, mais personne ne m'entend ; la foule passe en continuant de bavarder et de rire.

Je sais que beaucoup de gens partagent, avec des variantes individuelles, ce même genre de rêve. J'ai discuté là-dessus avec des psychologues et je crois que ce rêve est un archétype au sens où l'entend Jung : l'expression de l'ultime solitude de l'individu face à la mort et à la violence cosmique, et de son incapacité à exprimer l'horreur incommunicable de son expérience. Je crois de plus qu'on peut y voir la raison de l'inefficacité de notre propagande contre les atrocités.

Car, en somme, la foule qui passe sur la route en bavardant et en riant, c'est vous, et nous autres victimes évadées ou témoins oculaires de ce qui se passe dans le taillis, qui continuons, hantés par nos souvenirs, à crier à la radio, à hurler dans les journaux et dans les meetings, dans les théâtres et les cinémas. De temps en temps, nous réussissons à capter une minute votre attention. À chaque fois que cela arrive, je le vois au muet étonnement qui se peint sur votre visage, à votre regard qui devient fixe, et je me dis : maintenant tu les as, tiens-les, tiens-les, qu'ils ne se réendorment pas. Mais cela

---

1. Publié dans le *New York Times Magazine*, janvier 1944, pour participer à une campagne destinée à familiariser le public américain avec les réalités de l'Europe.

ne dure qu'une minute. Vous vous agitez comme des jeunes chats sous l'averse, puis l'écran transparent redescend et vous continuez à marcher, protégés par la barrière de rêve qui étouffe tous les bruits.

Nous autres, de notre côté, voilà dix ans que nous crions. Nous avons commencé la nuit où Van der Lubbe, l'épileptique, mit le feu au Reichstag ; nous disions que si l'on n'éteignait pas ces flammes tout de suite, l'incendie gagnerait le monde entier ; vous nous avez pris pour des fous. Maintenant, notre folie consiste à essayer de vous parler des Juifs de l'Europe qui sont massacrés dans les chambres à gaz ou à vapeur, fusillés, enterrés vivants.

Il y a déjà trois millions de morts. C'est le plus grand record de massacres de l'histoire, et cela continue tous les jours, heure par heure, aussi régulièrement que le tic-tac de votre montre. J'ai devant moi, sur mon bureau, des photographies qui expliquent mon émotion et mon amertume. Des gens sont morts pour les faire sortir en fraude de Pologne ; ils croyaient que ces documents en valaient la peine. Les faits ont été publiés en brochures, dans les Livres Blancs, les journaux, les revues. Et puis, l'autre jour, j'ai rencontré l'un des journalistes américains les mieux connus en Angleterre. Il m'a raconté qu'au cours d'une récente enquête de l'opinion publique, neuf citoyens américains moyens sur dix, lorsqu'on leur demanda s'ils croyaient aux atrocités nazies, répondirent que c'étaient des mensonges de propagande, et qu'ils n'en croyaient pas un mot. Quant à l'Angleterre, voilà trois ans que je fais des conférences aux soldats et leur attitude est la même. Ils ne croient pas aux camps de concentration ; ils ne croient pas aux enfants qui meurent de faim en Grèce, ni à l'exécution des otages de France, ni aux charniers de Pologne. Ils n'ont jamais entendu parler de Lidice, de Treblinka et de Belzec ; on les convainc une heure, ensuite, ils se secouent, leur autodéfense mentale se remet à fonctionner et, au bout d'une semaine, le réflexe d'incrédulité que le choc avait temporairement affaibli recommence à jouer.

Peu à peu, cela devient une idée fixe chez mes semblables et chez moi. Évidemment, nous devons souffrir de quelque obsession morbide tandis que vous autres êtes normaux et sains. Mais le symptôme caractéristique des fous, c'est qu'ils perdent contact avec la réalité et vivent dans un monde de fantasmes. Aussi, peut-être, est-ce l'inverse : peut-être est-ce nous, avec nos cris, qui réagissons d'une manière saine et normale devant la réalité qui nous entoure, tandis que vous êtes, vous, les névrosés, qui marchez en chancelant dans un monde de fantasmes parce que vous n'avez pas le courage de regarder les choses en face. S'il n'en était pas ainsi, on aurait évité cette guerre, et ceux qui ont été assassinés devant vos yeux de rêveurs éveillés seraient encore une vie.

Je dis *peut-être*, parce qu'il est évident que tout cela n'est que la moitié de la vérité. À toutes les époques, il y eut des prophètes, des prédicateurs et des illuminés, pour maudire l'aveuglement de leurs contemporains — et la situation restait la même. Il y a toujours ceux qui hurlent dans les fourrés et ceux qui passent sur la route. Ils ont des oreilles et n'entendent pas, ils ont des yeux et ne voient pas. Aussi les racines du problème vont plus loin que la simple bêtise.

Est-ce que la voix de ceux qui crient est trop faible ? Quelquefois sans doute, mais je ne crois pas que ce soit le fond de la question. Amos, Jérémie, Isaïe, étaient d'excellents propagandistes, et cependant ils ne réussirent pas à secouer leurs peuples et à les avertir. La voix de Cassandre perçait les murs et cependant la guerre de Troie eut lieu. Et, à notre extrémité de la chaîne — toute proportion gardée — je crois que le ministère de l'Information et la B.B.C. sont passablement compétents. Voilà près de trois ans qu'ils sont parvenus à faire marcher le pays sans lui offrir rien d'autre que des défaites. Mais, en même temps, ils ont été tout à fait incapables de donner aux gens le moins du monde conscience de ce qui se passait, de la grandeur et de l'horreur de l'époque dans laquelle nous sommes nés. Ils ont travaillé dans le style « affaires courantes » à la seule différence que, dans les affaires courantes, il s'agissait de tuer ou d'être tué. En réalité, le manque d'imagination est devenu une sorte de mythe racial anglo-saxon ; mythe qu'on se plaît à opposer à l'hystérie des Latins et qui est très prisé dans les circonstances critiques. Mais le mythe ne parle pas de ce qui se passe *entre* les circonstances critiques, et ne dit pas que ce manque d'imagination même rend incapable d'empêcher le retour de ces circonstances critiques.

Le manque d'imagination n'est pas un privilège anglo-saxon, bien que les Anglo-Saxons soient peut-être la seule race à compter à son actif ce que les autres inscrivent à leur passif. Ce n'est pas non plus une question de tempérament ; les stoïques ont des vues plus larges que les fanatiques. C'est un fait psychologique inhérent à notre structure mentale, et je suis persuadé qu'on n'y a pas fait suffisamment attention ni en psychologie sociale ni en théorie politique.

On dit : « Je crois ceci », ou « Je ne crois pas cela » ; « Je le sais » ou « Je ne le sais pas », et l'on considère cette alternative comme parfaitement tranchée : c'est blanc, ou noir. En réalité, « savoir » et « croire » ont des degrés différents d'intensité. Je sais qu'un homme nommé Spartacus a soulevé les esclaves romains, mais ma croyance dans son existence est plus faible que celle que j'ai par exemple, en ce qui concerne Lénine. Je crois aux nébuleuses spirales, je peux les voir à travers un télescope et exprimer leur distance en chiffres ; mais elles ont pour moi moins de réalité que l'encrier sur ma table. La distance dans l'espace et dans le temps réduit l'intensité de la prise de conscience. Ainsi de la grandeur, « dix-sept » est un chiffre que je connais intimement comme un ami : cinquante billions ne représentent qu'un mot. Un chien qui passe sous une auto bouleverse notre équilibre émotionnel et notre digestion ; trois millions de Juifs tués en Pologne ne nous donnent qu'un malaise modéré. Les statistiques ne saignent pas ; c'est le détail qui compte. Notre perception est incapable d'embrasser la totalité des événements ; on ne peut isoler qu'une petite partie de la réalité.

Jusqu'ici, tout cela est affaire de degrés de gradations dans l'intensité de la connaissance et de la croyance. Mais quand on dépasse le royaume du fini et que l'on a affaire à des mots tels que l'éternité dans le temps et l'infini dans l'espace ; c'est-à-dire quand on approche de la sphère de l'Absolu, notre réaction cesse d'être une affaire de degrés et devient une qualité différente. Mise en présence de l'Absolu, l'intelligence ne résiste pas. La « connaissance » et la «croyance» ne sont plus que des mots. La mort, par exemple, appartient à la catégorie de l'Absolu et notre croyance en elle est simplement un mot. «Je sais» que la statistique a fixé l'âge moyen des individus à 65 ans. Je peux raisonnablement m'attendre à ne plus vivre que 27 ans, mais si je savais d'une manière certaine qu'il me faudrait mourir le 30 novembre 1970 à cinq heures du matin, je serais empoisonné par cette certitude; je compterais et je recompterais les jours qui me resteraient à vivre, je me reprocherais toutes les minutes perdues, autrement dit, je deviendrais névrosé. Cela n'a rien à voir avec l'espoir de vivre plus que la moyenne; si l'on reportait de dix ans la date de la mort, le processus de la névrose resterait le même.

Ainsi vivons-nous tous avec une conscience partagée; il y a un plan tragique et un plan trivial, qui contiennent deux sortes de connaissances et sont mutuellement incompatibles. Leur climat et leur langage sont aussi différents que le latin d'église et l'argot des affaires. Les limites de la prise de conscience expliquent les limites de la propagande. Les gens vont au cinéma, ils voient des films qui leur montrent les tortures nazies, les exécutions en masse, l'action de la Résistance et le sacrifice de ses membres. Ils soupirent, ils hochent la tête, et les femmes pleurent un bon coup. Mais ils ne rattachent pas cette émotion aux réalités qui se déroulent sur le plan normal de leur existence. C'est du Roman, c'est de l'Art, ce sont les Choses qui Nous Dépassent, c'est le latin d'église. Tout cela ne correspond pas à la réalité. Nous vivons dans une société faite par le modèle du docteur Jekyll et M. Hyde, démesurément agrandie.

Toutefois, il n'en a pas toujours été ainsi au même degré. Il y a eu des périodes et des mouvements dans l'histoire — à Athènes, au début de la Renaissance, au début de la Révolution russe — où certaines couches de la société, tout au moins, avaient atteint un niveau relativement élevé de conscience; il y eut des temps où l'on aurait dit que les gens se frottaient les yeux et se réveillaient, où ils étaient «contemporains» du processus historique dans un sens plus plein et plus large, — où le plan cosmique et le plan trivial semblaient sur le point de fusionner.

Et il y a eu des périodes de désintégration et de dissociation. Mais jamais auparavant, même pas durant la décadence spectaculaire de Rome et de Byzance, la pensée ne fut dissociée d'une manière si évidente, si palpable, comme une maladie universelle ; jamais la psychologie humaine n'atteignit un tel degré d'irréalité. Notre conscience semble se rétrécir en raison directe du développement de nos communications ; le monde nous est ouvert comme jamais il ne l'a été auparavant, et nous vivons comme en prison, chacun dans notre cage portative. Pendant ce temps-là, la montre continue à faire tic-tac. Que peuvent faire ceux qui donnent l'alarme, sinon continuer à crier jusqu'à devenir apoplectiques ?

J'en connais un qui avait l'habitude de parcourir le pays pour parler à des meetings à raison de dix en moyenne par semaine. C'est un éditeur londonien bien connu. Avant chaque meeting, il avait coutume de s'isoler dans une chambre, de fermer les yeux et d'imaginer en détail et pendant vingt minutes qu'il était un de ceux qui allaient être tués en Pologne. Une fois, il essayait de s'imaginer asphyxié par des émanations d'acides chlorhydrique dans un des trains d'extermination ; une autre fois, il lui fallait creuser sa tombe en compagnie de deux cents autres hommes, puis faire face à une mitrailleuse dont le tir était, naturellement, plutôt imprécis et capricieux. Puis il montait sur l'estrade pour parler. Il a tenu le coup pendant un an, puis il a fait de la dépression nerveuse. Il avait beaucoup d'empire sur son auditoire et peut-être a-t-il fait un peu de bien, peut-être a-t-il réussi à rapprocher d'un pouce les deux plans séparés par des kilomètres.

Je crois qu'il faudrait imiter son exemple. Deux minutes par jour dans ce genre d'exercice, les yeux fermés, après avoir lu le journal, sont en ce moment plus nécessaires que la gymnastique et que les exercices respiratoires du Yogi. Cela pourrait même remplacer la présence à l'église. Car tant qu'il y aura des gens sur la route et des victimes dans les taillis, séparés les uns des autres par des barrières de rêve, notre civilisation ne sera jamais qu'une fumisterie.

Chevaliers en armures rouillées[1]

I

Le directeur de ce journal m'a demandé d'écrire un article « sur les raisons qu'ont les hommes de mourir pour la démocratie, basé sur une expérience personnelle ». Je souligne la phrase parce que j'ai le sentiment que, sous la forme négative, elle contient en elle-même une partie de la réponse. La majorité de ceux que j'ai vus mourir et aller à la mort sur les champs de bataille, dans les hôpitaux, dans les prisons et les camps de concentration, depuis Badajoz, ne donnaient certainement pas leur vie par enthousiasme pour une « Démocratie » abstraite ; et je me demande combien, parmi les vrais combattants de la guerre, peuvent expliquer la différence entre les Trade Unions anglais et le Front du Travail allemand ; sans parler de questions constitutionnelles plus compliquées.

Prenons une des grandes épopées de la guerre, celle de la petite armée grecque dont personne n'avait jamais entendu parler auparavant, et qui a battu les troupes d'élite de Mussolini — ce fut presque un miracle. Et cependant les Grecs se battaient sous la dictature fasciste de feu Metaxas, tyrannie si stupide et si bornée qu'elle avait mis la République de Platon sur la liste des livres interdits. Prenons encore le dernier miracle, la défense de Stalingrad. Nous considérons avec humilité, avec gratitude et admiration, les hommes et les femmes de l'État soviétique. Ceux qui essaient de nous

1. Publié dans le *New York Times Magazine*, janvier 1943.

monter contre eux font le jeu d'Hitler; mais ceux qui prétendent que les voies du père Staline sont des voies démocratiques, ou bien veulent être très malins, ou bien sont des simples d'esprit.

II

Je ne dis pas cela pour le plaisir d'être désagréable. Je veux seulement dire qu'on s'aperçoit que la guerre actuelle est une affaire plus compliquée qu'elle ne le semblait au début; et qu'il faut essayer de fixer les yeux sur les gens tels qu'ils sont et non sur les jolis soldats et soldates des affiches de propagande. Dans la réalité, nous distinguons deux catégories principales: ceux qui ont eu l'expérience personnelle du nazisme et du fascisme, et ceux qui ne l'ont pas eue.

La première catégorie, c'est-à-dire les Européens du continent, sait exactement ce contre quoi elle combat; elle le sait aussi parfaitement que le malade connaît sa maladie; mais connaît-elle aussi le remède? L'expérience du mal vous donne-t-elle la science médicale? Plus on parle avec des gens qui se sont récemment échappés du continent plongé dans les ténèbres, plus on doute.

Pour les Tchèques, les Polonais, les Français, les Belges, les Hollandais, etc., la guerre actuelle est littéralement une lutte pour la vie. Ils haïssent non le terme abstrait de «fascisme», mais les Allemands en chair et en os qui ont détruit leurs maisons et tué leurs amis. Ils se battent, non pour le mot abstrait de «démocratie», mais pour libérer leur pays, ce qui est un but concret. Si on leur parle des États-Unis d'Europe, ils vous regardent avec méfiance. Une des principales malédictions d'Hitler est que, en essayant d'unifier l'Europe sur de fausses bases, il a provoqué une telle recrudescence de chauvinisme et de nationalisme que l'horloge de l'évolution européenne en a été reculée d'au moins cinquante ans. Qu'on le veuille ou non, le rêve du continent martyrisé est un super-Versailles et la «souveraineté nationale» est le grand slogan du jour.

Quant à ceux qui n'ont pas eu l'expérience personnelle du fascisme — les gens des pays anglo-saxons — le mot démocratie pour eux n'a pas grande signification réelle. Ils sont aussi peu conscients des libertés constitutionnelles dont ils jouissent que de la composition de l'air qu'ils respirent.

Et cela, si l'on y réfléchit, est peut-être la plus belle conquête de l'ère libérale. En effet, l'idéal de l'État démocratique, quand il fonctionne bien, est le même que celui des vêtements bien coupés — on ne doit pas le remarquer. Pour l'ensemble du peuple anglais, la Gestapo et les camps de concentration ont approximativement le même degré de réalité que le serpent de mer. La propagande contre les atrocités est sans effet contre ce manque salutaire d'imagination. Je m'y suis essayé aussi. Toutes les fois que j'ai parlé des camps de concentration aux soldats, j'ai eu l'impression très nette qu'ils me croyaient tant que j'étais devant eux, mais qu'à peine étais-je parti, ils ne me croyaient pas plus qu'on ne croit au cauchemar de la veille et ils se mettaient à chanter joyeusement : « Qui a peur du Grand Méchant Loup ? »

Ainsi les Anglais, en grande majorité, n'ont-ils pas encore la moindre idée de ce que cache l'épouvantail du fascisme. Par contre, ils ont une idée très claire de l'agression allemande et de la Luftwaffe ; là leurs pensées glissent aisément sur les associations d'idées solidement établies en 1914, et, depuis le raid sur Coventry, ceux qui essaient de faire une différence entre « Allemands » et « Nazis » ont perdu la partie. On les enterrera bientôt avec les honneurs militaires dans les colonnes du *New Statesman and Nation* ; et plus la victoire est proche, plus le caractère de la guerre se révèle conforme à la définition que les conservateurs en ont toujours donnée : une guerre pour la survivance de la nation, une guerre pour la défense de certains idéaux traditionalistes du XIXᵉ siècle ; et non ce que moi-même et mes amis de la Gauche avions dit : une guerre civile et révolutionnaire européenne, sur le modèle de la guerre d'Espagne.

S'il en est ainsi, ce n'est pas parce que les conservateurs sont plus intelligents que la Gauche ou parce que M. Churchill est plus massif que M. Attlee, mais parce que la grande majorité des gens de toutes classes sont encore imbus des idées du XIXe siècle et conçoivent la guerre plutôt dans le style « la Charge de la Brigade légère » que dans Le style « Brigades internationales ». La dernière statistique Gallup a révélé que 91 p. 100 du peuple anglais a approuvé la politique de M. Churchill après sa fameuse phrase : « Nous garderons ce que nous avons. » Soyons francs, et tout en nous réjouissant de la victoire de nos armes, reconnaissons la défaite de nos aspirations.

III

Jusqu'ici, j'ai parlé de la majorité qui ne se préoccupe pas de politique. Maintenant, que dire de nous, de la minorité consciente qui a rêvé une Europe socialiste, fraternelle et unifiée et qui a travaillé pour la créer ? Il faut avouer que nous commençons à avoir l'air stupide et personnellement j'en ai assez des lamentations et des gémissements. Il vaut mieux regarder les faits en face et voir où nous en sommes.

Les grands mouvements internationaux ont échoué. La Seconde Internationale a échoué dans sa mission, quand elle a été incapable d'empêcher la guerre en 1914 ; la Troisième Internationale, quand elle a été incapable d'empêcher Hitler d'arriver au pouvoir en 1933 et quand elle est devenue une annexe du ministère des Affaires étrangères russe. Ainsi, la coalition défensive des forces conservatrices et des forces progressistes créée par la menace nazie a été dès le début sous la direction des conservateurs. Ce sont les Munichois et non les Croisés qui nous ont menés à la guerre — parce que les Croisés, même s'ils ont eu raison mille fois, avaient été trop souvent vaincus pour avoir la confiance du peuple, tandis que les conservateurs, malgré leurs erreurs passées, avaient derrière eux le bloc des forces d'inertie.

En conséquence, la guerre s'est engagée dès le début sur des lignes défensives, non seulement au point de vue stratégique, mais aussi au point de vue idéologique. Nous avons combattu et nous combattons pour «défendre» le XIXᵉ siècle, contre une offensive sans merci de «l'ordre nouveau». Et bien que récemment la coalition alliée soit passée à l'offensive du côté militaire, l'idéologie est restée conservatrice et défensive, encore plus nettement qu'auparavant. Les élections américaines, l'histoire burlesque de Darlan, le mélancolique épisode de Cripps et d'autres événements démontrent de plus en plus clairement que le plateau de la balance penche de plus en plus du côté conservateur[1], en rapport presque direct avec l'approche de la victoire, et que les gens n'ont pas l'air de s'en soucier beaucoup; ils s'intéressent davantage à l'avance de la Huitième Armée qu'à la démission de Stafford Cripps.

Ainsi, sauf imprévu, la victoire qui s'annonce sera la victoire des conservateurs et aboutira à une paix des conservateurs. Elle ne résoudra aucunement les problèmes des minorités dans le puzzle de l'Europe[2]. Elle n'apportera aucun remède à la maladie inhérente au système capitaliste. Elle ne marquera pas un pas décisif dans l'évolution de la race humaine. Mais elle apportera un énorme soulagement temporaire aux peuples du continent, elle sauvera des millions d'individus dont la vie semblait condamnée et elle assurera un certain minimum de liberté, de dignité, de sécurité. Bref, ce sera une réédition, légèrement améliorée, du vieil ordre préhitlérien, un post-scriptum XIXᵉ siècle à la première moitié du XXᵉ dont l'histoire a été effroyable. J'espère et je crois que ce rapiéçage anachronique, s'il est exécuté par de bons artisans, laissera l'Europe respirer pendant une vingtaine d'années, en lui donnant une chance au moins d'éviter le prochain plongeon qui serait fatal.

Autrement dit, nous commençons à nous rendre compte que la guerre actuelle n'est pas le cataclysme final, ni le dernier combat entre les forces des ténèbres et celles de la lumière, mais qu'elle est peut-être le commencement d'une nouvelle série de convulsions

---

1. P.S. 1946. Je suis enchanté de m'être en partie trompé. A.K.
2. P.S. 1946. Je suis désolé de ne m'être pas trompé. A.K.

qui se dérouleront sur une plus longue période de l'histoire que nous ne l'avons d'abord pensé, jusqu'à la naissance du monde nouveau. Notre devoir sera d'employer ce répit aussi bien que possible. Et incidemment, nous pourrons nous louer, chaque matin où nous nous réveillerons sans sentinelle de la Gestapo sous nos fenêtres, de ce post-scriptum du XIXe siècle, qui nous permet de sauver notre peau. Qui donc, parmi ceux qui vécurent la débâcle en France, il y a deux ans, l'auraient cru possible ? Moi sûrement pas.

IV

Je me rends compte que c'est un credo très modeste pour un membre de ce qu'on appelle «L'intelligentsia de Gauche» et que mes amis vont me jeter la pierre. D'autant plus qu'eux aussi doivent avoir le sentiment plus ou moins conscient que nous avons fini de nous placer, au point de vue politique, dans le vide. Nous sommes une avant-garde coupée de ses approvisionnements.

Nous avons conçu la Bataille du Progrès comme une guerre de tranchées socialiste, avec des lignes de front bien nettes, séparant les classes, et nous avons été pris au dépourvu par une guerre sociale de mouvement. Des éléments mobiles se séparent du gros des troupes ; d'importants groupes de la classe ouvrière se sont ralliés au fascisme ; l'aile radicale de la jeune génération Tory opère sur le flanc gauche des Trade Unions, la bureaucratie et la technocratie s'établissent dans des positions clefs en hérisson. Et nous voilà dans le no man's land, comme des chevaliers à l'armure rouillée, éblouis, avec, pour seul guide, un manuel cent fois feuilleté de citations de Marx et d'Engels — le guide social le plus vrai et le plus profond du siècle dernier, mais, hélas ! de peu de secours sur le champ de bataille fluide et mouvant d'aujourd'hui.

Il existe toutefois une façon plus encourageante de regarder ce tableau. Pendant les quinze dernières années, ces chevaliers aux armures rouillées, qui portaient sur leurs boucliers les mots Liberté, Égalité, Fraternité se sont toujours battus du côté des vaincus.

Shanghai, Addis Ababa, Madrid, Vienne, Prague, ce fut une longue série d'affreuses débâcles ; nous avons pris l'habitude de vivre constamment dans l'atmosphère de la défaite, dans une sorte d'apocalypse permanente. La défaite à doses massives est une drogue dangereuse ; elle devient un penchant.

Aujourd'hui, pour la première fois, il semble que nous soyons du côté des vainqueurs. Et même si la victoire est bien différente de celle que nous avions rêvée — elle peut amener un grand changement, elle peut nous faire perdre l'habitude de la défaite. Et lorsque nous aurons pris l'habitude de gagner, et modernisé notre armure — qui sait où nous nous arrêterons ?

La fraternité des pessimistes [1]

Dans la guerre actuelle, nous combattons un mensonge absolu au nom d'une demi-vérité.

Nous appelons l'Ordre nouveau du nazisme un mensonge absolu parce qu'il refuse l'éthique propre à notre espèce, parce qu'en proclamant que la force prime le droit, il abaisse la Loi des Hommes au niveau de la Loi de la Jungle, et en proclamant que la race est tout, il abaisse la Sociologie au niveau de la Zoologie. Avec une semblable philosophie, il ne peut y avoir de compromis. Il faut qu'elle capitule sans condition.

Quant à nous, d'autre part, nous vivons dans une atmosphère de demi-vérités. Nous combattons le racisme et cependant la discrimination raciale est loin d'être abolie dans les pays anglo-saxons ; nous combattons pour la démocratie et cependant notre alliée la plus puissante est une dictature totalitaire et policière. Mais notre climat de demi-vérités est tellement étouffant que le seul fait d'exprimer ces faits, tout indéniables qu'ils soient, ressemble à une provocation.

« Pourquoi insister ? » dira-t-on. « Nous sommes en pleine bataille et non au confessionnal. » C'est que, des deux côtés de l'Atlantique, les gens deviennent plus inquiets à mesure que la victoire approche. Il y a partout un malaise étrange. On dirait que la nausée vient avant l'ivresse.

1. Publié dans le *New York Times Magazine*, novembre 1943.

Après Dunkerque, à l'époque où l'Amérique était encore neutre et où la Russie attendait encore qu'Hitler ouvrît un second front à l'Est, nous étions nombreux en Angleterre à penser que seul un miracle pouvait nous sauver. Comme un malade à la veille d'une opération désespérée, nous nous disions : « Seigneur, si je survis, je commencerai une nouvelle vie — et quelle vie ! » Le miracle a eu lieu, l'opération a réussi et le malade est sorti de l'hôpital — pour s'apercevoir que sa maison est toujours dans le quartier des taudis, que sa boîte aux lettres est toujours remplie de factures, que la voix de sa femme est tout aussi aigre qu'auparavant, qu'elle louche autant, et que l'affreux gosse a toujours le nez qui coule. Est-il ingrat envers le sort s'il recommence le lendemain à grogner ?

Depuis le succès de l'invasion d'Afrique du Nord, les factures se sont amoncelées, les voix sont devenues plus aigres et les yeux ont louché davantage au foyer des alliés. Mais faire sentimentalement appel à la bonne volonté et à l'esprit de coopération entre les concurrents qui demain gouverneront le monde est une méthode naïve et inefficace. Les gouvernements n'ont qu'une marge étroite de manœuvre à l'intérieur de l'automatisme fatal des forces économiques et sociales qui les poussent. Depuis au moins cinquante ans, il est devenu de plus en plus évident que seule une vigoureuse organisation internationale (c'est-à-dire une organisation « horizontale ») pourrait mettre fin au gâchis mondial par des solutions mondiales. Pendant les premières dix années du siècle, et particulièrement entre les deux guerres, il y eut l'immense espoir qu'une force horizontale de ce genre allait surgir et balayer les structures verticales des égoïsmes nationaux qui se faisaient concurrence. Les progressistes du monde entier ont mis leurs espoirs dans la Société des Nations, dans la Deuxième et dans la Troisième internationale ; et même les gens plutôt conservateurs se sont tournés vers des solutions internationalistes, — soit vers le Vatican, soit vers d'autres Églises, ou vers des confréries maçonniques.

Ce qui caractérise l'époque actuelle est l'effondrement de toutes les structures « horizontales ». La conséquence en est que nos vérités deviennent des demi-vérités. Et, à moins de surmonter notre répugnance à avaler et à digérer cette amère évidence, nous serons incapables de voir clairement où nous en sommes ou bien vers quoi nous emporte le courant.

Aux regards mélancoliques des Européens (ou plutôt de ces exilés de Gauche dont je fais partie, et que les staliniens appellent trotskystes, les trotskystes, impérialistes, et les impérialistes, ces salauds de Rouges), la banqueroute de l'horizontalisme de Gauche devient de plus en plus évidente. Le cadavre du Komintern, dans un état avancé de décomposition, a été enfin enterré officiellement. La partie d'échecs compliquée jouée entre Mr. Lewis et le président Roosevelt a mis au clair l'état de choses dans le mouvement travailliste américain; en Russie, la roue tourne, et l'on en revient aux valeurs traditionnelles : la Mère-Patrie, l'École des Cadets et l'Église orthodoxe ; le parti travailliste anglais a laissé tomber le dernier voile d'horizontalisme socialiste quand il a adopté la motion raciste qui rend le peuple allemand, y compris les treize millions de travailleurs qui aux dernières élections libres ont voté contre les Nazis, collectivement responsables des actes des Nazis.

Si jamais le socialisme eut une chance de s'établir en Grande-Bretagne, ce fut pendant la période qui va de Dunkerque à la chute de Tobrouk. Le mécontentement populaire contre la conduite de la guerre semblait avoir atteint le maximum. À environ une douzaine d'élections partielles, le gouvernement a été battu. Le gouvernement avait pouvoir de nationaliser toutes les propriétés privées du pays ; le passage au socialisme d'État aurait pu s'effectuer simplement par pression politique, sans révolution, ni guerre civile. Car, à l'inverse du grand capitalisme français, qui, placé devant le dilemme « Hitler ou le Front populaire », a choisi Hitler, la classe dirigeante anglaise, presque sans exception, semblait prête à vivre dans une Angleterre rouge plutôt que sous la domination nazie. Cette différence d'attitude entre les classes dirigeantes française et anglaise a une importance historique ; cette épreuve cruciale a démontré que l'Angleterre méritait de survivre. Toutefois, la classe ouvrière a manqué de maturité politique pour saisir l'occasion.

Les tories intelligents ne sont pas encore revenus de leur surprise de voir le capitalisme survivre à la débâcle de Singapour.

Ce n'est là qu'un maillon dans la chaîne des occasions perdues par le socialisme. Avant, il y eut la République de Weimar, la crise américaine, les victoires du Front populaire en France et en Espagne. Quel formidable élan vers un nouvel ordre humain il y avait dans l'air entre les deux guerres, et quel affreux échec de n'en avoir rien tiré ! C'est le fascisme qui en a profité. Le mouvement socialiste a constamment joué le rôle de séducteur qui perd courage au bord du lit. Or, l'histoire est une belle capricieuse, et si l'amoureux continue à manquer les rares occasions qui lui sont offertes, le dommage sera irréparable. Il arrive un moment où ces sollicitations ne sont plus que comédie, et si brusquement la belle se jetait dans ses bras, le bon vieillard serait bien embarrassé — imaginez Mr. Attlee premier ministre marxiste d'Angleterre.

Les mouvements politiques ont, semble-t-il, leurs propres lois organiques. Ils se développent et si, au moment de leur maturité, ils n'atteignent pas au pouvoir, ils s'atrophient et dépérissent. C'est ce qui est arrivé aux mouvements horizontaux de notre siècle. La Société des Nations est morte de langueur, les Églises sont politiquement paralysées, la Seconde Internationale a fait de l'artério-sclérose et la Troisième s'est décomposée. Les seuls survivants de l'époque où s'est développée la puissance ouvrière sont les Trade-Unions. Je suis loin de mésestimer leur énorme importance et la fonction positive qu'ils remplissent. Mais ils sont un organisme de défense économique et non une force politique créatrice.

L'échec de l'« horizontalisme » à notre époque est plus qu'un recul momentané ; il révèle l'insuffisance de la méthode qui a dominé les mouvements libéraux et socialistes du siècle dernier. Parler des « hauts et bas », c'est se tromper soi-même ; nous ne sommes pas sur les montagnes russes, mais dans un cul-de-sac. Aujourd'hui, nous avons reculé de vingt ans la réalisation d'un nouveau climat véritablement humain, la possibilité de penser, de sentir et d'agir sur un plan mondial et en rapport avec la rapidité des communications. Ce que proposent tous les plans pour l'après-guerre ressemble à des ponts de fortune pour relier les îlots des grandes puissances. Ce sont des tentatives moitié sincères, moitié honnêtes pour arriver d'une manière ou d'une autre à franchir les dix ou vingt années qui viennent, et qui, tout le monde s'en rend vaguement compte, ne seront pas une époque de grandes solutions, mais une période intermédiaire et transitoire, un interrègne de demi-vérités et de demi-obscurité, où sans cesse on aura peur de voir les ponts s'écrouler et le mécanisme fatal pousser une fois de plus les géants sur la route aveugle de la destruction.

Jusqu'ici, c'est un tableau pessimiste, mais qui est basé, je crois, sur des faits objectifs. Ce qui suit est une prévision purement subjective ; certains la trouveront absurde. Mais je sais que beaucoup d'autres partagent mon sentiment ; c'est pour eux que je parle.

Les interrègnes, c'est-à-dire les périodes de chaos transitoire qui suivent l'écroulement des valeurs traditionnelles d'une civilisation ont une durée limitée. Je crois que le jour n'est pas loin où l'interrègne actuel prendra fin et où s'élèvera un nouveau ferment « horizontal », — non pas un nouveau parti ou une nouvelle secte, mais un courant irrésistible et général, une lame de fond spirituelle pareille à celle du christianisme primitif ou à la Renaissance. Ce sera probablement la fin de notre ère, la fin de la période qui a commencé avec Galilée, Newton et Christophe Colomb, de la période de l'adolescence de l'humanité, de l'âge des définitions scientifiques et des mesures quantitatives, des valeurs utilitaires, de la prédominance de la raison sur l'esprit. L'œuvre a été gigantesque, les spasmes de l'agonie sont terrifiants. Mais ils ne sauraient durer beaucoup plus longtemps ; la fréquence des convulsions redouble à mesure que l'ampleur de leur violence augmente. On peut presque évaluer à quelle distance se situe le point d'épuisement. Il peut y avoir encore une ou deux guerres mondiales, mais non une douzaine ; c'est une question de décades, non de siècles.

Que sera la nouvelle époque qui suivra l'interrègne ? Une chose est certaine, ce ne sera pas le Meilleur des Mondes dont Huxley nous a menacés. Hitler a eu le mérite, historiquement, de nous immuniser contre les utopies totalitaires comme une dose de vaccin cholérique immunise contre le choléra. Je ne veux pas dire qu'on ne fera pas des tentatives semblables dans d'autres parties du monde pendant les années de l'interrègne, mais ce ne seront que des épisodes isolés, un épilogue de l'agonie de l'époque qui meurt.

L'analogie historique nous donne la clef des valeurs de l'ordre mondial futur. On distingue dans le passé une succession de niveaux de la conscience sociale, qui s'étagent par paliers. L'époque des guerres de religion a pris fin lorsque la politique séculière a commencé de dominer la conscience humaine ; les conflits de l'époque féodale ont disparu lorsque les facteurs économiques ont pris une importance prépondérante ; les luttes de la période « économique » cesseront par la création de nouvelles valeurs éthiques. Les grandes querelles ne sont jamais résolues sur leur propre plan, mais sur le plan au-dessus. La Seconde et la Troisième internationale ont abouti à une impasse parce qu'elles ont combattu le capitalisme avec ses propres armes, et n'ont pas été capables de s'élever vers le climat spirituel dont nous éprouvons tous — vaguement, plus ou moins consciemment — le besoin.

Vues sous la perspective de la période historique du niveau supérieur, les vieilles controverses perdent leur intérêt et semblent vidées de leur signification ; et inversement on ne peut prévoir les formes de la période à venir lorsqu'on est au niveau inférieur. Des tentatives de ce genre aboutissent au dilettantisme mystique, comme le prouvent les gribouillages des yogis de Hollywood. Tout ce qu'on peut dire, c'est que le nouveau mouvement rétablira l'équilibre entre les valeurs rationnelles et les valeurs spirituelles et, comme le dit Auden, « *ralliera les puissances tremblantes et perdues du vouloir — pour les répandre sur la terre* ». Mais, pour l'instant, nous vivons encore l'interrègne.

Ceux qui sont foncièrement optimistes peuvent se permettre de regarder les faits en face et d'être pessimistes dans leurs prédictions à court terme ; seuls les hommes foncièrement pessimistes ont besoin de demi-vérités. L'interrègne des années à venir sera une période de détresse et de grincements de dents. Nous vivrons dans le creux vague de l'histoire. Cela veut-il dire qu'il nous faille ne rien faire et attendre avec fatalisme des temps meilleurs ?

Je ne le crois pas, au contraire ; ce dont nous avons besoin, c'est d'une fraternité active des pessimistes (je veux dire des pessimistes à court terme). Ils ne chercheront pas de solutions radicales immédiates parce qu'ils savent qu'elles ne peuvent se réaliser au creux de la vague ; ils ne brandiront pas le bistouri contre le corps social parce qu'ils savent que leurs instruments sont souillés. Ils guetteront les yeux ouverts, sans parti pris sectaire, les premiers signes du nouveau mouvement horizontal ; ils l'aideront à naître, mais, s'il ne se manifeste pas durant leur vie, ils ne désespéreront pas. Ils savent que le nouveau mouvement ne naîtra pas nécessairement dans telle ou telle section de la classe ouvrière ou des professions libérales, mais qu'il viendra certainement des pauvres et des humbles, de ceux qui ont le plus souffert. Et, en attendant, leur but principal sera de créer des oasis dans le désert de l'interrègne.

Les oasis peuvent être grandes ou petites. Elles peuvent n'être constituées que d'un groupe d'amis comme dans le livre magnifique de Silone : *Le Grain sous la Neige*, ou elles peuvent englober des pays entiers — pays situés à la périphérie des grands champs de force, par exemple : l'Italie, la Norvège l'Espagne. Il est tout à fait possible que, dans le monde qui vient, de semblables oasis survivent en marge d'États géants et belliqueux ; et que, tout en obéissant économiquement et socialement à la tendance générale, elles puissent se permettre plus de tolérance et d'humanité traditionnelle que les gros concurrents ; la Suisse des trois derniers siècles en est la preuve évidente. Et il serait peut-être possible, en outre, de créer des enclaves à l'intérieur des États géants et d'exercer quelque influence sur leur climat. Pendant un précédent interrègne, dans ce qu'on a appelé l'âge des ténèbres, qui va du déclin de Rome à l'aube de la Renaissance, ce sont de semblables oasis qui ont assuré la continuité de la civilisation ; d'abord les monastères, puis les universités avec leurs lieux de refuge où aucun homme d'armes n'avait le droit de pénétrer.

Parmi les grandes puissances, l'Angleterre, grâce à son traditionalisme obstiné et à la grande inertie du corps social, est probablement le mieux à même de permettre l'établissement de quelques oasis. Les interrègnes sont les pentes descendantes de l'histoire, et, à cet endroit du voyage, les freins sont plus importants que le moteur. Pendant le siècle dernier, nos freins moraux ont été de plus en plus négligés, jusqu'au jour où le dynamisme totalitaire a fait emballer le moteur. Cela signifie, pour parler clair, que si j'avais à choisir entre vivre sous un commissaire politique, ou sous un vieil imbécile de colonel anglais, je choisirais ce dernier sans hésiter. Il me traiterait comme un type impossible et bien agaçant et me bouclerait peut-être par manque d'imagination ; le Commissaire plein d'imagination me fusillerait poliment si je n'étais pas de son avis. Dans d'autres situations historiques, sur la pente ascendante, le vieux colonel peut redevenir le principal ennemi du progrès. Dans les années à venir, son instinct confus de ce qui est correct, et son attachement aux valeurs traditionnelles (même un peu hypocrite) seront d'un grand secours pour atténuer le choc.

En 1917, l'Utopie semblait à portée de la main. Aujourd'hui, elle est ajournée jusqu'à la fin de l'interrègne.

Pessimistes du monde entier, unissez-vous. Construisons des oasis…

Le roi est mort[1]

I

«Le roi est mort, vive le roi», criaient les courtisans français lorsque la petite vérole avait eu finalement raison du roi. «Hitler est mort, vive le fascisme» en est une variante qui pourrait jouer dans les années à venir ; et il vaut mieux s'en convaincre tout de suite que d'avoir une mauvaise surprise au réveil, comme le dompteur qui s'est endormi la tête dans la gueule du lion. Pour vaincre le fascisme, les champs de bataille ne suffisent pas ; il faut le vaincre dans les esprits, dans les cœurs et dans les corps car le mot est nouveau, mais l'état d'esprit qu'il représente ne l'est pas. Partout où on parle de sidis, de youpins et de sales nègres, partout où l'on espionne, officiellement ou officieusement, les mœurs amoureuses et les credo politiques des citoyens, partout où l'on appelle Péril rouge les revendications ouvrières et où une grève légale est brisée à coups de mitraillettes et de matraques, partout où cela se passe, le fascisme est là ; inutile pour le trouver d'aller au cinéma voir la Gestapo en technicolor.

La liberté est affaire de degrés. Le prisonnier au secret est moins libre que celui à qui l'on permet de prendre de l'exercice ; le camp de concentration est un paradis à côté de la prison ; l'Italie fasciste était un pays libre comparée à l'Allemagne nazie

---

1. Article écrit à la demande de *Harpers Bazaar*, New York, et non publié ; printemps 1944.

et un pays d'esclavage comparée à la France ; mais la démocratie française refusait à la femme le droit de vote, ou le droit d'avoir un compte en banque sans l'autorisation de son mari, — ce qui, naturellement, semble très barbare à vous autres Américains et vous confirme dans l'agréable conviction que vous vivez dans le pays le plus libre du monde. Mais je connais un homme qui s'est suicidé, parce qu'après avoir été contraint de parcourir les rues de Vienne avec autour du cou un écriteau qui portait : « Je suis un sale Juif, crachez-moi dessus, s'il vous plaît », et avoir réussi à gagner les côtes bénies de l'Amérique, il fut mis à la porte d'un des nombreux hôtels où l'on n'admet pas les Juifs. De toute évidence, il ne savait pas que c'était possible ; il aimait les films américains, et croyait aux discours du sergent en technicolor, qui était un dur, mais parlait si bien de la démocratie en pleine bataille.

Mais lorsque je dis que la différence entre le fascisme et la démocratie n'est qu'une affaire de degrés, on m'objectera les garanties constitutionnelles : la liberté de la presse, la représentation parlementaire, et ainsi de suite. C'est vrai, et quiconque a vécu sous la dictature connaît l'importance vitale des institutions démocratiques, et la connaît même beaucoup mieux que ceux qui brandissent toujours cet argument pour prouver que tout va très bien. Mais il sait aussi la différence qu'il y a entre la lettre de la loi et l'esprit dans lequel elle est appliquée. On rougirait de citer des platitudes pareilles, si le sergent en technicolor n'avait pas toujours l'air prêt à confondre la théorie avec la pratique. Mettons donc les points sur les i (ce qui est ennuyeux dans la Charte de l'Atlantique et dans le Plan de Dumbarton Oaks, c'est que, dans l'ensemble, il n'y a pas de points sur les i, ni de barres sur les t) et comprenons une bonne fois que Hitler aussi a un parlement qui en théorie peut le renverser n'importe quand ; que sous le gouvernement Horthy le parti socialiste hongrois avait une existence légale, et il y a seulement quelques mois, publiait même un quotidien ; et que la constitution la plus démocratique du monde, la Constitution soviétique de 1936, n'empêche pas le système du parti unique ni l'interdiction de toutes les manifestations d'opposition.

En d'autres termes, on ne peut pas compter sur les garanties constitutionnelles ni s'en servir complaisamment d'excuse. Nous pensons toujours au fascisme comme à quelque chose de solide, d'absolument différent de notre manière de vivre. Il serait plus juste de le comparer à un gaz qui remplit n'importe quel récipient quelle qu'en soit la forme. Une fois qu'on a pris l'habitude de vivre dans un peu de puanteur, il arrive un moment où l'on ne s'aperçoit plus qu'on est complètement intoxiqué. Nous ne courons pas le danger de nous réveiller un beau matin dans un monde fasciste, — c'est ce qu'on peut aisément empêcher. Nous courons le danger d'être allés nous coucher la veille dans un monde qui était déjà devenu fasciste sans que nous nous en soyons aperçus.

II

Je ne voudrais pas que vous voyiez dans ce que je dis les propos exagérés d'une Cassandre professionnelle. Ceux qui furent entre les deux guerres les Cassandres de l'Europe n'ont pas donné l'alarme pour le plaisir de jouer les masochistes ou les épouvantails, ni pour le plaisir de dire après coup : «Je vous l'avais bien dit.» De toute façon, il leur est impossible de le dire, car il en reste bien peu. Ils vous ont averti, non parce qu'ils étaient visionnaires, mais parce qu'ils avaient vu la réalité et qu'ils en avaient souffert dans leur propre corps. Les socialistes vous ont mis en garde contre Hitler parce qu'ils connaissaient Dachau et Oranienbourg. Les Français réclamaient la sécurité parce qu'ils savaient ce que c'est que l'invasion. Les petites nations vous ont mis en garde contre la politique de puissance conçue par les Trois, ou Quatre, ou Cinq Grands parce qu'elles savaient que c'est elles qui en feraient les frais. Les Juifs vous ont mis en garde contre le racisme parce qu'ils savaient que ce qui commence par des sarcasmes finit par le lynchage et le massacre, que ce soit à Calcutta, à Varsovie ou à Detroit. Et aujourd'hui, ceux d'entre nous qui ont vu grandir le fascisme et qui en connaissent les premiers symptômes, vous mettent en garde contre la pieuse erreur qui consiste à appeler la peste un petit bouton.

Naturellement, la souffrance, à elle seule, n'engendre pas la sagesse, aussi ne croyez pas que nous prenons des airs arrogants ou protecteurs quand nous faisons remarquer qu'il y a une différence entre notre expérience et la vôtre. Tous les martyrs ne sont pas des saints et souvent ils se conduisent comme des imbéciles. Après les Juifs, les Polonais ont vécu la plus terrible des tragédies, ils ont été massacrés par leurs ennemis et abandonnés par leurs alliés, et voyez comme ils se sont desservis eux-mêmes. Il semble qu'ils aient été incapables de profiter de la leçon — mais il serait plus juste de dire que l'Histoire est un mauvais maître, qui inflige d'abord la punition, puis laisse l'élève en chercher la raison. Les Polonais ne sont pas les seuls à être mauvais élèves ; sur la plus grande partie du continent l'on voit même les guérillas et les mouvements de résistance se combattre ouvertement ou sourdement, dans les pays déjà libérés aussi bien que dans ceux qui sont encore occupés.

Mais cependant, il y a une différence entre ceux qui ont souffert et ceux qui sont restés relativement intacts. Parmi les millions d'Européens qui ont subi l'épreuve de la famine, de la terreur et de l'humiliation, il existe une minorité consciente qui a appris au moins une ou deux choses. Elle représente le seul actif du continent qui a fait faillite et elle demeure son espoir le plus fort. Il ne faut pas l'identifier avec tel ou tel parti ou tel ou tel groupe — quoique ses membres soient plus nombreux dans les groupements de gauche que dans ceux de droite ; ce ne sont jusqu'ici que des individus possédant un dénominateur commun et il est possible que, pendant quelque temps, les vieux partis et les nouvelles allégeances étrangères de l'Est et de l'Ouest imposent leurs façons de voir. Qu'ils ne soient encore qu'une minorité n'a pas d'importance. Tous les progrès dans l'Histoire ont eu comme point de départ de semblables minorités conscientes, qui réussissaient à inoculer leur conscience à la masse inerte et à lui montrer où était son propre intérêt. Sans elles, la Bastille n'aurait jamais été prise et les États-Unis n'auraient jamais été unis. Ce sont les bons élèves de l'Histoire qui savent interpréter ses leçons.

Bien entendu des minorités de ce genre existent partout — dans l'Intelligentsia américaine comme dans les maquis de Norvège et de France. Mais c'est précisément là qu'intervient la différence entre les possédants et les non-possédants de la souffrance. Parmi les non-possédants, les intellectuels forment une petite minorité plutôt isolée. Leurs cris d'alarme sont beaucoup plus inspirés par l'imagination que par l'expérience. Ils peuvent s'enrouer à crier et cependant ne trouvent aucune résonance, parce que les masses ne sont pas au diapason, parce qu'elles n'ont pas la même longueur d'ondes de souffrance et d'expérience, parce qu'elles n'ont pas l'imagination des visionnaires et n'ont absolument pas la moindre idée de ce qui excite ces gens-là. Ce manque d'écho influe à son tour sur le caractère de l'intellectuel qui joue les Cassandres ; il s'enferme en lui-même, devient amer et perd encore plus contact avec l'homme moyen. Si les paysans français du XVIIIe siècle n'avaient pas été préparés par la souffrance et par la famine, Danton et Saint-Just auraient passé leur vie à diriger des journaux de gauche confidentiels comme votre *New Republic* ou votre *Partisan Review*.

Il est évident que, sur le continent européen, il y a un climat différent. Les gens là-bas ont tout au moins perdu leur carapace, cette charmante, cette désarmante, cette monstrueuse carapace d'ignorance qui caractérise la moyenne des soldats et des officiers américains à l'étranger. Avez-vous vu des photographies de tanks américains entourés de villageois français ou belges ? Ces gens qui tendent la main pour attraper une tablette de chocolat ou qui jettent des fleurs dans les tourelles ont tous un siècle de plus que les garçons à qui ils font fête. On le voit à leurs yeux, même s'ils sourient. On le voit même chez la jeune fille qui embrasse le conducteur du tank. Ce sont les possédants de l'expérience. Et cette minorité consciente parmi eux sur laquelle nous fondons notre espoir n'est pas formée d'individus isolés issus de l'Intelligentsia, mais d'hommes d'action, d'hommes ordinaires qui viennent principalement des mouvements de la Résistance.

Leur nombre est, en proportion, plus grand, leurs liens avec la masse sont plus humains et plus intimes et leurs chances d'être écoutés sont meilleures que celles des idéalistes américains. Car la grande masse inerte elle-même a été non seulement fanatisée, mais aussi sensibilisée ; voilà pourquoi les gens des photographies ont l'air plus vieux et plus mûrs que les garçons de la tourelle.

« Souffrir passe ; avoir souffert ne passe jamais. » Le résidu de leurs souffrances restera, même s'ils ne trouvent pas une expression politique immédiate, même s'il n'est pendant quelque temps qu'un courant souterrain qui attend le moment de crever au chaos de la surface. Il se peut qu'il fassent des sottises et des fautes, mais ce ne sera pas tout à fait les mêmes fautes que celles d'autrefois. Et peut-être ne seront-elles pas des fautes qui leur soient propres, mais leur seront-elles imposées de l'extérieur : par de fausses polarisations et par des conflits latents entre les grandes puissances. Après tout, même si les Polonais avaient acquis toute la sagesse de cette terre, leur sort aurait été le même. Et si vous entendez parler de querelles chez les partisans grecs ou les maquisards français, ne dites pas complaisamment : « Ces gens sont aussi bêtes qu'avant, la souffrance ne les a pas changés. » Le changement existe et portera ses fruits en son temps, — si la politique de puissance leur en laisse la chance. Et si cette chance leur est refusée, comme elle l'a été dans le passé, et qu'ils deviennent enragés, ils auront tout de même une excuse.

Mais vous, vous n'avez pas cette excuse. Vous n'êtes pas pris en sandwich entre de gros voisins qui décident de votre sort, soit en vous tyrannisant, soit en vous laissant tomber. Une invasion des États-Unis par le Venezuela ne semble pas très vraisemblable. Et le gouvernement canadien ne va pas non plus se mettre à financer chez vous un parti révolutionnaire soi-disant national. Vous êtes le plus riche pays du monde. Deux fois, en l'espace d'une génération, vous avez sauvé l'Europe de l'esclavage. La première fois, vous vous êtes dépouillés vous-mêmes et vous avez dépouillé vos morts dans les cimetières de France du bénéfice moral de leur sacrifice. Les Européens se demandent si vous allez recommencer cette fois-ci.

III

La liberté étant affaire de degrés, le grand danger pour ceux qui n'ont pas été immunisés par l'expérience est l'imperceptible transition qui les porte successivement jusqu'à l'esclavage. Cela s'applique à toute la civilisation occidentale. Les grandes catastrophes de l'histoire, comme la chute de Rome, ne se sont pas produites par un effondrement spectaculaire, mais par un glissement lent jusqu'en bas de la pente ; et cela peut durer des siècles ou des dizaines d'années.

Une curieuse loi de la nature humaine veut que les vraies tragédies soient camouflées par la facilité. Les premiers symptômes de la tuberculose sont beaucoup moins dramatiques que ceux de la coqueluche ; la démence commence par des signes imperceptibles comparés à la violence de la dépression nerveuse. Tous les soldats savent que le ciel et la terre ne semblent jamais si paisibles, si endormis, et si sûrs que dans l'accalmie au plus fort de la bataille. Tous les psychanalystes savent que les vrais problèmes du malade sont embusqués derrière les idées et les rêves qu'il juge ordinaires et sans importance. Et si l'on relit ses notes de journal au bout d'un an, on constate avec surprise qu'on a étrangement minimisé les événements personnels vraiment importants ; la même réflexion s'applique à beaucoup d'autobiographies.

Si curieux que soit ce phénomène, la raison en est claire. L'esprit ne peut garder son équilibre qu'en s'entourant d'une sorte de filtre protecteur qui amenuise l'énorme et tragique flot de la réalité et en fait un petit courant ordinaire. Sans lui, nous perdrions tous la tête dès l'adolescence. C'est une protection indispensable, mais qui a ses inconvénients. Dans les périodes de crise, elle protège la raison, mais quand tout semble aller bien, elle endurcit l'égoïsme. L'habitude qu'ont les Anglais de mettre la sourdine à l'expression de leurs convictions et de leurs sentiments prend inconsciemment racine dans la même tendance. Il faut filtrer le tragique pour n'en laisser qu'une hypocrite banalité. C'est une attitude qui date de la dernière période victorienne, quand l'Angleterre était devenue un bastion de richesse et de satisfaction de soi.

La souffrance agrandit les trous du filtre : c'est le grand avantage de ceux qui ont souffert sur les autres. Le but essentiel de tout enseignement ou de toute exhortation morale est d'accomplir la même opération par un effort volontaire.

TROISIÈME PARTIE

EXPLORATIONS

L'anatomie d'un mythe

> *Les époques sans foi sont les berceaux de nouvelles superstitions.*

AMIEL.

I

Newton n'a pas écrit seulement le *Principia*, mais aussi un traité sur la topographie de l'Enfer. Même aujourd'hui, nous avons tous des croyances qui non seulement sont incompatibles avec les faits observables, mais aussi avec les faits observés. Les valeurs de la foi et les glaces de la raison sont enfermées ensemble dans notre cerveau, mais en général n'agissent pas l'une sur l'autre ; les vapeurs ne se condensent pas et les glaces ne fondent pas. Le cerveau humain est schizophrénien et se partage en au moins deux plans qui s'excluent mutuellement. La différence principale entre la schizophrénie pathologique et la schizophrénie normale est que, dans le premier cas, il s'agit d'une croyance irrationnelle individuelle et, dans le second, d'une croyance également irrationnelle, mais acceptée par la collectivité.

Il y a des exemples types de dualité d'esprit parfaitement admis par la société : l'astronome qui croit en même temps à ses instruments et au dogme de la création en six jours ; l'aumônier militaire ; le communiste qui admet les « millionnaires prolétaires » ; le psychanalyste qui se marie ; le déterministe qui insulte ses adversaires. Le primitif sait que son idole est un morceau de bois sculpté et croit cependant qu'elle peut faire pleuvoir ; et nos croyances ont beau être raffinées progressivement, notre dualité reste fondamentalement identique.

Des indices prouvent qu'il y a corrélation entre ce dualisme et des processus nerveux définis. Les expériences sur les animaux et l'étude de certains types de lésions cérébrales pendant la dernière guerre ont mis au jour deux tendances — qui s'inhibent réciproquement — en réaction à une situation donnée : on peut les appeler grosso modo le comportement thalamique et le comportement cortical. Le comportement thalamique est dominé par l'émotion, le comportement cortical par le raisonnement. Les croyances irrationnelles prennent racine dans l'émotion ; croire peut ainsi se définir : « Connaître avec ses viscères. » Le comportement thalamique s'accompagne d'une pensée gouvernée, non par la logique, mais par le désir ou par la crainte ; c'est-à-dire un mode de raisonnement tel qu'on le trouve chez les sauvages ou chez les enfants, et vingt-trois heures sur vingt-quatre en nous-mêmes.

La pensée corticale, c'est-à-dire rationnelle et détachée, est une acquisition neuve et fragile qui se détraque à la plus petite irritation des viscères transmise par le système nerveux végétatif. Une fois les émotions éveillées, elles dominent la scène.

L'anthropologie et la psychologie ont toutes deux, pendant les cinquante dernières années, donné des résultats convergents. Lévy-Bruhl a prouvé que la mentalité primitive est prélogique ; les catégories kantiennes d'espace homogène, de temps et de causalité n'existent pas dans la mentalité primitive ; elle est soumise, non pas au raisonnement, mais aux croyances traditionnelles, les préliaisons collectives. Freud a mis en évidence les sources affectives inconscientes de la pensée et en a remonté le cours jusqu'aux totems et aux tabous : Jung a montré que certaines images, croyances et symboles archaïques, dits des archétypes, appartiennent collectivement à la race humaine. Même la philologie moderne arrive, par d'autres voies, à des résultats semblables : Ogden et Richards ont démontré le caractère fétichiste et émotionnel de l'emploi des mots et des expressions tautologiques. Bref, la science a enfin atteint un niveau suffisamment rationnel pour pouvoir discerner l'irrationalité du fonctionnement normal de l'esprit.

La science qui a jusqu'ici été la moins touchée par ces progrès est la politique. La raison finale de la faillite des Seconde, Troisième et Quatrième Internationales, et du socialisme international en général est le dédain où ils ont tenu le facteur irrationnel de l'esprit humain. La doctrine socialiste et la propagande de Gauche restent basées sur la supposition que l'homme est un être raisonnable qu'il suffit de convaincre par des arguments logiques, par des cours du soir, par des brochures, etc... pour qu'il voie où est son propre intérêt et qu'il agisse en conséquence. Le subconscient, les archétypes, le monde du rêve, les glandes endocrines, le système nerveux végétatif, — c'est-à-dire quatre-vingt-dix pour cent de ce qui constitue le véritable *Homo Sapiens*, il n'en est pas question. D'où l'échec total de la Gauche à expliquer, à analyser ou à neutraliser le phénomène du fascisme. D'où sa facilité à se tromper elle-même, et son optimisme superficiel, même au bord extrême de l'abîme[1].

---

1. Le fascisme, d'autre part, malgré l'importance qu'il donne à l'irrationnel et au mythe, n'est pas plus près de la vérité scientifique. Il commet l'erreur inverse, il néglige l'élément rationnel, sa sociologie est fondée sur une théorie raciste insoutenable, son économie politique est rudimentaire et éclectique ; sa société statique.

La seule tentative scientifique de synthèse entre l'interprétation marxiste de l'histoire d'une part, et l'école néo-machiavéliste — Michel, Pareto, Sorel, Mosca — dont le fascisme est l'héritier, d'autre part, a été faite par Burnham, et il s'est vite fait lapider par la Gauche. Les conclusions de Burnham sont souvent trop générales et il est facile de leur faire des critiques de détail ; mais l'originalité et le caractère extrêmement stimulant de son explication ressortent immédiatement quand on compare le *The Managerial Revolution* ou *The Machiavellians* aux *Réflexions sur la révolution de notre temps* du professeur Lasky par exemple. Autant comparer un aphrodisiaque à un cachet d'aspirine.

II

Cette insuffisance fondamentale de la Gauche ne peut s'expliquer par les insuffisances de ses chefs. Elle a des racines plus profondes.

Jusqu'à la fin du XVIIIe siècle, les mouvements révolutionnaires avaient ou bien une base religieuse ou tout au moins de solides attaches avec la religion. Ils satisfaisaient à la fois le désir rationnel d'une vie meilleure, et l'aspiration irrationnelle vers l'Absolu. En d'autres termes, ils étaient émotionnellement saturés. La Révolution française apporta un changement radical.

La Réforme avait attaqué le clergé papiste corrompu au nom de Dieu ; sa lutte dans le siècle avait laissé la divinité intacte. La Révolution française a constitué une attaque de front, non seulement contre le clergé, mais contre Dieu. La tentative de Robespierre pour établir, avec la Déesse Raison, un produit de remplacement synthétique, fit faillite. Toutefois, heureusement, d'autres absolus lui furent substitués : Liberté, Égalité, Fraternité non seulement a été un slogan, mais un fétiche, comme les Trois Couleurs et le bonnet phrygien. La tradition romaine : les consuls, les patriotes, le nouveau calendrier, etc... a fourni la mythologie du nouveau culte. L'Église, interprète de la Divinité dans le siècle, a été supplantée par la *Patrie*, instrument de propagande du nouvel évangile des Droits de l'Homme. La constitution américaine contient cette phrase : « Nous croyons que l'affirmation que tous les hommes naissent égaux est une vérité par elle-même évidente. » L'accent est porté sur « par elle-même évidente », c'est le mot qui justifie la foi dans l'axiome, dans une Révélation qui dépasse le raisonnement logique.

Mais le pouvoir d'attraction et d'émotion direct des nouvelles divinités a été de courte durée ; il s'est usé en moins d'un siècle, comparé aux deux millénaires du mythe chrétien. Les raisons en sont claires. Les mythes et les rites de la Chrétienté reposent sur un fonds ancestral, qui remonte sans rupture par la Judée, Sumer et Babylone, jusqu'à l'homme néolithique, jusqu'à la magie et à l'animisme. Leurs racines plongent aux plus profondes couches archétypes de l'inconscient ; tandis que les principes de 1789 sont nés d'un raisonnement conscient. Ils ont pu, pendant quelque temps, remplir le brusque vide et servir d'idoles faute de mieux. Mais ils n'ont pas pu s'incarner ; ils n'ont pas pu servir d'écran où l'homme aurait projeté son aspiration vers l'Absolu. Ils n'offraient pas de compensation mystique à son sentiment d'insuffisance et de privation, à son inquiétude cosmique, à ses terreurs archaïques. Ils n'avaient pas de racines ataviques, c'étaient des divinités-ersatz, synthétiques, séculières. Les dieux habitent les nuages et le crépuscule ; la « mystique » de la Gauche est née dans la vive clarté de l'Age des Lumières.

Vers le milieu du XIXe siècle, après 1848, le nouveau Credo avait perdu son caractère de révélation. Les épigones de la Révolution française, Proudhon, Fourier, Saint-Simon, n'étaient pas des prophètes, mais des extravagants. Il n'y eut aucun mouvement dont l'attraction émotionnelle fut assez irrésistible pour reprendre l'héritage du christianisme à son déclin.

Les fondateurs du socialisme moderne croyaient qu'une attraction de ce genre était devenue inutile. La religion était l'opium du peuple : il fallait la remplacer par un régime rationnel. Le progrès rapide de toutes les sciences, avec le darwinisme qui donnait le rythme, faisait naître un optimisme général, et croire à l'infaillibilité du raisonnement, à l'existence d'un univers lumineux et clair, d'un univers de cristal avec une structure atomique transparente, sans recoins obscurs, sans crépuscules, sans mythes. C'est dans cette atmosphère qu'est né le socialisme scientifique de Marx ; dans une période où l'on comparait les rapports entre le comportement rationnel et le comportement affectif aux rapports qui unissent le cavalier à son cheval ; le cavalier représentant la pensée rationnelle, le cheval, ce qu'on appelait « les sombres instincts » et « la bête qui est en nous. »

Aujourd'hui, nous sommes devenus plus modestes et nous inclinons à penser que le Centaure de la mythologie serait une plus juste comparaison. Mais en attendant, il est devenu de tradition, à Gauche, de discuter avec le cavalier pendant que les autres fouettent le cheval.

Le résultat fut qu'un siècle et demi après la prise de la Bastille, les mouvements succédèrent aux mouvements et dépérirent. Fouriérisme, utilitarisme, Première et Deuxième Internationales, owenisme, syndicalisme, anarchisme, fabianisme, wilsonisme, la Société des Nations, la République de Weimar, la Troisième Internationale — autant de branches du même arbre planté à l'Age des Lumières et qui sont toutes, en dix ou vingt ans, devenues des branches mortes.

Les résultats *pratiques* de ces mouvements avortés ont été néanmoins énormes et sans précédent dans l'Histoire. Ceux qui ricanent et contestent la réalité des progrès devraient lire le chapitre du *Capital* de Marx sur le travail des enfants dans les usines anglaises au début du siècle dernier, ou le récit de la mutinerie sur le *Spithead and Nore*. Ces cent cinquante ans de mouvements laïques ont apporté plus d'améliorations tangibles à la masse du peuple que quinze cents ans de christianisme. Mais ce n'est vrai que de la réalité matérielle. Le reflet de cette réalité dans l'esprit des masses a été différent. Si on les confronte avec leurs intentions premières, tous ces mouvements progressistes ont fait faillite. Aucun ne s'était fixé pour but les résultats limités qu'il a fini par atteindre ; tous avaient commencé, avec la ferveur des utopistes, par promettre l'Age d'Or. Ce qu'ils ont réalisé concrètement a été plus ou moins le sous-produit de leur faillite idéologique, le reliquat que les exécuteurs sauvent de la banqueroute après la mort du millionnaire. *Ainsi, tandis que, dans le domaine matériel, les tentatives de la Gauche avaient pour effet, en s'additionnant, une amélioration lente et constante des conditions sociales, — dans le domaine psychologique, elles avaient pour effet, en s'additionnant, une déception et un sentiment de privation qui allaient grandissant.* Il n'y avait rien pour remplacer la foi totale qui était perdue, la croyance dans une réalité supérieure, dans un système fixe de valeurs éthiques. Le progrès est un mythe superficiel parce qu'il a ses racines non dans le passé, mais dans l'avenir.

La Gauche a perdu de plus en plus ses racines émotionnelles. La sève se desséchait. Quand les travaillistes anglais, et les sociaux démocrates allemands arrivèrent au pouvoir, ils avaient déjà perdu leur vitalité. Les communications avec les couches inconscientes étaient coupées ; leur mystique se basait sur des concepts purement rationnels. Il ne leur restait de la tradition de la grande Révolution française que le ton caustique et voltairien de la polémique.

À un congrès d'écrivains communistes, après des heures de discours sur le meilleur des mondes en construction, André Malraux demanda avec impatience : « Et l'homme qui est écrasé par un tram ? » Il rencontra une stupeur générale et n'insista pas. Mais il y a en chacun de nous une voix qui insiste. Nous avons été coupés de notre foi dans la survie, dans l'immortalité d'un moi que nous aimons et que nous détestons plus intimement que n'importe quoi, et cette amputation ne s'est jamais cicatrisée. Être tué sur une barricade ou mourir martyr de la science procure quelque compensation ; mais l'homme qui est écrasé par un tram ou l'enfant qui se noie ? L'homme de l'époque gothique avait une réponse à cette question. Ce qui était en apparence un accident s'intégrait dans un dessein supérieur. Le sort n'était pas aveugle ; les tempêtes, les volcans, les déluges, la peste, tout obéissait à un mystérieux dessein. On s'occupait de vous là-haut. Les cannibales, les Esquimaux, les Hindous et les chrétiens — tous ont réponse à cette question d'entre les questions, qui, refoulée, escamotée, honteusement cachée, demeure encore, en fin de compte, la règle dernière de nos actions. La seule réponse que put obtenir Malraux, après un pénible silence, ce fut : « Dans un système de transports parfaitement socialisé, il n'y aura pas d'accidents. »

III

Après la première guerre mondiale, les complexes de privation firent explosion ; le besoin de croire, qui avait été négligé, de se fier à quelque chose d'absolu et d'incontestable, déferla sur l'Europe.

L'intellect avait dit son mot et fait faillite, l'affectif prenait sa revanche, l'orage déchargeait son électricité sous différentes formes, suivant les conditions locales. Dans certains pays, il fut retardé par l'effet calmant de la victoire ; dans d'autres, il produisit une vague d'hédonisme, une orgie de jazz et d'accouplements. Il y eut deux phénomènes historiques qui cristallisèrent le retour à la foi : le fascisme et le mythe soviétique.

Il faudrait faire tout de suite remarquer que, par « mythe soviétique », je n'entends pas ce qui s'est passé en Union soviétique, mais le reflet de ces événements sur la psychologie de la Gauche européenne. Je vais essayer de prouver que, comme tous les mythes authentiques, il répondit à certaines aspirations profondes et inconscientes, presque indépendamment de la réalité historique qu'il était supposé refléter — tout comme le mythe chrétien n'est pas ébranlé par les découvertes historiques sur la véritable personnalité de Jésus de Nazareth et de ses disciples.

IV

Les mythes fasciste et soviétique ne furent ni l'un ni l'autre des constructions synthétiques, mais un retour aux archétypes et, par conséquent, ils furent capables d'embrasser non seulement l'élément cérébral, mais l'homme tout entier. Tout les deux pouvaient créer la *saturation émotionnelle*.

Le caractère mythologique du fascisme n'a jamais été contesté par ses initiateurs. L'opium fut ouvertement administré aux masses par les chefs. Les archétypes du Sang et du Sol, du Surhomme vainqueur du dragon, les divinités du Walhalla et les pouvoirs sataniques des Juifs ont été systématiquement mobilisés au service de la nation. La moitié du génie d'Hitler fut d'avoir frappé juste sur les cordes de l'inconscient. L'autre moitié fut son éclectisme vigilant, son flair pour découvrir les méthodes ultra-modernes d'économie, d'architecture, de technique, de propagande et de guerre. Le secret du fascisme est bien dans le retour aux croyances archaïques dans un cadre ultra-moderne. L'édifice nazi était un gratte-ciel dont le chauffage central était alimenté par des sources chaudes d'origine volcanique.

D'autre part, l'approvisionnement en eau du mouvement socialiste consistait en un réservoir sur le toit qu'on espérait voir un jour rempli par la pluie. La Révolution russe a non seulement apporté la pluie, mais le déluge. L'eau s'est mise tout d'un coup à jaillir des robinets desséchés d'où rien ne coulait jusque-là.

Pendant les premières années, il y eut corrélation assez juste entre le mythe soviétique et la réalité russe. C'était l'âge héroïque où naissent les légendes ; il y avait encore du feu derrière la fumée.

Et quel feu !

Le peuple avait pris et gardé le pouvoir sur un sixième de la terre. La propriété privée, la notion de profit, les tabous sexuels, les conventions sociales avaient été abolis pratiquement d'un seul coup. Il n'y avait plus de riches et de pauvres, de patrons et d'employés, d'officiers et de soldats. Le mari n'avait plus d'autorité sur sa femme, les parents sur leurs enfants, le professeur sur ses élèves. L'histoire de l'*Homo Sapiens* semblait recommencer à zéro. On entendait la foudre résonner derrière les mots de ces décrets inouïs comme au Sinaï quand la Voix dictait les Dix Commandements. Ceux qui écoutaient avaient l'impression de sentir la dure écorce, qui les recouvrait, l'écorce desséchée de scepticisme, de résignation et de bon sens, éclater brusquement ; ils étaient soulevés par une vague d'émotion dont ils ne se seraient pas crus capables. Quelque chose en eux s'était dénoué, quelque chose de si profondément refoulé qu'ils en ignoraient l'existence, une espérance si profondément ensevelie qu'ils l'avaient oubliée. La Gauche avait parlé de la Révolution à venir pendant des années, pendant des dizaines d'années, pendant plus d'un siècle. Quand elle arriva, les gens de Gauche furent aussi stupéfiés que le serait le curé de village après son sermon dans l'église vide, s'il apprenait de son vicaire qu'on vient d'annoncer le Royaume du Ciel à la radio.

Pour la Gauche, c'était vraiment la réalisation d'une prophétie messianique. Toutes les expressions des manuels : le gouvernement des ouvriers et des paysans, l'expropriation des expropriateurs, la dictature du prolétariat, ne s'écrivaient plus avec l'encre, mais avec le sang. Le mythe de la Gauche, nous l'avons vu, ne venait pas du passé, mais était déduit d'un hypothétique avenir. Cet avenir se réalisait maintenant. L'utopie exsangue était devenue un pays réel peuplé d'hommes réels ; suffisamment éloigné dans l'espace pour donner libre cours à l'imagination, avec des costumes pittoresques et de nostalgiques chansons pour aliment. Le progrès, la justice et le socialisme qui étaient des abstractions ne pouvaient servir de nourriture au rêve et n'offraient aucune prise à l'amour, à l'adoration, ni à la communion. Maintenant, le mouvement, qui, jusque-là, n'avait ni feu ni lieu, avait conquis une mère patrie, un drapeau national et même un père (profil barbu, au regard espiègle et aux traits mongols). La lutte épique d'un grand peuple qui se bat pour sa liberté et qui joue entre-temps de la balalaïka, comblait toute la soif d'émotion de la Gauche européenne, cette vieille fille centenaire, qui n'avait jamais connu l'étreinte du pouvoir.

Ainsi naquit, ou plutôt renaquit le mythe soviétique. Car la Russie n'était qu'un nouveau prétexte à faire revivre un archétype aussi vieux que l'humanité. Comme ses symboles précédents, comme l'Age d'Or, la Terre promise et le Royaume du Ciel, il offrait d'admirables compensations au vide de l'existence et à l'absurdité de la mort. Ceux parmi nous qui ont vécu dans le mouvement communiste savent combien le mythe soviétique remplissait à perfection ce rôle, — non pour les Russes, mais pour les fidèles du dehors.

Un des caractères essentiels de cet archétype est que l'accomplissement de la promesse doit être précédé par de violents bouleversements : par le Jugement dernier, par l'apparition de la Comète, etc. D'où l'instinct qui pousse les communistes authentiques à refuser les conceptions réformistes qui pourraient amener progressivement au socialisme. L'apocalypse révolutionnaire est indispensable à l'accomplissement de l'Avènement.

Les tentatives des puissances occidentales pour essayer d'étouffer le bolchevisme par l'intervention militaire n'ont fait qu'accroître la ferveur des disciples et ont donné à la Russie l'auréole du martyre ; et la Russie a beau être devenue entre-temps la plus grande puissance militaire de l'Europe et avoir dévoré la moitié de la Pologne et les États Baltes, l'auréole subsiste. « Bas les pattes sur la Russie », a commencé par être un slogan politique, mais est vite devenu un tabou religieux. Par le même processus, les insultes de la presse réactionnaire ont eu pour résultat d'étendre le tabou à la critique et à la discussion. On donnait officiellement comme explication que critiquer la Russie, même sans hostilité et objectivement, c'était faire le jeu de la réaction. Mais ce n'était là de toute évidence qu'une justification à posteriori, car même dans le privé et en l'absence de tout reporter de l'Action française, les fidèles considéraient que la critique était un blasphème et un crime. La nécessité de défendre la Russie contre l'intervention des pays capitalistes se transformait peu à peu en nécessité de défendre une foi contre l'intervention du doute.

Le progrès avait retrouvé sa religion perdue : le mythe soviétique devenait le nouvel « opium du peuple ».

V

La vague révolutionnaire qui avait déferlé sur le continent dans le sillage de la Révolution russe, se termina par une série de défaites en Allemagne, en Italie, en Hongrie, et dans les Balkans. Dès les premières années 20, il devint clair qu'il fallait abandonner l'espoir d'une révolution européenne. Jusque-là, on avait considéré l'État soviétique comme la pointe avancée du mouvement révolutionnaire. À partir de 1925 environ, le mouvement révolutionnaire mondial devint l'arrière-garde de l'État soviétique. Dans une série tragique d'épisodes révolutionnaires qui vont de la Chine à l'Espagne, l'arrière-garde fut acculée au suicide. Les intérêts du prolétariat mondial furent subordonnés aux intérêts de l'Union soviétique ; l'Internationale communiste devint un auxiliaire du ministère des Affaires étrangères russe. Les brusques changements de ligne du Parti, dans les différents pays d'Europe, n'ont été que les conséquences amplifiées des subtiles manœuvres de la diplomatie russe — comme les secousses de la remorque qui suit une automobile.

Cette évolution catastrophique fut expliquée aux fidèles par la doctrine du socialisme dans un seul pays. La Patrie du prolétariat fut le bastion qu'il fallait préserver même en sacrifiant ceux du dehors, — c'est-à-dire les élites du mouvement révolutionnaire en Europe. À l'avenir, quand le bastion serait suffisamment solide, la garnison ferait une sortie pour libérer ceux qui sont « extra-muros ». Leur sacrifice était en réalité un placement à long terme qui trouverait une glorieuse récompense à l'heure des règlements de compte. Ainsi s'accentua l'élément de promesse messianique. La séparation qui s'établit entre la Russie soviétique et la classe ouvrière européenne, la fermeture des frontières russes, sauf pour des pèlerinages soigneusement encadrés et mis en scène, tout concourait à couvrir d'un voile la Russie véritable et à nourrir le mythe aux sources de l'imagination.

VI

Les résultats désastreux de cette politique pour la Gauche européenne sont inscrits aux archives de l'histoire. Dans toute l'Europe, les partis communistes ont joué involontairement le rôle d'accoucheurs du fascisme. Chefs ou simples militants, ceux qui avaient compris et qui avaient le courage de protester se firent exclure du parti, liquider à Moscou ou dénoncer à la police des États capitalistes. La structure despotique du Komintern était le reflet de la structure de la dictature soviétique ; les dirigeants communistes traitaient les travailleurs et les intellectuels de l'Europe comme ils traitaient leurs propres sujets, c'est-à-dire un peuple semi-asiatique et pratiquement illettré. Ils ne tenaient pas compte de la différence de l'état de choses en Occident, ni de la mentalité occidentale. Tout cela a été exposé en détail par les critiques du Komintern, de Trotsky à Borkenau, mais ils bornent leur analyse au plan politique ; les raisons psychologiques qui ont poussé la majorité des communistes et des sympathisants hors de Russie à accepter sans murmurer qu'on les traite ainsi restent à expliquer.

L'épuration continuelle, l'excommunication périodique et monotone des chefs populaires de la veille, l'absence de toute influence de la masse sur la direction du Parti, le sacrifice de milliers d'hommes dans des aventures désespérées suivies par la capitulation et l'alliance avec l'ennemi, l'obstination à appeler noir ce qui est blanc, la négation indignée de ce qui la veille était la vérité, l'atmosphère de calomnie, de dénonciation et d'adoration à l'orientale — comment expliquer que des millions d'hommes en aient été dupes, et dupes volontairement, par une discipline librement consentie, sans Gestapo ni Guépéou pour y aider ? Une semblable capitulation sans condition de l'esprit critique indique toujours la présence d'un facteur qui à priori échappe au raisonnement. On pourrait l'appeler complexe de névrose, n'était que le véritable croyant (qu'il s'agisse du mythe chrétien ou du mythe soviétique) est, en règle générale, plus heureux et mieux équilibré que l'athée ou le trotskyste. La foi profondément enracinée qui remonte aux archétypes ne provoque de névroses que lorsque le doute fait naître un conflit. Pour écarter le doute, on établit un système de défenses élastiques. Les défenses extérieures sont fournies par l'Index catholique, par l'interdit sur toute littérature « trotskyste » et par l'isolement qui empêche tout contact avec les hérétiques et les suspects. Tout cela fait naître l'intolérance et le sectarisme ; il est surprenant de voir, sous cette influence, de braves gens devenir des fanatiques enragés, lorsqu'on touche au point sensible.

Les défenses intérieures sont inconscientes. Elles consistent en une sorte d'aura magique que l'esprit construit autour de la foi qu'il chérit. Les arguments qui pénètrent dans cette aura magique ne sont pas analysés par la raison, mais par un mode bien défini de pseudo-raisonnement. Les absurdités et les contradictions qui, en dehors de l'aura magique, seraient immédiatement repoussées, sont rendues acceptables par une rationalisation spécieuse. Plus les facultés intellectuelles de l'individu sont développées, plus sont subtiles les formes de ces pseudo-raisonnements. La scolastique, le talmudisme, l'alchimisme sont d'une ingéniosité et d'une logique intérieure surprenantes. Ces systèmes de « raisonnement magique » possèdent une sorte de géométrie non euclidienne, une courbe logique qui leur est propre. Cette courbe se définit par certains axiomes et certains dogmes ; dans le cas du croyant communiste, la formule clef est qu'une proposition peut être « mécaniquement correcte, mais dialectiquement fausse ».

À mesure que se creusait l'abîme entre le mythe et la réalité soviétiques, la courbe dialectique augmentait d'intensité dans l'esprit du croyant ; il a fini par trouver tout à fait naturel de voir Ribbentrop décoré de l'ordre de Lénine, d'appeler prolétaire un millionnaire, et une table une mare aux canards. Parcourir les éditoriaux du *Daily Worker* et de *L'Humanité* des dix dernières années donne l'impression de faire un Voyage au Pays des Merveilles, avec la fée Carabosse.

VII

Dans ces conditions, toute discussion publique ou privée avec ces intoxiqués est vouée à l'échec. Le débat quitte, dès le début, le plan objectif. Les arguments n'ont pas de valeur en eux-mêmes, mais uniquement selon qu'ils servent le système, ou qu'ils peuvent le servir. C'est une façon d'envisager la réalité à peu près semblable à celle de l'enfant qui se demande chaque fois qu'un objet lui tombe sous la main s'il peut ou non le manger, s'il est miam-miam ou caca. Insinuer par exemple que Trotsky a créé l'Armée Rouge, ce n'est pas énoncer un fait historique, mais dire quelque chose de « caca » et être prêt à en accepter les conséquences.

L'élément affectif ne se manifeste pas nécessairement chez l'intoxiqué par une agitation extérieure. Le mécanisme de défense fonctionne souvent comme une machine douce et bien huilée.

Si elle se sent coincée, la machine esquive automatiquement la question et se met à tourner dans un cercle vicieux. On voit alors souvent l'adversaire lucide se mettre en colère, tandis que l'intoxiqué garde son sang-froid — son sourire supérieur de fanatique ou d'illuminé.

L'adversaire objectif a encore d'autres difficultés à combattre. Il est gêné par des alliés indésirables, par l'approbation du camp réactionnaire, par leur triomphant : « Je vous l'ai toujours dit. » Ils ont été bons prophètes malgré leur mauvaise cause et, dans le fond du cœur, il fait cause commune avec l'intoxiqué qui a tort avec une bonne cause. Mais, en même temps, l'imbécillité de l'intoxiqué l'exaspère, car rien ne met plus en colère que de voir quelqu'un d'autre se cramponner à des erreurs qu'on a soi-même dépassées ; c'est pourquoi les adolescents nous tapent tellement sur les nerfs. Cette exaspération devient quelquefois de la haine. Le trotskyste est l'amant trompé qui proclame partout que sa bien-aimée est une grue et qui cependant écume de rage chaque fois qu'il en a de nouveau la preuve. La mort d'une illusion cause un déséquilibre semblable à celui que produit un drame sexuel.

Reste enfin le danger de pencher à l'autre extrême, l'exemple instructif des Laval et des Doriot, naguère membres, l'un du parti socialiste, l'autre du parti communiste français ; reste la peur de dégringoler la pente si bien cirée par les larges derrières des idéalistes passés au cynisme. Il est difficile de se cramponner au milieu de la pente et l'on y est bien seul.

VIII

L'aura magique du mythe soviétique n'affecte pas seulement les dirigeants du parti communiste, mais plus confusément les socialistes, les libéraux, les intellectuels progressistes, les démocrates chrétiens. Pendant les malheureuses vingt années qui se sont écoulées entre les deux guerres, quand la Gauche vivait dans une atmosphère constante d'échecs et de trahisons, quand l'inflation, le chômage, le fascisme s'étendaient de pays en pays, la Russie représentait la seule chose pour laquelle on pût vivre et mourir. Dans une époque de désespoir, elle restait le seul espoir, la seule promesse pour les hommes fatigués et déçus. Superficiellement, les « sympathisants » semblaient avoir la critique plus facile, mais au fond, ils étaient tous contaminés par le mythe. Ils n'avaient pas fait vœu d'orthodoxie, ils pouvaient se permettre des hérésies et même de frivoles plaisanteries ; leurs critiques et leurs objections ne détruisaient pas leur foi parce qu'elle était plus vague et par conséquent plus élastique. Mais il lui restait un noyau solide auquel on ne pouvait toucher, une formule magique qui revenait à peu près à dire que, malgré tout, la Russie était « le seul but valable », « le seul gage d'avenir », « le dernier espoir », et ainsi de suite. Il arrive même aux agents de change effrayés de reconnaître, en période de crise, qu'« après tout, il y a peut-être du vrai là-dedans », à peu près comme l'athée, qui, sur son lit de mort, reçoit les derniers sacrements.

Plus vague et plus confuse cette foi n'en est pas moins aussi inconsciemment et aussi jalousement défendue que la doctrine de la foi orthodoxe. Le *New Statesman and Nation* déploie pour interpréter la politique de Staline toute l'habileté de l'Apologiste officiel, mais sa courbe logique a plus d'élégance. Le sympathisant jouit de la même supériorité que le déiste tolérant sur le catholique doctrinaire ; mais les racines des deux croyances sont aussi irrationnelles l'une que l'autre.

Mythe et réalité soviétiques

I

L'essai ci-dessus traitait de l'aspect psychologique du mythe soviétique. Le sujet du présent essai est la réalité soviétique. Il a pour but, compte tenu des limites imposées par la place dont je dispose et de l'étendue de mes informations, d'examiner la question suivante : le système soviétique est-il ou non socialiste de fait ou de tendance ?

Pour mener à bien semblable enquête, il faut se frayer la voie à travers une série d'obstacles qui encerclent la vérité. La défense extérieure est constituée par un assourdissant barrage de propagande dont le sujet est un événement d'actualité : une expédition polaire russe, ou la construction du métro de Moscou. Des exploits de ce genre n'ont bien entendu aucun rapport avec la question du socialisme, mais on s'arrange pour en donner l'impression. Le dernier de ces barrages de propagande peut se résumer comme suit.

1. Le peuple soviétique, et particulièrement les défenseurs de Stalingrad, ont battu les Allemands parce qu'ils « savaient pourquoi ils combattaient » ; les victoires russes sont la preuve de l'excellence du système stalinien et donnent le démenti à ceux qui le critiquent. Si l'on s'aperçoit que ce genre d'argument est trop superficiel pour résister à une enquête sérieuse, les défenses intérieures entrent en action :

2. *Camouflage ou négation des faits* dont l'exactitude est quelquefois reconnue plus tard, par exemple : la famine de 1932-1933.

3. *La doctrine de la vérité « ésotérique » et « exotérique ».* — On justifie les déclarations officielles qui paraissent trop fantastiques aux yeux des occidentaux en disant qu'elles sont uniquement destinées aux masses arriérées de la Russie, par exemple : Zinoviev, agent de l'Intelligence Service.

4. *Distinction entre la stratégie et la tactique socialistes.* — Toutes les mesures réactionnaires prises par le régime soviétique sont déclarées « expédients temporaires », par exemple : la peine de mort pour les grévistes.

5. *La fin justifie les moyens.* — Les moyens qui sont condamnables quand un État capitaliste les emploie deviennent automatiquement excellents s'ils servent la cause de l'État soviétique ; par exemple : le pacte Hitler-Staline.

6. *La doctrine des bases inébranlables.* — C'est la dernière ligne de défense de l'apologiste cultivé. C'est aussi le lien qui rattache encore les dissidents, les trotskystes, les socialistes, les critiques sympathisants au mythe soviétique. On reconnaît les échecs, les faiblesses, et même les crimes de la bureaucratie soviétique, mais on prétend qu'il ne s'agit là que de symptômes superficiels, qui ne changent rien à la nature foncièrement progressiste de l'Union soviétique, que garantissent la nationalisation des moyens de production et l'abolition du profit. On prétend que, aussi longtemps que subsistent ces bases, il faut considérer la Russie comme un pays socialiste, d'où la particulière allégeance que lui doit la Gauche du monde entier.

Bien que la ligne d'apologétique soviétique soit sujette à de fréquents changements, les arguments particuliers peuvent toujours se réduire à l'une des six rubriques ci-dessus. Examinons-les maintenant plus en détail.

II

Grâce à la psychologie spéciale au temps de guerre, l'argument n° 1, bien que logiquement le plus faible, est émotionnellement le plus puissant, et non pas uniquement chez les illettrés politiques. Les succès de l'Armée Rouge ont soulevé chez les masses populaires européennes une irrésistible vague d'enthousiasme pour la Russie et forcé les critiques à garder un silence gêné.

Il serait absurde de rabaisser les qualités guerrières des Russes ou l'efficacité de la machine de guerre soviétique. La défaite de l'armée allemande est une performance historique de première grandeur ; mais nullement un miracle. La population de la Russie soviétique est deux fois plus nombreuse que celle de l'Allemagne ; son potentiel industriel en 1939, d'après les statistiques soviétiques, égalait celui de l'Allemagne ; ses immenses étendues désertiques et son climat sont des facteurs d'une valeur inestimable au point de vue défensif. Ainsi n'y avait-il *a priori* aucune raison au monde pour que la Russie fût battue par l'Allemagne, même sans tenir compte de l'Empire britannique et de l'Amérique.

L'endurance et le fatalisme des soldats russes sont proverbiaux. En 1815, ils ont battu Napoléon. En 1914, le potentiel industriel russe ne représentait pas le cinquième du potentiel allemand : pendant les fameuses offensives de Bussilof, les troupes russes montaient en première ligne armées de fusils et chaussées de souliers, en deuxième ligne, elles n'avaient que des souliers, en troisième ligne, elles n'avaient ni fusils ni souliers : il fallait qu'elles les prissent à leurs camarades tués. Cela ne les a pas empêchées de se battre plus de quatre ans, d'abord pour le tsar, puis pour Kerensky, finalement pour les bolcheviks. La Révolution, comme en Allemagne, n'a éclaté qu'après l'épuisement de la machine militaire et l'écroulement du système d'approvisionnement.

Si, comme la propagande soviétique nous l'assure, le succès des armées russes en 1944 est la preuve de la supériorité du stalinisme sur les autres systèmes sociaux, on peut aussi conclure que la victoire de 1815 prouvait l'excellence du système tsariste et la supériorité du servage sur les principes de la Révolution française.

On peut appliquer le même raisonnement à toutes les nations qui se battent dans la guerre actuelle. Les Chinois se sont battus seuls pendant dix ans contre des agresseurs supérieurs, les Japonais ; est-ce une raison pour que les classes ouvrières de l'Occident adoptent le système social chinois ? Personne ne peut dire que l'armée allemande ne s'est pas admirablement battue ; serait-ce la preuve que le nazisme a raison et que ceux qui s'élèvent contre les horreurs de la Gestapo sont des calomniateurs et feraient mieux de se taire ?

Je sais que ce que je dis est un blasphème pour des oreilles pieuses, mais nous parlons logique et non sentiment.

Le sophisme est frappant et cependant la puissance émotionnelle du mythe soviétique est telle, que même les intellectuels admettent sans discussion la formule : les Russes se battent bien *parce qu'ils savent* ce qu'ils défendent, tandis que les Allemands et les Japonais, aveugles et fanatiques, etc., se battent bien *parce qu'ils ne savent pas* ce qu'ils défendent.

Si le moral du soldat allemand ne prouve pas l'excellence du nazisme le moral du soldat russe ne saurait prouver l'excellence du stalinisme, à moins d'admettre *a priori* que le stalinisme est bon et le nazisme mauvais ; c'est-à-dire prendre pour prémisses la conclusion.

Le témoignage de l'histoire tend à démontrer que le moral d'une armée dépend d'une série de facteurs ; le contenu rationnel de la cause pour laquelle elle est censée se battre n'est qu'un de ces facteurs et son importance est généralement secondaire. Les hommes se sont battus et sont morts avec une égale ferveur pour des causes absurdes ou éclairées, progressistes ou réactionnaires, pour des causes souvent sans rapport avec leur propre intérêt et qui parfois leur était diamétralement opposé. L'intérêt personnel raisonné, qu'il soit économique ou social, n'est qu'un facteur conscient que dans les guerres faites par les nomades primitifs (pour conquérir des pâturages), ou lorsqu'une société civilisée retourne à l'état primitif à la suite de l'effondrement des valeurs et de la structure établies, c'est-à-dire pendant les guerres civiles et les révolutions. Autrement, le rapport entre l'intérêt réel du combattant et la cause pour laquelle il est censé combattre dépend d'une série de liens intermédiaires qui ont été forgés par l'émotion et la tradition, mais cette chaîne est si compliquée qu'il arrive souvent aux hommes de se battre pour faire durer leur propre esclavage. Du moral du combattant conclure à la valeur d'une cause, c'est conclure à faux.

Un des plus puissants facteurs émotionnels est la xénophobie, de la forme totémique primitive au nationalisme moderne. Ce facteur n'a également pas grand-chose à voir avec l'intérêt bien entendu ; ainsi les ouvriers socialistes de Varsovie ont pris les armes contre l'armée révolutionnaire en 1920 ; ainsi les Arabes de Palestine se sont élevés contre l'infiltration juive qui, au point de vue économique, leur apportait d'énormes bénéfices. Dans la guerre actuelle, partout où le nationalisme s'est trouvé en contradiction avec l'idéologie sociale, le nationalisme l'a emporté. La Grèce fasciste de Metaxas s'est battue contre l'envahisseur fasciste italien ; l'Angleterre démocratique a courtisé l'Espagne fasciste ; la féodalité japonaise a trouvé un *modus vivendi* avec le bolchevisme russe ; en d'autres termes, tous les Ismes politiques auraient aussi bien pu ne pas exister et les puissances belligérantes se seraient réparties de la même manière. Malgré l'apparence, malgré les belles idéologies, le vrai contenu est demeuré celui d'une guerre entre nations, d'une guerre d'intérêt purement national, de conquête ou de défense du territoire contre l'envahisseur, et avec toute la ferveur d'émotion dont dispose le nationalisme. Du point de vue de la Gauche, c'était une guerre dirigée contre la plus grande puissance fasciste et cela valait par conséquent la peine de combattre, mais les gouvernements alliés et la plus grande majorité des gens ne se souciaient pas de politique et ne combattaient pas pour ou contre un Isme quelconque, mais pour sauver leur pays et défendre les valeurs traditionnelles du siècle dernier.

L'argument communiste que nous discutons prétend que cette vérité s'applique aux pays capitalistes et que la Russie fait exception. Quelle preuve en a-t-on ? Même si les armées russes se battaient sous des slogans internationalistes, on pourrait se demander si la véritable force émotionnelle qui les mène vient des slogans officiels ou de l'instinct primitif qui pousse à rejeter hors des frontières un envahisseur meurtrier. Mais il se trouve que les slogans officiels n'essaient même plus d'utiliser l'idéologie et sont complètement revenus aux symboles prérévolutionnaires traditionnels. *L'Internationale* a été remplacée par un nouvel hymne national, le serment de l'armée révolutionnaire, par un nouveau serment nationaliste, tout égalitarisme dans l'armée a été aboli, la discipline révolutionnaire a été remplacée par une discipline autoritaire, les généraux tsaristes qui avaient combattu contre la Révolution française ont été replacés à leur rang d'idoles nationales et la bénédiction de Dieu conférée par l'Église orthodoxe ressuscitée. Nous parlerons plus loin en détail de tous ces changements.

En somme, la valeur guerrière d'une nation ne permet de tirer aucune conclusion directe quant au caractère progressif ou régressif du régime qui la gouverne mais semble dépendre au premier chef de l'action de forces émotionnelles qui sont par nature traditionnelles et conservatrices. Le régime soviétique a adapté ses slogans à ces forces traditionnelles et éliminé précisément les slogans qui le différenciaient auparavant des pays conservateurs. Si l'argument n° 1 prouve par lui-même quelque chose, il ne peut prouver qu'une chose : c'est que le soldat russe, qui s'est toujours bien battu au nom de Dieu, de la Patrie et du Gouvernement, continue à bien se battre au nom de Dieu de la Patrie et du Gouvernement.

III

La négation des faits relatifs à la Russie peut être consciente ou inconsciente ; si elle est consciente, elle relève du prochain chapitre. Mais, le plus souvent, elle est inconsciente et basée sur l'ignorance.

L'ignorance de la réalité soviétique chez les fidèles du mythe soviétique est stupéfiante. Neuf sur dix sont choqués et incrédules lorsqu'on leur dit, par exemple, que le droit de grève est aboli en Russie, et que la grève ou les incitations à la grève sont passibles de la peine de mort ; ou que l'électeur soviétique n'a pas d'autre choix que de voter « oui » ou « non » d'après une liste unique de candidats officiellement désignés. Cette ignorance est due en partie à la difficulté avec laquelle on obtient des renseignements, en partie, et inconsciemment, à la peur d'être déçu. On peut presque dire que, plus les gens attachent d'importance à la Russie, moins ils ont d'empressement à connaître les faits. Croire n'a pas nécessairement pour conséquence le désir de s'instruire. Tout le monde lit la Bible, mais qui lit Flavius Joseph ?

Étant donné la propension à être trompée que manifeste la Gauche, la propagande soviétique a pu réaliser des exploits sans parallèle dans l'histoire. Leur réussite a principalement pour base deux méthodes : a) les méthodes indirectes de la suppression des faits et b) les méthodes de propagande directe. Nous traiterons des deux séparément.

a) La suppression des faits

Les journaux étrangers étaient et sont encore interdits en Russie ; la presse soviétique est une presse dirigée, à un point que le nazisme n'a jamais atteint. Toutes les villes de l'Union, y compris Moscou, ont deux journaux du matin : l'organe gouvernemental et l'organe du Parti. Tous les journaux gouvernementaux du pays impriment quotidiennement le même éditorial transmis par radio et par télégraphe ; c'est l'éditorial de l'*Izvestia* de Moscou.

Tous les journaux du Parti dans tout le pays impriment l'éditorial de la *Pravda* de Moscou. Les nouvelles de l'extérieur et de l'intérieur sont pareillement distribuées par l'agence officielle Tass. Les nouvelles locales consistent en communiqués officiels. La centralisation absolue des nouvelles dans un pays où les distances sont énormes a pour conséquence que la grande masse des gens est non seulement tenue dans l'ignorance des événements du dehors, mais aussi de ce qui se passe dans le voisinage immédiat. Voici un exemple du fonctionnement de ce système.

J'ai passé l'hiver de 1932-1933 principalement à Kharkov, alors capitale de l'Ukraine. C'était l'hiver catastrophique qui a suivi la première vague de collectivisation des terres ; les paysans avaient tué leur bétail, brûlé ou caché les récoltes et mouraient de faim et de typhoïde ; on estime à environ deux millions le nombre des morts rien qu'en Ukraine.

Voyager dans la campagne était une tragique aventure ; on voyait les paysans mendier le long des gares, les mains et les pieds enflés ; les femmes élevaient jusqu'aux fenêtres des wagons d'affreux bébés à la tête énorme, au ventre gonflé, aux membres décharnés. On pouvait troquer un morceau de pain contre des mouchoirs brodés ukrainiens, contre des costumes nationaux ou des dessus de lit ; les étrangers pouvaient coucher avec à peu près n'importe quelle fille, sauf avec les membres du Parti, pour une paire de souliers ou pour une paire de bas. À Kharkov, les processions funèbres défilaient toute la journée, sous la fenêtre de ma chambre d'hôtel ; il n'y avait pas de courant électrique ; il n'y avait pas de lumière dans la ville et les trams ne fonctionnaient qu'une heure par jour pour emmener les ouvriers aux usines et les ramener en ville. Il n'y avait non plus ni combustible ni essence ; l'hiver était dur même pour l'Ukraine et le thermomètre était descendu à 30° au-dessous de zéro. La vie semblait s'être arrêtée et tout le mécanisme était sur le point de s'effondrer.

Ce fut cet état de choses qui rejeta dans l'opposition contre Staline les Bolcheviks de la vieille garde ; ce fut l'arrière-plan de désespoir d'où naquirent les épurations et les procès de Moscou.

Aujourd'hui, la catastrophe 1932—1933 est reconnue plus ou moins franchement dans les cercles soviétiques ; mais à l'époque, on ne permettait pas la plus petite allusion au véritable état de choses dans la presse soviétique, journaux ukrainiens y compris. Tous les matins, quand je lisais le *Kommunist* de Kharkov, j'y trouvais les statistiques des plans réalisés et dépassés, le compte rendu des compétitions entre les brigades de choc des usines, les nominations à l'ordre du drapeau rouge, les nouveaux travaux géants dans l'Oural, les photographies représentaient soit des jeunes gens qui riaient toujours et qui portaient toujours un drapeau, soit de pittoresques vieillards de l'Ouzbékistan qui souriaient toujours et qui apprenaient toujours l'alphabet. Pas un mot de la famine locale, des épidémies, de l'extinction de villages entiers ; le journal de Kharkov n'a pas même une seule fois dit que Kharkov manquait d'électricité.

Cela donnait un sentiment d'irréalité, une impression de rêve ; le journal semblait parler d'un tout autre pays, sans aucun rapport avec notre vie quotidienne, et c'était vrai aussi de la radio.

La conséquence, c'est que la grande majorité des gens à Moscou n'avait pas la moindre idée de ce qui se passait à Kharkov, encore moins de ce qui se passait à Tachkent, à Arkhangelsk ou à Vladivostok, — à douze jours de train de distance dans un pays où les voyages étaient réservés aux fonctionnaires ; et ces voyageurs n'étaient pas d'un naturel bavard. L'immense terre était recouverte d'un manteau de silence, et en dehors du petit cercle d'initiés, personne ne pouvait se faire une idée d'ensemble de la situation.

Un second cordon de silence coupait le pays des contacts avec le monde extérieur. Les missions étrangères et les correspondants de presse étaient concentrés à Moscou. La capitale avait droit de priorité en tout, depuis l'alimentation et les combustibles jusqu'aux produits manufacturés, brosses à dents, rouge à lèvres, préservatifs et autres objets de luxe inconnus dans le reste du pays. Le standard de vie n'y était nullement représentatif. Si la moyenne des citoyens de Moscou ignorait dans une large mesure ce qui se passait dans les régions éloignées de son propre pays, l'ignorance des étrangers était sans limite. Ils ne pouvaient voyager que chaperonnés par des agents de la Sûreté qui remplissaient des rôles variés : interprètes, guides, chauffeurs, connaissances de hasard et même conquêtes amoureuses. Ils n'avaient de contact qu'avec des fonctionnaires soviétiques ; pour un citoyen soviétique ordinaire, entrer en rapports avec un étranger, c'était courir le risque de se voir accuser d'espionnage ou de trahison. À la difficulté d'obtenir des informations s'ajoutait pour le correspondant étranger le problème de les faire parvenir. Faire passer en fraude des nouvelles censurées, c'était encourir l'expulsion, risque que les journalistes et leurs patrons ne courent qu'à contrecœur et seulement quand il s'agit de principes essentiels. Mais « essentiel » est un mot élastique ; la pression constante à laquelle ils étaient soumis avait pour résultat pratique que même les journalistes consciencieux prenaient l'habitude du compromis ; ils ne câblaient pas de mensonges, mais bon gré, mal gré ils se bornaient à transmettre les informations officielles et ne risquaient de commentaires ou de critiques « entre les lignes » que par quelques adjectifs subtils ou quelques nuances que personne naturellement, sauf le lecteur initié, ne pouvait remarquer [1]. L'effet accumulé de toutes ces demi-vérités et de ces omissions systématiques était de créer, chez le lecteur occidental, une image de la Russie sans aucun rapport avec la réalité. Voilà la base sur laquelle pouvait travailler la propagande soviétique directe.

b) Propagande directe

La propagande soviétique à l'étranger emploie deux formules dont les résultats sont complémentaires. La première consistait à appuyer sur les statistiques et à laisser de côté le détail humain ; la seconde à appuyer sur un détail particulier et à lui faire occuper tout le tableau.

---

1. Je parle naturellement des journaux neutres ou progressistes ; si la campagne de la presse réactionnaire agitant l'épouvantail rouge a eu quelque effet sur la Gauche, c'est d'avoir accru son loyalisme envers l'Union soviétique.

La première méthode plaît à nos imaginations américanisées par l'habitude du bluff statistique. Un barrage de chiffres sur la production, sur la construction, sur l'éducation, sur les transports, sur les salaires maxima, etc., s'élève devant le spectateur. Le bruit et la fumée qu'ils dégagent dissimulent le facteur humain, la vie quotidienne, bref la réalité soviétique.

Que la Russie ait effectué une révolution industrielle, bien entendu personne ne le contestera. C'est ce qu'ont fait aussi l'Angleterre, l'Allemagne, l'Amérique, le Japon au XVIIIe et au XIXe siècle. Mais en Russie, l'industrialisation s'est effectuée *après* la révolution prolétarienne ; et cela permet à la propagande soviétique de représenter les constructions d'usines et de chemins de fer comme un « triomphe sans égal du Socialisme ». Ce tour de passe-passe dialectique a son histoire ; il remonte à la fameuse expression de Lénine : « Socialisme égale Soviets plus Électrification. » Lénine voulait dire par là que le Socialisme n'est possible que dans un pays moderne, fortement industrialisé avec prédominance de la population industrielle sur la population rurale rétrograde. En d'autres termes, l'industrialisation est la *condition préalable* de l'établissement d'une société socialiste. Cette vérité élémentaire a été si bien déformée par la propagande stalinienne que les masses ont fini par croire que construire des usines équivaut à faire du socialisme. Aussi le barrage du Dniepr, le Transsibérien, le canal de la mer Blanche et le métro de Moscou, etc., n'étaient-ils pas à leurs yeux des réussites techniques comparables à d'autres réussites américaines ou anglaises, mais quelque chose d'unique au monde, le Socialisme réalisé, son essence même et sa parfaite floraison. Les Russes dans l'ensemble sont vraiment persuadés que Moscou est la seule ville du monde qui possède un métro.

L'effet d'hypnose de l'équation : « Socialisme = Industrialisation » fut tel que non seulement les Russes l'ont admise, mais aussi les sympathisants des vieux pays industriels à l'étranger. Pour les adeptes du mythe soviétique, le barrage du Dniepr et le métro, les vols dans la stratosphère et les expéditions polaires, l'aviation et les lance-flammes soviétiques, ont pris le caractère de fétiche que présente pour l'amoureux une boucle de la bien-aimée. Le culte atteignit son apothéose dans le vacarme hystérique qui fut organisé pendant la tournée de la camarade socialiste Ludmilla Pavlitchenko : tireur isolé, elle avait tué 137 Allemands avec une Adresse socialiste et elle racontait à la presse bourgeoise avec un Réalisme socialiste la façon dont elle s'y était prise. Les mots en majuscules sont des citations de la presse soviétique.

La seconde méthode qui consiste à généraliser un détail insignifiant, est la plus évidente. On montre aux touristes, aux journalistes et aux photographes des usines modèles, des crèches modèles, des clubs d'ouvriers et des sanatoria modèles. Toutes ces réalisations profitent à un pour cent environ de la population ; le touriste étranger ne voit jamais les 99 p. 100 qui restent. Avant la guerre, on pouvait voyager librement en touriste, dans n'importe quel pays du monde, une fois qu'on avait obtenu un visa ; c'était vrai même pour l'Italie fasciste et pour l'Allemagne nazie. Il n'y avait qu'en Russie où les itinéraires fussent limités à des points déterminés. Les fonctionnaires soviétiques s'indignaient quand on les accusait de vouloir délibérément tromper le public avec la méthode des « salles d'exposition ». La façon logique et évidente de réfuter l'accusation eût été de supprimer les interdictions sur quoi elle se fondait et de répondre : « Allez voir vous-même. » On déclara que c'était impossible parce que tous les étrangers pouvaient être des saboteurs ou des espions. Les sympathisants trouvèrent cette excuse tout à fait raisonnable. L'absurdité en est évidente si l'on se souvient que l'Allemagne avait au moins autant de raisons de redouter les espions à l'époque où elle réarmait en secret, entre 1933 et 1936. Mais les Allemands savaient aussi bien que les Russes que les secrets militaires et même les forces les plus barbares de persécution politique se cachent facilement au voyageur ; la police normale y suffit, particulièrement dans un pays de dictature. Le secret que l'Union soviétique gardait si jalousement n'était pas un secret militaire ; c'étaient les conditions ordinaires d'existence de ses citoyens. Derrière le feu d'artifice des statistiques, des objets de vitrine et des symboles, s'étendait, dans le silence et les ténèbres, le vaste territoire de la réalité soviétique. Cette réalité — la vie quotidienne des gens de Kazan et de Saratov, d'Achkhabad et de Tomsk, et même des faubourgs de Moscou (sans parler des camps de Travaux forcés de la mer Blanche, ni des millions d'hommes exilés et déportés en Sibérie et en Asie centrale) — cette réalité est aussi inaccessible à l'observateur occidental que le revers sombre de la lune l'est à l'astronome devant son télescope.

IV
LA VÉRITÉ ÉSOTÉRIQUE
ET LA VÉRITÉ EXOTÉRIQUE

La Russie a été pendant toute une génération séparée du monde par une nouvelle muraille de Chine qui jetait de l'ombre sur ses deux faces : l'ignorance du peuple soviétique quant aux conditions d'existence dans le monde capitaliste était plus grande encore qu'inversement. Il n'avait qu'une seule consolation à sa misère : la conviction que la vie était encore plus dure sous le capitalisme ; il vivait peut-être au purgatoire, mais ceux du dehors vivaient en enfer. Dans les films, dans la radio, dans la presse et dans la littérature, l'univers qui s'étendait au-delà de Negorelove semblait uniquement peuplé de gros banquiers qui portaient à toute heure du jour le chapeau haut de forme et l'habit à queue, de bourgeois au sourire grimaçant et cynique, et de prolétaires affamés qui conspiraient dans les caves. C'était un univers plein de naïveté et de l'horreur des vieux contes de fées de la Russie.

J'ai vu à Moscou en 1933 un film dans lequel un savant allemand était flagellé dans les souterrains d'un monastère par des moines en cagoules noires, assistés de soldats des troupes d'assaut nazies. Le film avait une préface de Lounatcharsky, ancien commissaire du peuple à l'Éducation. C'était un film destiné à l'intérieur, d'une catégorie nettement différente des premiers chefs-d'œuvre destinés à la propagande pour l'étranger.

Je me souviens aussi d'un autre exemple. Un écrivain ukrainien assez célèbre me demanda un conseil : il travaillait à une nouvelle dont l'action se déroulait à Londres et il était arrêté par une scène dans laquelle un ouvrier qui se promenait un matin de dimanche était bousculé par un agent. Qu'est-ce que dirait le flic ? Quelle expression emploierait-il, ou quel juron ? « Il faudrait savoir, dis-je, pourquoi l'agent l'a bousculé. — Mais, répondit mon collègue ukrainien, je vous ai dit que c'est un ouvrier. Il ne porte ni col ni cravate. »

Il était honnêtement convaincu que dans Londres, ville capitaliste, les agents se promènent le dimanche matin en bousculant les prolétaires sur les trottoirs. Et il n'était pas illettré ; il avait fréquenté une université soviétique et son renom littéraire allait grandissant. L'idée que les Russes se faisaient du capitalisme correspondait exactement à l'idée que les lecteurs du *Daily Mail* ou de *L'Action française* se faisaient du bolchevisme.

On appliquait à l'opposition russe intérieure la même technique en noir et blanc. Le régime dictatorial, voué à l'infaillibilité, ne pouvait pas se permettre de laisser les masses se rendre compte qu'en matière politique, il y avait place pour des opinions différentes à l'intérieur du même parti. Aussi était-il nécessaire de faire passer les accusés au procès de Moscou pour des incarnations du démon. Il fallait à tout prix empêcher que le peuple les prît pour des hommes politiques de bonne foi en désaccord avec le gouvernement ; il fallait qu'ils jouent le rôle d'agents payés par des puissances étrangères, de contre-révolutionnaires qui n'avaient pas agi par conviction, mais pour gagner de l'argent ou pour tout autre mobile satanique.

Les victimes se prêtaient à ce jeu pour des raisons qui variaient selon leur tempérament. Des hommes comme Boukharine, qui partageaient la philosophie des accusateurs, jouèrent leur rôle volontairement, convaincus que c'était le dernier service qu'ils pouvaient rendre au Parti après leur défaite politique, et après avoir misé et perdu leur vie, selon la loi de tout ou rien qui est celle des régimes totalitaires. D'autres, épuisés par une longue vie de luttes, eurent l'espoir de sauver sinon leur vie, du moins celle de leur famille désignée comme otage (cf. les allusions de Kamenev à son fils pendant le second procès de Moscou). D'autres, à un niveau plus bas, avaient été épuisés par la torture physique ou morale qui alternait avec des promesses de grâce auxquelles ils se rattachaient contre toute raison ; enfin, il y avait les agents provocateurs qui n'avaient rien à perdre. Les confessions des procès de Moscou ne semblent mystérieuses qu'à ceux qui cherchent une explication uniforme à la conduite d'hommes qui furent déterminés chacun par des raisons différentes.

La méthode de simplification à outrance de la propagande soviétique intérieure aboutit à créer une tradition : dans les procès politiques, le prisonnier doit confesser allégrement et volontairement les crimes dont il est accusé ; et, une fois la tradition établie, impossible de faire machine en arrière. D'où un phénomène curieux : pendant le procès des criminels de guerre allemands à Kharkov, en décembre 1943, les officiers et sous-officiers allemands accusés avaient, eux aussi, l'air de personnages de Dostoïevski. L'un d'eux, durant le procès, raconta de son propre mouvement comment, pendant une exécution en masse de Russes, il avait pris une mitraillette à un soldat et tiré sur une mère qui portait son enfant dans les bras. Pour l'observateur étranger, le procès de Kharkov (qu'on avait filmé et qui fut projeté dans les cinémas de Londres) dégageait la même impression d'irréalité que les procès de Moscou ; les accusés récitaient leurs rôles avec des expressions pompeuses qu'on leur avait évidemment apprises par cœur ; quelquefois, ils se trompaient de réplique quand le Procureur général les interrogeait, mais ils reprenaient ensuite au même point. Il est hors de doute que les Allemands ont commis en Russie des atrocités qui dépassent l'imagination de l'esprit occidental. Mais aucune preuve officielle, à part les confessions volontaires des accusés, ne fut apportée par la Cour pour établir que c'étaient précisément ces trois Allemands, parmi des milliers d'autres Allemands, qui avaient perpétré précisément ces crimes, parmi des milliers d'autres crimes. Cela n'affaiblit en rien l'affreuse culpabilité du nazisme, mais cela démontre que les méthodes de la justice soviétique, subordonnées aux besoins de la propagande intérieure, ne sont plus capables de faire croire même à la vérité.

Lorsque le pouvoir judiciaire se fait l'auxiliaire de la propagande, les résultats sont fatalement absurdes. Si l'on en croit les conclusions des procès de Moscou, Trotsky était déjà un agent du capitalisme lorsqu'il commandait en chef l'Armée Rouge et qu'il repoussait les armées capitalistes ; et les hommes qui ont fait la révolution russe étaient tous, à l'exception de Staline et de ceux qui sont morts à temps, des agents des services secrets anglais, japonais ou allemands. Ils ont empoisonné Gorki à l'arsenic, essayé d'empoisonner le chef de la Guépéou (qui plus tard se révéla un de leurs complices) avec des émanations de mercure ; ils passaient leur temps à saboter les machines ; à vendre le pays morceau par morceau à de sales étrangers, à essayer de tuer le petit père Staline ; bref à se conduire d'une façon générale comme des personnages du livre de Chesterton *Le Nommé Jeudi*. Lorsqu'on fait remarquer ces contradictions et ces absurdités à l'Apologiste, il commence par dire qu'elles n'existent pas ; mais si on lui met sous les yeux les rapports officiels des procès publiés à Moscou, il finit par répondre que ce sont là de petites exagérations nécessaires pour faire impression sur la mentalité encore un peu primitive des populations russes.

En fait, les populations russes sont politiquement les plus avancées ou les plus arriérées du monde, selon les besoins du moment. Nous discuterons plus loin l'effet que leur ont produit vingt ans de propagande.

V
LA FIN ET LES MOYENS

« Le gouvernement anglais a annoncé que le but de la guerre contre l'Allemagne n'était rien de plus ni de moins que la "destruction de l'hitlérisme". Cela veut dire que les Anglais et les Français ont déclaré une sorte de guerre idéologique à l'Allemagne, qui rappelle les guerres de religion de l'ancien temps... Absolument rien ne justifie une guerre de ce genre. On peut admettre ou refuser l'idéologie hitlérienne, comme n'importe quel autre système idéologique. C'est une affaire d'opinion publique. Mais il faut que tout le monde comprenne qu'on ne détruit pas une idéologie par la force, qu'on ne la supprime pas par une guerre. Il est donc non seulement insensé, mais criminel de faire cette guerre pour la "destruction de l'hitlérisme", sous le masque de la lutte pour la "démocratie[1]" ».

Ainsi parlait Molotov, commissaire du peuple aux Affaires étrangères, le 31 octobre 1939, à une réunion du Conseil suprême de l'U.R.S.S.

L'Apologiste des Soviets, mis en face du texte de ce discours et de discours semblables, ainsi que de l'attitude russe de 1939-1941, répondra tout de suite avec un sourire entendu que tout cela était un expédient pour gagner du temps ; qu'il faut le classer dans la rubrique : « Tactiques révolutionnaires. » Le pacte Hitler-Staline était une mesure tactique pour apaiser l'Allemagne jusqu'à ce que la Russie fût prête à faire la guerre ; exactement comme la dissolution du Komintern et les exposés de Earl Browder[2] en faveur du capitalisme sont des mesures tactiques pour apaiser les alliés jusqu'à ce que la scène soit prête pour une nouvelle vague révolutionnaire. On emploie le même argument pour défendre les mesures, les décrets, les discours réactionnaires, etc., en Russie même ou sur le plan international.

---

1. Texte retraduit de l'anglais.
2. Secrétaire général du parti communiste américain.

Cet argument touche au vieux problème de savoir si la fin justifie les moyens — tous les moyens. Je n'examinerai pas ici le côté éthique de la question[1]. Du point de vue purement réaliste, l'utilisation sans merci de la tactique de Machiavel a peut-être servi la Russie soviétique. Mais ce fut au prix de la corruption, de la perversion, et finalement de la destruction du mouvement international révolutionnaire, ce fut en sacrifiant les meilleurs éléments de la classe ouvrière européenne. Hisser le pavillon à croix gammée sur l'aérodrome de Moscou à l'arrivée de von Ribbentrop et faire jouer l'hymne nazi par l'orchestre de l'Armée Rouge sont des actes symboliques qui peuvent passer pour du cynisme et de l'opportunisme quand ils sont le fait de pays capitalistes, mais qui rendent un son bien différent quand c'est la mère patrie des ouvriers et des paysans qui les commet. Les avantages qu'on y trouve ne peuvent être mis en balance avec le préjudice porté au moral socialiste ; des actes de ce genre ne sauraient se justifier par de froids calculs mathématiques parce que les conséquences en sont imprévisibles ; il y a trop d'éléments inconnus dans l'équation. On a trop vite oublié que l'effondrement de la France en 1940 n'a pas été l'œuvre exclusive de la cinquième colonne de droite ; le slogan communiste de « la guerre des riches » qui n'était « pas l'affaire de la classe ouvrière » a joué un rôle décisif dans la démoralisation de l'armée française. Qui peut affirmer si le bénéfice que les Soviets ont retiré de cette politique a contrebalancé la perte du Premier Front de la Guerre ? De 1939 à 1941, la presse et tout l'appareil du Komintern ont adopté, pour plaire à Hitler, une attitude ouvertement hostile aux alliés. Deux ans plus tard, pour plaire à Churchill et à Roosevelt on a dissous de Komintern. Mais on ne peut pas liquider une Internationale Ouvrière comme on congédie un domestique dont on n'a plus besoin, pour demain en engager un autre ; on ne peut pas jouer avec les réactions de millions d'individus de toutes les nationalités, avec leur idéalisme et leur

1. Voir « Le Yogi et le Commissaire ».

esprit de sacrifice aussi facilement qu'un comptable opère avec les chiffres de ses livres de caisse.

C'est également vrai des populations russes. Il est certain que l'éducation politique est la condition fondamentale de la réalisation du socialisme. Il est certain que les populations russes sont si arriérées qu'il faut simplifier à outrance la propagande qui leur est destinée. Mais alors quel effet attendre d'une série de campagnes de propagande chacune en contradiction avec la précédente ? Les masses désorientées par les contradictions qu'elles devinent vaguement derrière la fougue des exhortations, se résignent à penser que les mystères de la politique sont impénétrables, font abandon à leurs chefs de leur esprit critique et retombent au point d'où elles étaient parties il y a vingt-cinq ans.

On leur donne toutefois des compensations sentimentales. On les prive du droit de juger mais on les encourage à condamner ; on leur fournit des boucs émissaires pour canaliser le malaise et le mécontentement ; et un nouveau vocabulaire politique, unique en son genre, où figurent les « chiens enragés », les « diables », les « hyènes » et les « syphilitiques », remplace les discussions politiques des premières années de la révolution.

Ce processus de rééducation socialiste atteignit à son comble avec le retour aux exécutions publiques montées comme des festivals. Une foule de trente ou quarante mille personnes a assisté aux pendaisons après le procès de Kharkov ; les exécutions ont été filmées en détail, y compris des premiers plans de l'opération de strangulation, et ont été projetées dans toute la Russie et même à l'étranger. Le correspondant spécial du *Times*, dans le numéro du 31 décembre 1943, en donne un compte rendu en termes si favorables et avec tant de sympathie qu'il mérite d'être cité :

« ... Le procès par lui-même a constitué une phase importante du processus éducatif. Non seulement il a comblé un brûlant désir d'impitoyable justice, mais il a révélé à la foule immense qui se pressait sur la place du marché — centre de spéculation et de corruption sous l'occupation allemande — et aux gens de la campagne qui ont pu voir se balancer les cadavres encore trois jours après l'exécution, la vulnérabilité de l'ennemi et la faiblesse fondamentale du caractère fasciste... Lorsque les camions qui servaient de trappe aux condamnés furent mis en marche, que lentement les corps tombèrent au bout des cordes, il s'éleva de l'immense foule un cri rauque, un sourd grondement de satisfaction. Le mépris s'exprima par des coups de sifflet qui se mêlaient aux halètements d'agonie des pendus. Il y eut des applaudissements... »

Ce compte rendu s'intitulait, sans ironie aucune, « Rééducation ».

L'histoire n'est pas délicate. Ce qui importe n'est pas que nous soyons horrifiés par les moyens employés (et nous le sommes), mais que les conséquences en soient imprévisibles. Il s'ensuit qu'on ne peut les justifier *a priori* par un calcul logique, mais il s'ensuit aussi qu'il nous reste un doute : ne seraient-ils pas, après tout, justifiés *a posteriori* ? L'idée du sacrifice impitoyable de millions d'hommes en Russie et hors de Russie, du préjudice porté au mouvement socialiste et de la corruption de son climat moral nous fait peut-être frémir — et cependant, aussi long-temps que nous resterons convaincus que la Russie avance vers le socialisme, quels que soient les détours et les lenteurs de la route, il faut réserver son jugement. Mais cette hypothèse est-elle encore valable ? Quelle preuve en a-t-on ? La Russie évolue-t-elle encore, au fond, vers le socialisme, et tous les phénomènes qui nous troublent ne seraient-ils que de petites vagues à la surface du courant ? C'est là le cœur du problème.

Si je pars de Paris pour Clermont-Ferrand et que dans la nuit je constate que le train se dirige vers le nord au lieu d'aller vers le sud, je serai un peu intrigué, mais je me dirai que nous sommes probablement dans la montagne et que la route serpente. Mais si, le lendemain, je me réveille à Lille et si le mécanicien soutient que le plus court chemin de Paris à l'Auvergne passe bel et bien par Lille, j'aurai quelque raison de mettre en doute sa bonne foi.

Les détours sont inévitables sur la route ; le seul moyen de déterminer en gros la direction d'un mouvement est d'en examiner le développement pendant un laps de temps assez long et d'éta-blir ensuite la courbe moyenne des oscillations. Les déclarations subjectives de ses chefs n'ont aucun intérêt et la question de leur bonne foi n'a, au point de vue historique, aucun sens. Le seul critérium valable est la somme totale des résultats qu'ils ont obtenus dans les différentes sphères. Le chapitre suivant constitue un bref examen des tendances de l'évolution dans la structure sociale de la Russie.

VI
LES PRIVILÈGES HÉRÉDITAIRES

1. Les patrimoines

Un des premiers principes du socialisme est que tous les enfants ont les mêmes droits, en ce qui concerne l'instruction et le choix du métier. En conséquence, l'héritage en ligne directe, ou par testament, ou par assurance sur la vie a été aboli, peu après la révolution.

1. *L'héritage légal ou par donation (testament) est aboli. Après la mort, les biens mobiliers ou immobiliers deviennent propriété de l'État (F.R.S.S.R.).*[1]
2. *Jusqu'à la mise en vigueur du décret sur les assurances sociales pour les indigents, les descendants directs du défunt, frères, sœurs, épouse ou époux, qui ne peuvent pas travailler, recevront un subside prélevé sur ses biens;*
3. *Si l'héritage ne dépasse pas 10 000 roubles et, particulièrement, s'il consiste en terres, en meubles et objets domestiques, en outils ou instruments de travail, il sera placé à la disposition temporaire de l'époux, de l'épouse ou des parents et administré par eux, selon l'article II du présent décret.*

Décret du 27 (14) avril 1918. V. Ts. I.K.[2]

---

1. Fédération des Républiques socialistes soviétiques russes. N.B. Texte traduit de l'anglais.
2. V. Ts. I.K. — Comité central exécutif des Unions.

Le 18 novembre 1919, tout ce qui était assurances sur la vie, capital et rentes fut supprimé (Code des Lois 56-542). Les vieilles gens, les malades et les mineurs affectés par la suppression de l'héritage et de l'assurance sur la vie sont passés entièrement à la charge de l'État.

La nouvelle constitution de 1936 a rétabli l'inégalité à la naissance. L'héritage est redevenu légal, et le droit de disposer sans restriction de ses biens, ainsi que le droit de tester furent redonnés à tous les citoyens[1]. L'assurance sur la vie fut également rétablie. Les Compagnies d'Assurances de l'État (Gosstrakh) firent de la publicité pour engager les citoyens aisés à contracter des polices ; la prime minimum est fixée à 5 000 roubles ; en cas de décès, elle est payée aux héritiers (voir par exemple une annonce publicitaire dans *Literatura i Iskusstvo* du 9 octobre 1943).

Bien entendu, l'égalité de naissance ne put que rester assez théorique tant que persista l'inégalité des revenus des parents. C'était inévitable pendant la période de transition qui va du premier stade du socialisme — (Chacun travaille selon ses moyens et est payé selon son travail) — au second stade (Chacun travaille selon ses moyens et est payé selon ses besoins, — c'est-à-dire, selon le nombre d'enfants, les distractions préférées, etc.). Même le critique le plus puriste ne saurait espérer qu'on atteigne d'un seul bond à l'égalitarisme absolu. Mais on était en droit de penser qu'un régime qui évoluait, même lentement, vers le socialisme s'efforcerait de diminuer les effets que l'inégalité inévitable des parents pourrait avoir sur l'enfant, c'est-à-dire d'empêcher que le privilège naisse au berceau. La politique des Soviets a pris la direction exactement opposée. L'héritage a été rétabli, l'assurance sur la vie encouragée ; en outre, les enfants de gens importants ont été l'objet de dotations, par l'État, jusqu'à leur majorité. Je n'en citerai qu'un exemple :

1. Constitution soviétique. Art. 10.

« À la mort, après une grave maladie, du remarquable dessi-
nateur d'avions le camarade N.M. Polikarpov, héros socialiste du
Travail, député au Soviet suprême de l'U.R.S.S., le gouvernement
soviétique a décidé de verser, à la veuve et à la fille de Polikarpov,
une somme de 100 000 roubles, plus une pension mensuelle à vie
de 1 000 roubles à sa veuve, de 500 roubles à sa fille jusqu'à la
fin de ses études, et de 400 roubles à vie à sa sœur[1] ».

La jeune Mlle Polikarpov sera donc élevée dans une famille
qui totalise pour trois personnes un revenu mensuel de plus de
3 000 roubles auquel s'ajoute un capital de 100 000 roubles. Si elle
était née dans une famille russe ordinaire, appartenant à la classe
ouvrière et que la vieillesse ou un accident eussent obligé son père
à cesser de travailler, elle aurait été élevée dans une famille dont
le revenu mensuel n'aurait pas dépassé 30 à 75 roubles, au lieu
de 3 000 (Voir le tableau suivant):

Retraite des vieux (par mois). Décret du 8 janvier 1938[2].		
	Famille avec un seul non-salarié.	Famille avec deux non-salariés ou plus.
	ROUBLES	ROUBLES
Mineurs et travailleurs des industries dangereuses	60	75
Travailleurs des industries lourdes et des chemins de fer..................................	50	60
Autres..	30	40

1. *Soviet War News* (publication officielle de l'ambassade soviétique à Londres).
2 août 1944.
2. Coll. des Lois, 1939, N° 1-1.

2. L'inégalité d'éducation

Ainsi l'inégalité n'est-elle pas limitée aux adultes qui gagnent leur vie ; la politique du régime l'a fait volontairement pénétrer dans l'existence des enfants. En Russie soviétique, les enfants, suivant qu'ils sont riches ou pauvres, sont élevés de façon différente, comme dans les pays capitalistes. Le premier rempart contre les privilèges héréditaires est tombé lorsque la nouvelle constitution a sanctionné l'héritage de la propriété ; le second rempart, et le plus important, est tombé lorsqu'on a supprimé l'enseignement gratuit et que les études supérieures sont redevenues payantes.

Le décret du 2 octobre 1940[1] a fixé le montant des inscriptions pour les écoles secondaires (techniques, normales, agronomiques, médicales, etc.) à 100 et à 200 roubles par an. Le premier trimestre était payable un mois après la promulgation de la nouvelle loi ; 600 000 étudiants appartenant à des familles pauvres, et qui ne purent payer leurs inscriptions, furent obligés de quitter l'école[2].

Ainsi, les études supérieures (à partir de l'âge de 15 ans) sont devenues le privilège des enfants de parents riches, c'est-à-dire des fonctionnaires, des techniciens, et des membres de la nouvelle Intelligentsia. Cette évolution avait commencé longtemps avant l'établissement des droits d'inscription. Jusqu'en 1932, 65 p. 100 au moins des étudiants des écoles d'ingénieurs et des écoles techniques devaient être ouvriers ou enfants d'ouvriers (*Pravda*, 13 juillet 1928). Par la politique dite des « cadres », qu'on appelait aussi « principe du noyau ouvrier », on évitait que les riches ne prissent au détriment des pauvres toute la place dans l'enseignement secondaire. Dans le décret du 19 septembre 1932, le principe du « noyau ouvrier » est tacitement abandonné. La statistique suivante

---

1. *Izvestia*, le 3 octobre 1940.
2. Peter Meyer. « The Soviet Union ; A New Class Society », *Politics*, avril 1944, New York, p. 83.

montre la diminution du pourcentage ouvrier et d'enfants d'ouvriers dans l'enseignement secondaire[1].

	1933	1935	1938
Université	50,3 %	45,0 %	33,9 %
Écoles secondaires	41,5 %	31,7 %	27,1 %

Les statistiques les plus révélatrices sont celles des écoles industrielles qui ouvrent la porte aux positions clefs dans l'État soviétique. Voici ce qu'elles étaient en 1938[2].

Ouvriers manuels en enfants d'ouvriers	43,5 %
Paysans et enfants de paysans	9,6 %
Fonctionnaires, techniciens et leurs enfants	45,4 %

Le rétablissement en 1940 de l'école payante a été suivi de la création d'écoles de cadets (Académies militaires Suvorov) avec des conditions spéciales d'admission pour les fils d'officiers (Décret du 23 août 1943). Il existe aussi des écoles spéciales réservées aux enfants de fonctionnaires. En même temps, les enfants dont les parents n'ont pas les moyens de payer les frais d'inscription dans les écoles secondaires, sont mobilisés *pour quatre ans* à leur sortie de l'école, au service du travail obligatoire (Décret du 2 octobre 1940). Ils font un apprentissage qui va de six mois à deux ans, et doivent ensuite fournir encore quatre années de travail. Tout cela a pour résultat que les enfants d'ouvriers ou de paysans restent des ouvriers et des paysans, tandis que les enfants

1. Du Sotsialisticheskoe Stroitel'stvo SSSR (Réalisations socialistes en U.R.S.S.), Moscou, 1944, p. 410 et 1936, p. 576 ; et Kul'turnoe Stroitel'stvo SSSR (Réalisations culturelles en U.R.S.S.), Moscou, 1940, p. 114-cité par Schwartz dans Heads of Russian Factories, *Social Research*, New York, septembre 1942.

2. De Salomon Schwarz : Heads of Russian Factories. *Social Research*, septembre 1942, New York, page 324.

des couches supérieures sont automatiquement mis sur la voie des professions qui leur assurent une situation supérieure.

Il existe naturellement des bourses, mais elles sont plus difficiles à obtenir que dans la plupart des pays capitalistes ; il faut que les deux tiers des notes d'examen soient «excellent» et le reste «bien». Le fait même qu'on exige des enfants de parents pauvres qu'ils soient spécialement doués pour bénéficier d'une instruction que les enfants de parents riches reçoivent comme une chose qui va de soi, prouve qu'il existe une barrière de classes, un filtre à travers lequel il ne passe que des exceptions.

L'évolution peut se résumer en deux phases : Premièrement, la population s'est stratifiée selon ses revenus, ce qui était inévitable ; deuxièmement, cette division économique s'est transmise dès le berceau à la génération suivante du fait de la politique voulue du gouvernement. Une caste héréditaire de fonctionnaires, de militaires et de techniciens s'élève dans le cadre d'une société de classes d'un nouveau type, basée non plus sur la propriété des moyens de production, mais sur le contrôle des leviers de l'État ; elle tend à se perpétuer elle-même, suivant le courant qui caractérise toutes les classes dirigeantes de l'histoire.

Il est difficile de voir comment justifier les décrets qui ont permis cette évolution en les qualifiant «d'expédients temporaires», de «mesures prises pour faire face à des circonstances critiques». La restauration de l'héritage fait partie de la Constitution qui n'était certainement pas un «expédient temporaire». La suppression, en 1932, de la politique du «noyau ouvrier» peut difficilement passer pour un geste d'apaisement envers Roosevelt ou Churchill, et l'on ne voit pas non plus en quoi le rétablissement de l'école payante pouvait faciliter l'ouverture du Second Front. S'il y avait eu, durant ces dix dernières années, un seul décret dans le domaine de l'enseignement qui indiquât un progrès quelconque, on pourrait accorder au régime soviétique le bénéfice du doute, quant à ses intentions. Je mets les fidèles du mythe soviétique qui me lisent avec indignation au défi de m'en signaler un seul.

Il en est de même pour les méthodes d'enseignement, pour les matières enseignées, et pour l'atmosphère des écoles. Tout ce qu'il y avait de neuf, tout ce qui était expérience et promesse dans l'enseignement soviétique a été aboli. L'enseignement mixte a été supprimé ; les garçons et les filles sont de nouveau séparés dès l'âge de 12 ans. Les concours entre élèves et maîtres ont été supprimés. La Pédologie, théorie d'enseignement américaine, adoptée au début de l'ère révolutionnaire, et qui remplaçait l'autorité par l'appel à l'initiative et à la curiosité de l'enfant a été rejetée comme une « science fausse... à tendances antimarxistes et malsaines », et la bonne « tendance marxiste » a été rétablie par la proclamation de principes du genre de ceux-ci :

> « Le directeur est le seul maître de l'école... le maître doit, non seulement donner des ordres à ses élèves, mais les punir quand il le faut[1]...
>
> L'expérience pratique des meilleurs maîtres a depuis longtemps démontré qu'il était faux de dire que les punitions et les contraintes sont néfastes. Une sévérité raisonnable est plus efficace que la persuasion[2].
>
> La persuasion... ne fait que gêner le développement des citoyens disciplinés... L'influence corruptrice et nihiliste d'écoles qui n'attachent pas une attention suffisante au développement de l'esprit patriotique[3]... »

Et ainsi de suite. Autant de principes honorables pour une Public School anglaise du genre le plus conservateur.

---

1. Potemkine, commissaire à l'Éducation à la Conférence de l'Enseignement de toutes les Russies, août 1943. *Uchitelskaya Gazeta*, 7 août 1943.
2. *Pravda*, 2 août 1943.
3. Id. à 1.

VII
LES MILLIONNAIRES PROLÉTAIRES
ET LES PAUVRES

J'ai souligné que l'inégalité des salaires est inévitable pendant une période de transition et que cette inégalité ne pouvait en tant que telle être objet d'une critique du régime soviétique actuel. Mais la critique se légitime lorsque l'on examine quel est le degré de cette inégalité et si elle a tendance à croître ou à diminuer.

Le point de départ de tout le mouvement est le principe de Lénine, énoncé dans *L'État et la Révolution* sur le « Revenu Maximum » : aucun fonctionnaire de l'État, même le président de la République, ne devait toucher un traitement supérieur au salaire d'un ouvrier qualifié. C'était l'un des trois principes fondamentaux qui devaient défendre la dictature du prolétariat de la dégénérescence bureaucratique (les deux autres étant : le rattachement de l'exécutif au législatif, et le droit de révocation du corps électoral, qui pouvait révoquer n'importe quand n'importe quel fonctionnaire).

On avait tellement pris l'égalitarisme au pied de la lettre, dans la première période révolutionnaire, que Lénine lui-même, pendant la guerre civile, fut obligé de décréter que les chefs responsables de la vie et du bien-être de leurs camarades auraient droit à une priorité, au moins en ce qui concerne l'indispensable, — ce qui voulait dire que les chefs de troupe, dans le chaos de la guerre civile, auraient la nourriture et le dormir assurés et même, si possible, un coin tranquille où étudier les cartes. C'était une concession imposée par une nécessité absolue, une mesure en effet « dictée par des circonstances critiques », mais ce fut une semence qui donna un fruit exotique et inattendu. Dorénavant, la « priorité pour les Responsables » devint un principe reconnu dans tous les domaines de la vie, des parcs de loisirs de la Crimée aux villas privées, des hôpitaux réservés aux « Responsables » aux coopératives, restaurants et cantines privées.

Toutefois, ces privilèges se limitaient à des avantages sociaux et en nature ; il ne s'agissait pas encore de différence de rémunération en espèces. Les appointements maxima (de 400 roubles par mois environ) restèrent en vigueur pour les membres du Parti, et ceux qui gagnaient davantage, les membres de la N.E.P., les techniciens russes et étrangers « sans Parti », étaient considérés avec mépris, comme un mal nécessaire. Pendant le premier plan quinquennal, les différences de salaires devinrent plus sensibles, mais le changement fondamental et radical date du fameux discours en six points prononcé par Staline le 6 juin 1931. C'était une déclaration de guerre à l'« Uravnilovka », ou égalité de salaires.

L'égalité de salaires devait cesser une fois pour toutes, puisqu'elle était « étrangère et nuisible à la production socialiste ». L'Égalitarisme devint une « déviation petit-bourgeois », un crime contre l'État, une expression séditieuse, comme la « Contre-Révolution » ou le « Trotskysme ». Le discours de Staline fut suivi de l'habituelle campagne de propagande dans tout le pays, et cette sainte croisade contre « l'Uravnilovka » eut pour effet de convaincre la majorité des gens que l'inégalité de salaires était un principe fondamental du socialisme.

Cette nouvelle tactique avait pour cause les difficultés auxquelles se heurtait le premier plan quinquennal. La grande vague d'enthousiasme de 1927, née de la promesse « d'atteindre et de dépasser les pays capitalistes », était retombée, car le standard de vie, au lieu de s'améliorer, avait baissé à un niveau inférieur à la période d'avant la révolution[1]. Il fallait à tout prix créer un nouveau stimulant pour augmenter la quantité et la qualité de la production ; on le trouva dans « l'expédient temporaire » de l'inégalité des appointements et des salaires, qui eut tôt fait de dépasser l'inégalité des salaires dans les pays capitalistes, comme nous le verrons bientôt. Il faut noter qu'on ne présenta pas la nouvelle politique comme une mesure provisoire, ou comme un mal nécessaire, mais comme un triomphe de l'éthique socialiste.

Une nécessité tout aussi urgente pour la jeune industrie soviétique, c'était la rationalisation, c'est-à-dire le passage des méthodes

1. Voir page 235.

individuelles de production à l'extrême division du travail à la chaîne et du rendement à l'heure. On présenta cette mesure aux masses sous le romantique déguisement du « Stakhanovisme » ; ce fut un des plus curieux trucs de propagande de l'histoire moderne.

Dans la nuit du 30 août 1933, Alexis Stakhanov, jeune mineur du bassin du Donetsk, abattit en six heures 102 tonnes de charbon, au lieu des 7 tonnes habituelles — environ 14 fois la moyenne normale[1]. Quelques jours plus tard, il battit son propre record « en abattant d'abord 175 tonnes, puis 227 tonnes de charbon en une seule fois, — c'est-à-dire 32 fois la moyenne normale ».

La radio, les journaux et les orateurs de toute l'Union soviétique parlèrent des admirables exploits du jeune Stakhanov dans une excitation pareille à celle qui entourait les apparitions de Bernadette à Lourdes. D'autres miracles se produisirent bientôt, le mineur Dyukanov abattit 125 tonnes en six heures consécutives ; les tisserands E. Vinogradova et M. Vinogradova, des filatures textiles de Nogin, au lieu d'alimenter 16 à 24 métiers, en alimentèrent respectivement 114 et 150. La *Pravda* parla d'un ouvrier minotier qui réussit à faire le travail de 63 raboteurs, de 55 ajusteurs, de 15 minotiers, etc. Chaque usine eut bientôt ses hommes qui faisaient du 200, du 500, du 1 000 et même du 2 000 p. 100.

C'est Stakhanov lui-même qui a fourni la clef de ces miracles dans un discours qu'il fit à la première conférence stakhanoviste. Il avait remarqué que ses camarades et lui-même n'employaient leur trépan pneumatique que pendant une partie de la durée du travail ; lorsqu'ils avaient abattu du charbon, il fallait qu'ils s'interrompent pour dégager la place et pouvoir se remettre à creuser de nouveau.

Puis Stakhanov conclut :

« Qu'une équipe obtiendrait de meilleurs résultats si, pendant qu'un ouvrier abattait le charbon, les autres déblayaient. »

En d'autres termes, on avait créé la division du travail qui existait depuis des dizaines d'années dans l'industrie minière rationalisée des pays occidentaux. Mais en Russie c'était mettre

---

1. *Le travail au pays du Socialisme* : Stakhanovistes en conférence, Moscou, 1936.

fin aux vieilles et tranquilles méthodes de travail que le mineur russe ne tenait pas à abandonner. Il a donc fallu les lui imposer sous le masque naïf et romantique du Stakhanovisme.

La rationalisation en tant que telle était naturellement inévitable exactement comme la différenciation des salaires en tant que telle était inévitable. Mais, tout comme l'inégalité des salaires a dépassé le standard des pays capitalistes, de même l'effort imposé aux ouvriers par la rationalisation a été excessif, exigé sans pitié et au-delà de toute limite raisonnable, en présentant une nécessité technique comme un impératif socialiste:

« Le mouvement stakhanoviste est spécifiquement soviétique, spécifiquement socialiste », affirmait le commissaire à l'Industrie lourde, Ordzhonikidze, à la Conférence Stakhanoviste. — Et Molotov expliquait: « Ce n'est pas une question d'excès de travail... Compter les minutes et les secondes pendant le travail, c'est y introduire un rythme, c'est y mêler de la culture. Aussi, ne s'agit-il pas d'un *excès d'effort* de la part du travailleur, mais d'une *attitude culturelle* en face du travail[1]. » (C'est Molotov qui souligne.)

Le mot *culture* ainsi compris fit de rapides progrès dans l'industrie soviétique. Les « Stakhanovistes », c'est-à dire les contremaîtres en langage capitaliste, avaient dans les usines des réfectoires séparés et étaient payés vingt fois plus que la moyenne. Prenons un exemple: selon le journal de Moscou *Trud* (20 janvier 1936), soixante salariés dans une mine du Donetsk touchaient un salaire mensuel de 1 000 à 2 000 roubles chacun; soixante-quinze mineurs touchaient 800 à 1 000 roubles chacun; quatre cents touchaient 500 à 800 roubles chacun et les mille qui restaient, une moyenne de 125 roubles. Les salaires maxima, dans cette mine moyenne, étaient environ 30 fois plus élevés que les salaires minima; mais le directeur d'une mine de 1 500 ouvriers n'appartient qu'à une couche moyenne de la technocratie; les directeurs, les ingénieurs en chef et les administrateurs, qui appartiennent à la classe la plus élevée, ont des salaires cent fois supérieurs à la moyenne des paies

---

1. *Le travail au pays du socialisme*: Stakhanovistes en conférence, Moscou, 1936.

et jusqu'à trois cents fois supérieurs aux paies minima. En 1943, l'apparition du premier «millionnaire prolétaire» a été saluée avec enthousiasme par la presse soviétique.

L'Apologiste peut arguer que, bien que l'inégalité des salaires soit regrettable, il ne s'agit que de salaires et non de bénéfices comme dans les pays capitalistes. Ce que cette théorie implique est partie intégrante de la doctrine des « bases inébranlables» dont nous parlerons plus loin. Mais, du point de vue pratique, il y a peu de différence : il importe peu que le camarade Berdyebekov, directeur d'une petite ferme d'État dans le Kazakhstan, premier prolétaire soviétique proclamé millionnaire, possède la ferme ou la dirige. Son pouvoir sur les ouvriers, sous l'actuelle législation du travail (voir-ci-dessous), est en fait plus grand que le pouvoir d'un propriétaire dans un pays capitaliste ; ses enfants seront des privilégiés, leurs rentes seront aussi imméritées que celles des descendants de n'importe quel millionnaire capitaliste. La seule différence est que Berdyebekov ne peut acheter des terres ou une usine ; mais qui aurait envie d'*acheter* une usine quand il est possible de jouir de tous les privilèges du propriétaire sans courir de risques financiers ?

On ne peut comprendre la portée réelle du fait qu'il existe des millionnaires prolétaires que par rapport aux conditions d'existence des pauvres prolétaires. L'Union Soviétique est le seul grand pays du monde qui ne publie pas l'index du standard de vie, ni de statistiques de la répartition des revenus et des dépenses pour les différentes catégories de la population. Les statistiques russes, avec leurs graphiques sur la production industrielle, font beaucoup d'effet, mais elles sont muettes en ce qui concerne le consommateur. Les exposés individuels sur les sinistres conditions d'existence des populations, faits par des gens qui ont vécu en Russie et ont eu à la fois la chance de gagner l'étranger et le courage de parler, par exemple : Ciliga, Sedov, Yvon, Serge — on n'en tient pas compte : ce sont des calomnies trotskystes. Il existe néanmoins des méthodes indirectes pour établir la vérité en analysant les sources officielles soviétiques que, par hypothèse, on ne peut mettre en doute. Ainsi, par exemple, le *Planavoe Khoziaistvo* (Économie dirigée), périodique officiel soviétique, a publié en 1938 quelques chiffres sur la consommation alimentaire d'une famille ordinaire d'ouvriers tisserands de Saint-Pétersbourg sous le Tsarisme. En se basant sur ces références, Hubbard[1] arrive aux chiffres suivants :

	1913	1929	1937
Prix de la nourriture pendant une semaine en roubles	3,40	5,90	49,60
Index des prix de la nourriture %	100	172	1449
Moyenne des salaires en roubles	25	66	245
Index des salaires effectifs (basés exclusivement sur les dépenses alimentaires) %	100	154	68

retombé en 1937 à un niveau de 32 % inférieur au standard prérévolutionnaire, si l'on ne tient compte que du prix de l'alimentation. En tenant compte du prix des marchandises fabriquées et des services sociaux, on arrive à un niveau d'environ 10 % plus élevé, ce qui est encore au dessous du standard prérévolutionnaire.

F. Forest obtient le même résultat, par des méthodes différentes, basées sur des sources officielles soviétiques et sur l'examen des prix des magasins de détail à Moscou, relevés par l'ambassade américaine et confirmés par la presse soviétique. Voici les chiffres[2] :

	1913	1928	1940
Index des prix	100	187	2248
Index des salaires	100	233	1383
Index des salaires effectifs	100	125	62

1. Peter Meyer : The Soviet Union : A New Class *Politics*, New York, mars 1944.
2. M. Forest : « An Analysis of Russian Economy », *New International*, janvier, février 1943.

Colin Clark nous donne encore le même résultat (*Critique of Russian Statistics*) exclusivement basé sur des chiffres officiels soviétiques. Clark estime que la consommation par tête est tombée de 30 % de 1913 à 1934. Ce chiffre, selon Polanyi, est de 30 % au-dessous de celui de Sir John Orr sur la fraction (10 %) la plus mal nourrie de la population anglaise.

À ma connaissance, aucun organisme soviétique ou communiste autorisé n'a encore essayé de réfuter ces chiffres ou de publier des statistiques différentes sur le standard de vie. Ce serait, en tout cas, une entreprise difficile, car les résultats obtenus ci-dessous ont eu pour base les chiffres officiels soviétiques sur la production alimentaire, la moyenne des salaires, le recensement de la population, etc.

Dans l'*agriculture*, l'inégalité des salaires a commencé en février 1933 avec le fameux « Enrichissez-vous » adressé par Staline aux paysans. Supprimer la « malédiction de l'égalitarisme », après la collectivisation des terres, quand tous les paysans avaient une participation aux terres communales, apparut tout d'abord un problème insoluble, mais on trouva vite un remède ingénieux. Le produit des terres ne fut pas partagé également entre les membres du Kolkhoz, mais on le répartit selon le nombre de « jours de travail » fourni par chaque paysan et la définition du « jour de travail » variait encore selon la nature du travail. La journée d'un laboureur compte pour une demi-journée de travail, celle d'un conducteur de tracteur pour 5 jours, celle du personnel administratif pour 5 jours et même 10 « jours de travail ». Traduisons en termes capitalistes : les fermiers deviennent des salariés avec les mêmes différences de salaires que les ouvriers d'usine ; ils sont soumis à des chefs de Kolkhoz, à des directeurs de Sovkhoz, à des « Brigadiers », etc., exactement comme les ouvriers sont soumis aux Technocrates, aux Stakhanovistes et aux contre-maîtres.

Ainsi que nous l'avions déjà mentionné, le millionnaire Berbyekov est directeur d'une Ferme d'État dans le Kazakhstan, qui est l'une des régions les plus notoirement pauvres de l'U.R.S.S.

Ouvriers, paysans, soldats étaient les trois piliers de l'État soviétique, l'armée se devait d'imiter l'agriculture et l'industrie dans la lutte socialiste contre l'«égalitarisme petit-bourgeois».

Un simple soldat de l'Armée Rouge touche actuellement 10 roubles par mois, un lieutenant 1 000 roubles, un colonel 2 400 roubles[1]. Dans l'armée anglaise, le rapport des soldes d'un officier subalterne et d'un simple soldat est approximativement de 1 à 4, dans l'armée américaine de 1 à 3, dans l'armée soviétique de 1 à 100. Il serait intéressant de connaître l'opinion de l'Apologiste des Soviets sur ce phénomène. Dans *Les Millionnaires soviétiques*, brochure parue en 1943 dans la collection communiste «La Russie d'Aujourd'hui» sous la signature de Reg. Bishop, on peut lire :

> « Un autre grand sujet de malentendu, c'est la question des soldes militaires, le fait que les simples soldats touchent une solde très maigre, tandis que les officiers touchent une solde relativement élevée. Un lieutenant touche environ 1 000 roubles par mois, un colonel plus de 2 000 roubles et ainsi de suite jusqu'aux plus hauts grades.
>
> « Il est évident que les simples soldats ne peuvent pas, avec leur solde, devenir des millionnaires soviétiques, mais il est également évident qu'il ne s'agit pas là de différence de classe, mais d'une saine politique socialiste, dans la ligne générale de la politique des salaires en U.R.S.S.
>
> « Tous les citoyens mâles sont astreints au service militaire en U.R.S.S. ; pendant le temps limité où ils servent l'État, la solde qu'ils touchent est en fait de l'argent de poche. Lorsqu'on les rend à la vie civile, ils sont habituellement mieux préparés à exercer un métier que lorsqu'ils ont été appelés sous les drapeaux. Bien que leur solde eût été maigre, ils ont bénéficié de tant d'avantages matériels — franchise postale, voyage, blanchissage, distractions, cigarettes... qu'ils ont été aussi à leur aise que les soldats de n'importe quel autre pays. »

---

1. *The Economist*, 3 juillet 1943.

On se demande ce que diraient les soldats anglais si le ministère de la Guerre réduisait leur solde à environ 18 pence par semaine, et si Sir James Grigg défendait cette mesure en faisant remarquer que tous les soldats pourront envoyer deux cartes postales en franchise militaire, toucher 18 cigarettes par semaine, être blanchis et voyager gratis jusqu'au front.

VIII
LES CONDITIONS DE TRAVAIL ET LES SYNDICATS

La législation du travail qui devait enseigner aux masses, comme le disait Molotov, à introduire la culture dans le travail, a atteint une rigueur qui dépasse celle qui est imposée aux ouvriers dans l'Italie fasciste ou dans l'Allemagne nazie. On a donné aux contre-maîtres et aux directeurs d'usines le droit de renvoyer sans préavis les ouvriers pour un retard de plus de vingt minutes sur l'horaire ou pour avoir quitté l'usine avant l'heure, ou pour « paresse » ou « rendement insatisfaisant », etc.[1]. Le renvoi ayant pour motif la paresse entraînait le retrait de la carte de rationnement (lorsque le rationnement était en vigueur) et du droit au logement. En 1939, tout salarié avait un Carnet de Travail déposé à la direction et qui portait des observations sur la conduite de l'ouvrier, sur les fautes qu'il avait commises, sur son zèle ou sa paresse, etc. Employer un homme non muni de ce carnet de travail était un délit.

Toutefois, ni menaces, ni sanctions ne suffirent à arrêter les émigrations, sur une grande échelle, des ouvriers mécontents. D'où les mesures prises progressivement à partir de 1938 pour obliger les ouvriers à ne pas quitter leur travail. Depuis 1940, le fait de quitter son travail sans permission, et même le retard, la « paresse », etc. sont punis des travaux forcés ; chaque délit doit être jugé dans les cinq jours par un seul juge (au lieu, comme c'était prévu, d'un juge et de deux adjoints civils), juges et directeurs sont menacés

1. Décret du 29 décembre 1939.

de lourdes pénalités, s'ils se montrent indulgents[1]. L'assurance contre la maladie et les autres assurances sociales sont basées sur le nombre d'années de travail dans une même entreprise. Ainsi, l'ouvrier ne touche aucune allocation s'il est malade pendant les six premiers mois de travail dans une entreprise ; l'allocation augmente graduellement et atteint son plafond après dix ans de service dans la même entreprise. Changer d'emploi, c'est se retrouver au bas de l'échelle[2].

En même temps, la semaine de six jours et la journée de sept heures ont été supprimées, les taux du travail aux pièces diminués, et la moyenne de rendement exigé, augmentée ; si bien que, malgré une augmentation de 15 % des heures de travail, la moyenne des salaires mensuels resta la même ; tandis qu'on imposait un prélèvement sur leur salaire aux ouvriers qui fournissaient un rendement inférieur à la norme fixée par la direction — norme que 32 % des ouvriers étaient incapables d'atteindre[3]. On a en même temps supprimé la législation qui protégeait les femmes et les enfants (interdisant le travail de nuit et les heures supplémentaires). Il faut insister sur le fait que tout cela se rapporte à la période qui précède la guerre ; depuis décembre 1941, toutes les branches de l'industrie soviétique et des transports qui se rattachent directement ou indirectement à la guerre ont été placées sous la loi martiale[4]. L'absence, la paresse et la négligence sont devenues passibles de la peine capitale.

Ici se pose la question de savoir comment une telle dégradation du statut légal de l'ouvrier, l'abolition de ses droits élémentaires, l'abaissement de son standard de vie au-dessous du niveau pré-révolutionnaire, parallèlement à la naissance d'une nouvelle classe de riches, ont pu s'établir et se maintenir sans rencontrer

1. Décrets du 26 juin et du 24 juillet 1940.

2. *International Labour Review.* Vol. 38, 1938.

3. Déclaration de Shvernik, chef des Syndicats soviétiques, le 16 avril 1941 (cité par Meyer).

4. *International Labour Review.* Vol. 38, 1938.

d'opposition dans un pays qui est nominalement sous la dictature du prolétariat ?

Dans les démocraties capitalistes, les masses ouvrières ont deux moyens de faire pression sur les décisions du gouvernement : la machine électorale et les syndicats.

Le premier moyen n'existe évidemment pas dans un pays gouverné par le système du parti unique. L'électeur soviétique a le droit de voter pour ou contre la seule liste de candidats nommés par les autorités ; voter contre entraîne des risques considérables, car dans la plupart des districts ruraux, les candidats sont élus par acclamation, et d'autre part cela n'avance à rien puisqu'il n'y a pas d'alternative. Il n'existe pas d'opposition légale, ni de presse indépendante ; il n'existe aucune espèce de moyen pour l'opinion publique de faire pression sur l'exécutif. Il ne reste aux mécontents que la conspiration.

Le second moyen, par la voie économique, ce sont les syndicats. Le rôle particulier joué par les syndicats soviétiques est pratiquement inconnu aux sympathisants communistes de l'Occident. Pendant la guerre civile, et pendant la période qui la suivit, les syndicats, par leurs comités d'usine et leurs commissions de contrôle, ont exercé une direction de fait sur les ressources économiques du pays et l'ont sauvé du chaos et de l'effondrement. Pendant la N.E.P. ils ont perdu leurs positions clefs dans l'économie de l'État, mais ils sont restés les chiens de garde des intérêts immédiats des ouvriers. La cristallisation de la bureaucratie stalinienne dans la seconde moitié des années 20 a apporté un changement radical au rôle des syndicats. Dès le début du premier plan quinquennal, ils ont été intégrés à l'administration d'État ; ils n'ont plus eu pour fonction de protéger les intérêts des ouvriers, mais de renforcer la discipline et de faire rendre le maximum de travail. D'organe de la classe ouvrière, ils sont devenus instrument de coercition de la classe ouvrière. En conséquence, la plupart des décrets cités dans ce chapitre, concernant les pénalités pour violation de la discipline ouvrière, le «carnet de travail», la prolongation des heures de travail, etc., ont été officiellement appuyés par les Syndicats et

sont précédés du préambule suivant : « En accord avec les sugges-
tions du Conseil central des Syndicats, le Présidium du Conseil
de l'U.R.S.S. décrète que... »

Les syndicats soviétiques sont organisés sur le mode corporatif
suivant les différentes branches de la production et comprennent
tout le personnel d'un établissement « qu'il s'agisse du directeur,
du gérant ou d'une femme de ménage ». Les élections se font dans
les meetings d'usines sur des listes présentées par l'exécutif du
conseil du district ou du conseil régional, etc., le vote se fait à main
levée et en bloc. On ne saurait mieux résumer le programme des
syndicats soviétiques tels qu'ils existent aujourd'hui, qu'en citant
les paroles de deux de leurs chefs les plus importants :

> « L'établissement de l'échelle des salaires doit être
> entièrement laissé aux mains des chefs d'industrie. C'est à
> eux qu'il appartient d'établir la norme[1] (Pravda, Moscou,
> 19 décembre 1935).
>
> « Pour déterminer exactement le montant des salaires et
> fixer le règlement du travail, il est nécessaire que les chefs
> d'industrie et les directeurs techniques soient directement
> responsables. Cette décision est dictée par la nécessité d'établir
> une seule autorité et d'assurer l'économie dans la direction des
> entreprises... (les ouvriers) ne doivent pas se défendre contre
> leur gouvernement. C'est très mal. C'est vouloir supplanter
> les organes administratifs. C'est une déviation opportuniste
> de Gauche qui aboutit à miner l'autorité individuelle et à
> gêner le travail de l'administration[2]... » (Weinberg. Trud,
> Moscou, 8 juillet 1933).

En résumé, il faut une fois de plus se demander quelles raisons
incitèrent les dirigeants soviétiques à prendre de semblables
mesures ? Les soupçonner de mauvaise foi ou de « déviations
contre-révolutionnaires » serait évidemment rester sur le plan

---

1. Cité par Meyer : *Politics*, New York, mars 1944.
2. Cité par Meyer : *Politics*, New York, mars 1944.

stérile de la polémique communiste. Les principaux facteurs qui ont conduit à cette évolution sont évidents : l'insuffisance du stimulant idéologique pour augmenter la production — il a donc fallu lui substituer le stimulant argent ; l'insuffisance d'une discipline volontaire du travail — il a fallu lui substituer une discipline de contrainte.

Aucune de ces deux raisons ne peut justifier les excès dont nous venons de parler. Mais ce qu'il y a de plus grave dans l'expérience soviétique quand on la juge du point de vue de l'histoire, c'est le fait que les stimulants qui sont la base de la théorie socialiste, n'existent plus. J'essaierai plus loin d'en tirer les conclusions.

IX
QUELQUES ASPECTS
DE LA LÉGISLATION SOVIÉTIQUE

Après les dévastations provoquées par la guerre civile et par la famine, des dizaines de milliers d'enfants étaient devenus vagabonds, avaient formé des bandes de malfaiteurs, et constituaient un fléau public tout en posant un problème social difficile à résoudre. On les appelait officiellement des « Besprisorny » — des brebis égarées.

Pendant les années 20, les Besprisorny jouèrent un rôle important dans la propagande soviétique à l'étranger. Les buts de cette propagande étaient doubles : susciter la sympathie par le récit des terribles souffrances du peuple russe, et faire admirer les méthodes modernes de pédagogie avec lesquelles on s'attaquait au problème. Un des grands films soviétiques les plus admirables de cette période fut : *Le Chemin de la Vie* de Ekk. Il montrait la réhabilitation d'une bande de jeunes malfaiteurs, de durs, par le travail, la persuasion et la vie communautaire sans qu'intervienne jamais la contrainte de l'autorité et des châtiments. Le film qui remporta un succès triomphal dans le monde entier était le symbole de l'attitude socialiste envers la criminologie, attitude qui se fondait sur la psychologie du milieu. Les concepts de punition, de châtiment et d'intimidation avaient été répudiés et remplacés par des concepts de protection et de thérapeutique sociales, qui étaient effectivement les principes fondamentaux de la toute première législation soviétique, et la pierre angulaire de la philosophie socialiste. Si l'on y renonce, tout le système s'écroule. Car si l'on ne peut améliorer le coupable, perverti par le milieu, en le changeant précisément de milieu, il ne peut alors y avoir aucun espoir d'améliorer la société en changeant les institutions politiques. Dans ce cas, ce sont les conservateurs qui ont raison, il est impossible de changer la nature humaine et les hommes ne seront jamais capables d'acquérir la générosité et le sens du devoir qu'exige la société socialiste. Ce sont là des principes élémentaires et fondamentaux de la théorie socialiste qu'il serait inutile de rappeler si la dialectique soviétique n'avait réussi à les faire presque complètement disparaître.

Les Besprisorny devinrent la pierre de touche du régime. Si pauvre que soit un pays, il doit être possible dans une société saine, de ramener ces jeunes dévoyés dans *Le chemin de la Vie* et de les réintégrer dans la communauté nationale. Il faut se rappeler qu'il ne s'agissait nullement de malfaiteurs à l'hérédité chargée, mais d'orphelins dont les parents avaient disparu pendant la guerre civile, et qui provenaient de toutes les classes de la population. En 1935, on prit une décision d'une portée fondamentale. On abandonna tout semblant de thérapeutique sociale et de rééducation ; le décret du 7 avril 1935 abaissa à 12 ans l'âge de la peine capitale.

Cela se passait dix-huit ans après la révolution. Les brebis égarées de la guerre civile étaient devenus des adultes, mais il s'élevait une nouvelle génération de jeunes malfaiteurs, nés sous le nouveau régime et apparemment si endurcis qu'au lieu de leur donner des professeurs et des moniteurs, il fallait les menacer du peloton d'exécution.

L'existence de ce décret a été souvent démentie par les défenseurs du régime. En voici le texte complet, traduit du Code des lois soviétiques (1935, 19-155) :

Mesures pour combattre la criminalité chez les mineurs. Décret du 7 avril 1935 — C.E.C. et S.N.K.

Dans le but de liquider rapidement la criminalité chez les mineurs, le C.E.C. et S.N.K. décrètent :

1. *Les enfants au-dessus de 12 ans pris en flagrant délit de vol, de violence, de blessures corporelles, de mutilation, d'homicide ou de tentatives d'homicide, passeront en cours de justice criminelle et seront passibles de tous les châtiments prévus par le code criminel.*

2. *Les individus convaincus d'avoir incité ou invité des mineurs à participer à des activités criminelles ou de les avoir contraints à se livrer à la spéculation, à la prostitution, à la mendicité, etc... sont passibles d'un emprisonnement de 5 ans au moins.*

Une loi qui, devant la justice, traite un enfant de douze ans comme un adulte est sans parallèle dans la législation des pays civilisés — ni d'ailleurs des pays barbares.

Une autre loi, également sans précédent dans n'importe quelle législation, décrète qu'il sera infligé une peine de cinq ans de déportation « aux régions lointaines de la Sibérie » à tous les parents d'un homme qui se soustrait au service militaire en désertant à l'étranger, *s'ils ignorent son crime*. Si, au contraire, ils en ont connaissance, ils sont passibles de cinq à dix ans de prison et de la confiscation de leurs biens. Le paragraphe 3 du Décret du 8 juin 1934 (publié dans les *Izvestia*, 9 juin 1934) dit :

3. *Dans le cas de désertion d'un militaire, les membres adultes de sa famille, s'ils sont en quelque manière complices de cet acte de trahison ou même s'ils en ont connaissance sans en avoir informé les autorités compétentes, seront punis de cinq à dix ans d'emprisonnement et de la confiscation de leurs biens. Les autres membres adultes de la famille du traître ou les personnes à sa charge au moment de la trahison seront privés de leur droit électoral et déportés pour cinq ans aux confins de la Sibérie.*

Ce décret fait renaître la conception primitive de la responsabilité collective de la famille ou du clan (la culpabilité du sang). Depuis 1935, on a étendu la règle à toutes les formes de haute trahison ou d'activité contre-révolutionnaire. Or ces termes peuvent s'appliquer à n'importe quoi : non-conformisme politique, sabotage, absentéisme. Cela revient pratiquement à dire que tous les individus sont obligés de considérer leur famille comme des otages éventuels, dont le sort dépend de leur propre conduite. D'où la réaction courante chez les femmes dont on vient d'arrêter le mari : elles se précipitent à la mairie pour obtenir le divorce par déclaration unilatérale ; on considère cette mesure comme une simple formalité et elle n'affecte en rien les sentiments qui existent entre les deux conjoints [1].

Dans son commentaire sur les nouveaux décrets terroristes, le commissaire du peuple à la Justice, Krylenko, explique que (*Izvestia* n° 37 du 1er février 1936) :

> « *Les libéraux et les opportunistes de toutes sortes estiment que... plus un pays est fort, plus il peut être indulgent pour ses adversaires. Non et Non ! Plus un pays est fort, plus il est puissant, plus sont forts les liens qui unissent le Parti et le Gouvernement aux masses ouvrières... et plus sont grandes notre indignation et notre révolte contre eux qui font obstacle à notre construction socialiste, plus nous avons de raison de prendre des mesures sévères contre eux...* »

Cette fois, tout semblant de principes socialistes en matière juridique a été abandonné. Le Nouveau Code soviétique a rétabli le mot « Châtiment » à la place de l'expression « Mesure de Défense sociale » — et avoue ouvertement que le but recherché est de punir, d'intimider et d'inspirer la peur. Les victimes des épurations ne sont plus désignées sous le nom de « délinquants sociaux », on les appelle « chiens enragés, rats, vermines, hyènes, fumier et rebut ».

---

1. Les nouvelles lois de 1944 sur le divorce rendent cette solution impossible.

Car si le criminel est un produit de son milieu, comme le disait Marx, quel milieu était-ce donc, le milieu qui avait transformé les hommes de la vieille garde bolchevique en traîtres, en chiens enragés? C'était une question embarrassante, mais une question qui naissait automatiquement dans tous les esprits formés par le marxisme. Il n'était possible de l'éviter qu'en répudiant les bases mêmes de la pensée socialiste.

Cette tendance inspire les nouveaux décrets et lois qui règlent toute les manifestations de la vie publique ou privée: mariage, divorce, rapports sexuels, voyage, religion et service militaire. Je ne donnerai que quelques exemples:

Les socialistes et les communistes du continent ont mené d'ardentes campagnes contre les lois qui dans les pays capitalistes punissent l'homosexualité et font un crime de l'avortement. L'argumentation à propos de l'homosexualité est trop connue pour qu'il soit nécessaire de la répéter. Si l'homosexualité est un crime, la moitié des écrivains, des peintres et des musiciens, de Platon à Proust en passant par Léonard, auraient dû vivre en prison. Quant à l'avortement, l'argumentation socialiste peut se résumer comme suit: en général, la femme qui ne veut pas avoir d'enfant prend des précautions. Si une femme décide de se faire avorter, c'est qu'elle a de sérieuses raisons, soit matérielles, soit psychologiques. Dans les *deux cas*, il est préférable que l'enfant ne naisse pas. Si une femme a décidé de se faire avorter, elle le fera au mépris de la loi. (Sous la république de Weimar, le nombre annuel des entrées à l'hôpital après tentative d'avortement était en moyenne de 500 000 et ce chiffre ne représente que les cas où l'hospitalisation était nécessaire.) Le seul résultat pratique de l'avortement illégal est que les femmes riches peuvent se faire opérer avec le maximum d'hygiène et de confort, tandis que les pauvres en sont réduites à l'intervention des faiseuses d'anges.

Le décret interdisant l'avortement a été, dans l'histoire de l'Union soviétique, la seule loi qu'on ait permis au public de discuter avant de la promulguer. On promit un plébiscite et on organisa des votes de sondages dans un grand nombre d'usines et de meetings. Ils furent en majorité contre la loi. Sur quoi l'on supprima le plébiscite et la loi fut promulguée par le décret du 27 décembre 1936 (Code civil 1936, n° 34 309). La dangereuse expérience contre-révolutionnaire de la discussion publique n'a jamais été renouvelée depuis. De plus, les raisons médicales exigées pour légitimer un avortement, et les formalités administratives pour en obtenir l'autorisation, sont devenues beaucoup plus sévères qu'en Allemagne, en Grande-Bretagne et aux États-Unis.

Cette dernière observation est également valable pour la nouvelle loi sur le divorce promulguée en juillet 1944. La procédure requise pour un divorce ressemble au pilori du Moyen Age. L'avis de l'action de divorce doit être publié dans le journal local aux frais de l'homme ou de la femme qui demande le divorce (article 24 sect. C.). Il faut connaître les petites villes ou les villages russes pour se rendre compte de ce que cela signifie. Le jugement du divorce est obligatoirement inscrit sur le passeport intérieur de l'homme et de la femme — avec tout le détail du mariage et du divorce — et les passeports intérieurs sont exigés en Russie soit pour obtenir une carte de pain, ou pour se faire embaucher, ou pour demander un permis de circuler sur un train local. Les débats ont lieu en Cour publique, au Tribunal du Peuple — dont le seul rôle est d'essayer de réconcilier les conjoints. Si la conciliation ne réussit pas, les choses en restent là en ce qui concerne le Tribunal du Peuple, car il n'a pas compétence pour prononcer le divorce. Toutefois, « le plaignant a le droit de faire appel à une juridiction plus élevée pour obtenir la dissolution de son mariage » (art. 25), en l'occurrence, à la Cour régionale qui peut annuler ou ne pas annuler le mariage — la décision est entièrement laissée à la volonté du juge, car la loi ne donne aucune indication quelconque sur les motifs qui justifient le divorce. Comme la tendance officiellement avouée de la nouvelle loi est d'empêcher le divorce, il faut que le juge possède un courage vraiment exemplaire pour annuler un mariage dans les conditions actuelles. Le plaignant, s'il n'a pas encore renoncé, peut alors continuer jusqu'aux Tribunaux du Territoire, du District ou de la Ville et jusqu'à la Cour suprême. Il y faut des années et une fortune. Car le tarif du divorce qui, jusqu'ici, était de 50 roubles, est désormais de 500 à 2 000 roubles, sans compter les honoraires des avocats et autres frais supplémentaires (art. 27). Si on additionne, on arrive à 3 000 roubles, ce qui est une estimation modeste pour un divorce jugé par la juridiction la plus basse, c'est-à-dire par le Tribunal régional. Selon les derniers chiffres officiels, publiés en 1938, un citoyen soviétique gagnait en moyenne 289 roubles par mois. En tenant compte des taxes et des retenues, on constate que le cas de divorce le plus simple coûte un peu plus que le gain net moyen d'un citoyen en un an. En d'autres termes et du seul point de vue de l'argent, le divorce est rendu impossible à toute personne dont les appointements sont inférieurs à ceux d'un ingénieur en chef, d'un directeur, ou d'un haut fonctionnaire. Mais, comme nous l'avons vu, l'argent n'est même pas l'obstacle décisif. En août 1944, la presse soviétique rapporta que, dans le premier mois qui a suivi la promulgation de la nouvelle loi (8 juillet 1944), il n'a pas été introduit une seule demande en divorce dans toute l'U.R.S.S.

Cette loi équivaut à la suppression pure et simple du divorce, sauf pour une classe privilégiée. C'est son but avoué, et le régime soviétique ne s'est jamais contenté de demi-mesures. En théorie, chacune des Républiques soviétiques a le droit de se séparer de l'Union ; il sera désormais aussi difficile à un citoyen soviétique de se séparer de son épouse qu'à l'Ukraine de proclamer son indépendance.

La femme soviétique, une fois mariée, est liée pour la vie à son métier de pondeuse. Le même décret qui interdit le divorce fixe un impôt sur les célibataires et *sur les familles qui ont moins de trois enfants* (décret du 8 juillet, art. 16-18) ; cependant que les mères de trois enfants et plus touchent une prime, et pour quatre enfants et plus une allocation mensuelle. Pour cinq et six enfants, elles reçoivent la médaille de la maternité, pour sept, huit et neuf enfants l'ordre de la « Gloire de la Maternité » et, pour dix enfants ou plus, le titre de « Mère héroïque ». Les panégyriques de la presse soviétique à propos de cette nouvelle loi ont dépassé même le niveau habituel de l'hystérie. L'éditorial de la *Pravda*, le lendemain de la parution du décret, affirmait : « Grâce à nous, *pour la première fois dans l'histoire des peuples et des nations*, la maternité est l'objet de la sollicitude de l'État », affirmation d'une stupidité peu commune même pour la propagande intérieure russe, étant donné qu'en Angleterre par exemple et en France, les allocations familiales, dans le cadre des assurances sociales, commencent non pas avec le quatrième, mais avec le second enfant. Lorsque l'Allemagne nazie avait commencé ses campagnes pour la maternité, avec l'impôt sur le célibat, primes à la naissance, et ainsi de suite, la presse soviétique avait à juste titre tourné en dérision le « rabaissement de la femme au rôle de jument poulinière ». Sans être particulièrement vindicatif, on peut souhaiter que les éditorialistes de la presse soviétique soient mis en demeure d'épouser des « Mères héroïques ».

L'histoire de la législation soviétique depuis la mort de Lénine est l'histoire de la paralysie progressive des libertés individuelles dans tous les domaines de la vie, jusqu'à la liberté du déplacement dans l'espace. Le décret du 27 décembre 1932 (Code des Lois, 1923, 84-516) qui établit le système du passeport intérieur obligatoire, a enlevé au citoyen soviétique le droit de voyager librement dans son propre pays. Il faut des permis spéciaux pour entrer dans les grandes villes industrielles et dans les zones qui les entourent dans un rayon de 20 à 100 kilomètres ; une absence de plus de vingt-quatre heures doit être signalée à la police. Une fois de plus, on chercherait en vain une mesure analogue, en temps de paix, dans les règlements de n'importe quel autre pays moderne.

Voyager à l'étranger est interdit sauf en mission officielle. Les tentatives illégales pour passer la frontière sont passibles de la peine de mort. Être envoyé à l'étranger avec une mission officielle est considéré comme chose dangereuse. Quelqu'un qui a été à l'étranger, sera, à son retour, automatiquement suspect d'avoir été « contaminé ». Préserver le pays de la contagion, c'est-à-dire de la connaissance des conditions de vie à l'étranger, maintenir l'hermétique muraille qui, depuis plus de vingt-cinq ans, entoure la Russie est une nécessité vitale du régime et toutes les autres considérations doivent s'y subordonner. D'où le refus de la Russie à laisser entrer des réfugiés antinazis, qui fit échouer la conférence d'Evian en 1938 et toutes les tentatives d'une solution internationale du problème des réfugiés ; d'où son refus de recevoir les survivants des Brigades internationales internés dans des camps de concentration français ; d'où, également, la remise aux Nazis allemands des antifascistes allemands après le pacte Hitler-Staline — dont il existe en Angleterre la preuve, noms et détails compris.

Une fois de plus, on se demande quelles étaient les raisons probables de cette évolution ? Et une fois de plus, il n'y a qu'une réponse possible : l'effondrement des mobiles qui devaient faire naître la discipline volontairement consentie prévue par la théorie socialiste. Il devenait donc nécessaire d'y substituer la contrainte et l'intimidation ; il devenait également nécessaire d'empêcher tout contact et toute comparaison avec les conditions d'existence dans les pays sous régime démocratique et parlementaire.

X
LA NOUVELLE CLASSE DIRIGEANTE

Le noyau du pouvoir en Union soviétique est le Parti. Le changement radical qui s'est produit dans la direction et le recrutement du parti bolchevique pendant ces dix dernières années est d'une importance fondamentale si l'on veut comprendre le nouveau régime ; il donne en quelques mots le sens du Stalinisme.

Premièrement, le changement dans la direction. Je ne répéterai pas les noms des chefs révolutionnaires qui ont été liquidés pendant les épurations ; on sait du reste que de toutes les grandes figures de l'époque de Lénine, seule, celle de Staline a survécu. Toutefois, on croit communément que les massacres par voie juridique n'ont affecté que les hautes sphères, que ce fut une sorte de bataille de l'Olympe, une bagarre entre les chefs, dans laquelle Staline s'est débarrassé de toutes les personnalités rivales pour avoir les mains libres et pouvoir poursuivre sa propre et subtile politique de manœuvres et de temporisations — qui, seule, paraît-il, était capable de sauver la Russie pendant des années de crises intérieure et extérieure. S'il en était ainsi, les épurations ne seraient qu'une crise politique résolue avec la brutalité traditionnelle des Russes et du parti bolchevique, mais néanmoins limitée aux politiciens professionnels et qui ne saurait affecter les fondations de l'État révolutionnaire. Semblable crise, si l'on excepte les méthodes qui l'ont résolue, serait tout de même comparable à une crise parlementaire dans un pays démocratique ; elle ne prendrait pas la forme d'une contre-révolution ni d'un Thermidor.

Mais c'est là une interprétation fausse des épurations. On peut le démontrer. Elles n'ont pas affecté que les hautes sphères et les politiciens, mais elles ont atteint le parti tout entier du haut en bas de l'échelle, en ont complètement changé le caractère. Les chiffres officiels suivants le prouvent[1] :

Le 17ᵉ Congrès du parti bolchevique de tous les Soviets a eu lieu en janvier-février 1934, avant les épurations.

Le 18ᵉ Congrès a eu lieu en mars 1939, juste après les épurations.

Au 17ᵉ Congrès, 22,6 pour cent des délégués étaient membres du parti avant 1917, c'est-à-dire avant la Révolution.

Au 18ᵉ Congrès, le chiffre correspondant était de 2,4 pour cent, c'est-à-dire qu'un dixième seulement avait survécu à l'épuration du parti.

Au 17ᵉ Congrès, 17,7 pour cent étaient membres du parti depuis 1917, c'est-à-dire avaient adhéré l'année de la révolution.

Au 18ᵉ Congrès, le chiffre correspondant était de 2,6 pour cent.

En chiffres ronds, au 17ᵉ Congrès 40 % des délégués étaient membres du parti avant la guerre civile ; au 18ᵉ Congrès, ils n'étaient plus que 5 %.

---

1. Ces chiffres sont pris dans les rapports officiels des Commissions mandatées aux 17ᵉ et 18ᵉ Congrès du parti et cités par Schwartz « Heads of Russian factories ». (*Social Research*, New York, septembre 1942).

La comparaison devient plus impressionnante encore si l'on prend comme exemple l'année 1918. Au 17ᵉ Congrès, 80 % des délégués étaient de «vieux membres du parti» (depuis 1919 ou avant); au 18ᵉ Congrès, le chiffre correspondant était de 14,8 %.

Au moment du 18ᵉ Congrès, le Parti comptait 1 588 852 membres. Sur ce chiffre, 20 000 seulement, c'est-à-dire 1,3 %, étaient de «vieux bolcheviks» qui appartenaient au parti depuis 1917 ou avant. Mais en 1918, le parti comprenait 260 000 à 270 000 membres, en majorité jeunes. Que sont-ils devenus ? Supposons, en gros, qu'un quart a été tué pendant la guerre civile — évaluation un peu forte — cela donnerait encore environ 200 000 survivants à l'époque du 18ᵉ Congrès. Mais il n'en est resté que 20 000 au Parti — les 9/10 d'après les rapports des Commissions mandatées avaient disparu entre 1934 et 1939. Et ce n'étaient pas des chefs, pas même des délégués du Parti; c'étaient les simples militants, les ouvriers et les paysans qui avaient fait la Révolution et combattu dans la guerre civile.

Le parti bolchevik est sorti en 1938 de l'épuration comme un organisme complètement neuf, qui n'avait de commun avec le Parti des jours héroïques de la Révolution que le nom et 1,3 % de ses membres.

Mais tout de même, dira peut-être l'Apologiste : c'est toujours un parti d'ouvriers et de paysans. Est-ce bien sûr ? Une fois de plus, les chiffres officiels parlent d'eux-mêmes. Selon le rapport de la Commission mandatée auprès du 17ᵉ Congrès, 9,3 % des délégués étaient des «ouvriers attachés à la production», c'est-à-dire des ouvriers manuels de fait, et non pas d'anciens ouvriers manuels. Au 18ᵉ Congrès, et pour la première fois, la Commission mandatée n'a pas donné de chiffres sur le pourcentage des ouvriers parmi les délégués. On en comprit facilement la raison pendant le Congrès lui-même qui modifia, comme d'habitude à l'unanimité, les statuts du Parti en éliminant les clauses qui en sauvegardaient le caractère prolétarien — les clauses qui se rapportaient aux origines sociales des candidats. Le parti communiste soviétique avait ainsi cessé d'être, à la fois en théorie et en pratique, le parti de la classe ouvrière. Et pour que le fait fût d'autant plus évident, pas un des fameux ouvriers stakhanovistes, qu'on avait fait défiler parmi les délégués du 18e Congrès, ne fut élu au Comité central du Parti, important organisme comprenant 139 personnes.

De qui donc alors est formé le Parti, ce corps constitué tout-puissant qui compte un million et demi de personnes et dont les membres occupent toutes les positions de responsabilité et administrent l'État, qui donc sont les 90,7 % des délégués qui, en 1934, *déjà n'étaient pas* des « ouvriers attachés à la production » ? À part les ouvriers et les paysans, l'État soviétique ne connaît qu'une seule grande classe : les gens qui dirigent l'administration économique et l'appareil de l'État — les fonctionnaires et les techniciens. Environ un tiers du gouvernement soviétique est composé d'ingénieurs, le reste de fonctionnaires. Nous avons déjà vu comment cette nouvelle classe dirigeante s'est de plus en plus séparée des masses, comment elle a réussi à créer un nouveau cadre par l'héritage des privilèges, pour se rapprocher de la conception de caste héréditaire (semblable à l'aristocratie administrative de l'ancienne Russie) ; et comment elle a peu à peu fermé ses portes aux nouveaux venus, aux humbles, par la législation, par la différence des salaires, par les restrictions scolaires, et par l'abandon du principe du « noyau ouvrier » dans les écoles secondaires. L'épuration et la reprise du Parti par la Bureaucratie ont constitué le pas décisif qui a mené de la Dictature du prolétariat à la stabilisation de la nouvelle classe dirigeante.

XI
LE TRAVAIL FORCÉ — PARENTHÈSE

Il existe une question qui se rattache aux changements politiques de ces vingt dernières années et à laquelle il est difficile de répondre : quel est le nombre de citoyens soviétiques qui, en raison de ces changements, ont perdu la vie ou la liberté ? Le mur de silence qui entoure la Russie et empêche si bien les nouvelles, même banales, de filtrer, est encore plus épais quand on soulève cette question. Le gouvernement soviétique a officiellement reconnu que le canal de la mer blanche et une partie du Transsibérien ont été construits par des équipes de forçats ; entreprises gigantesques qui ont exigé le travail d'au moins un million d'hommes. Mais là se borne l'information officielle ; aucun chiffre n'a été publié et aucun étranger non communiste n'a jamais pu visiter ces camps.

On peut indirectement tirer des indications des statistiques soviétiques sur le recensement de la population — ou plutôt du manque de statistiques. En 1930, les Bureaux des Statistiques ont été épurés et il fut annoncé que les « statistiques étaient une arme dans la lutte pour le communisme ». Il s'agissait certainement d'une arme muette, car, on l'a vu, l'Union soviétique est le seul grand pays du monde, qui, pendant des années, n'a pas publié d'index du standard de vie. De même, aucun recensement de la population n'a été publié entre 1936 et 1940. Un recensement fut établi en 1937, mais on n'a pas publié les résultats parce que, d'après une déclaration officielle, ils contenaient « de graves erreurs imputables aux activités des ennemis du peuple » (*Izvestia*, 16 mars 1939). Le Bureau des Statistiques fut en conséquence épuré une fois de plus et un nouveau recensement entrepris en janvier 1939. Les résultats donnaient comme chiffre total de la population de l'U.R.S.S. : 170 126 000 âmes. — environ 15 millions de moins que le chiffre attendu (Recensement de décembre 1926 : 147 millions ; estimation officielle du gouvernement en 1930 : 157 500 000 ; moyenne annuelle de l'excédent des naissances d'après le rapport de Staline du 1er octobre 1935 : 3 000 000 ; estimation minimum du chiffre de la population en 1939 : 185 000 000).

Qu'était-il arrivé à ces 15 000 000 au moins d'âmes perdues ? Elles n'étaient pas victimes d'un brusque accroissement du malthusianisme car les produits anticonceptionnels étaient pratiquement introuvables en Russie pendant toute cette période. Quelques millions ont peut-être péri pendant la famine de 1932-33 ; la sous-alimentation a peut-être augmenté les fausses couches et la mortalité infantile ; les autres sont peut-être morts dans les brigades de travail forcé, où des témoins oculaires estiment la mortalité parmi les prisonniers à 30 % par an. Mais tout cela n'est que conjecture. La seule certitude est qu'environ 10 % de la population soviétique a disparu des statistiques.

Jusqu'ici, je me suis appuyé exclusivement sur les sources officielles soviétiques. En ce qui concerne les conditions d'existence des brigades de travail forcé et l'évaluation du nombre total des individus en Russie déchus de leurs droits on ne peut se référer qu'à des sources privées — les publications de Ciliga, de Trotsky, de Victor Serge, etc. Parmi plusieurs rapports de témoins oculaires, que j'ai entre les mains, et d'origine plus récente, je voudrais en citer un, le témoignage de Lucien Blit, membre dirigeant du Bund (parti socialiste juif de Pologne). Les faits suivants sont basés en partie sur un rapport confidentiel envoyé par Blit au « Groupe interallié des Amis socialistes », le 9 avril 1943, et en partie sur des détails qu'il m'a racontés personnellement[1].

Après la chute de la Pologne en 1939, Blit, qui avait pris une part active à l'organisation de la défense de Varsovie, s'est enfui à Vilna, qui faisait alors partie de la Lituanie. De Vilna, il fut envoyé par son parti en mars 1940 à Varsovie, comme délégué au mouvement de résistance antinazi. Son passeport portait une fausse identité : Wiscinsky, comptable polonais. De Vilna à Varsovie, il devait traverser une bande de territoire polonais occupé par les Russes. Il fut pris le 30 mai 1940 par les gardes-frontières russes. Arrêté, il ne révéla ni son nom ni sa mission, car le Bund, étant une section de la Deuxième Internationale, est illégal en Russie. Pendant cette période de chaos, des dizaines de milliers de Polonais s'étaient enfuis des zones occupées par les Allemands pour aller dans les zones russes. Blit fit semblant d'être l'un d'eux et partagea le sort commun des réfugiés polonais en Russie.

---

1. Depuis, des milliers de témoignages du même ordre ont été rapportés en Europe occidentale par des Polonais déportés en Russie en 1939-1940 et relâchés à la suite du pacte Staline-Sikorski. Le témoignage peut-être le plus impressionnant est constitué par *The Dark Side of the Moon*, préface de T.S. Eliot, Faber and Faber, Londres, 1946.

Il fut envoyé dans la prison de Lomza où il resta dix mois — du 30 mai 1940 au 30 mars 1941. Sa cellule, n° 81, au troisième étage, mesurait 4 mètres carrés, contenait un lit et était destinée à un seul prisonnier ; il la partagea pendant dix mois avec *sept* autres détenus. La première fois qu'on leur permit dix minutes d'exercice, ce fut le 2 janvier 1941, après 236 jours de détention ; la seconde fois, ce fut un mois plus tard, le 22 février. Il était défendu de lire, d'écrire ou de communiquer avec le monde extérieur. Les punitions disciplinaires — pour avoir parlé trop fort, pour avoir ouvert la fenêtre, ou fait des pièces d'échecs avec de la mie de pain, etc., consistaient à laisser les victimes 48 heures debout contre un mur, vêtues d'une chemise dans une cave glacée — et, dans des cas graves, à rester quarante-huit heures debout dans l'eau froide jusqu'à la ceinture. La dernière punition se terminait fréquemment par la paralysie, la folie ou la mort. Les interrogatoires avaient habituellement lieu la nuit et ils étaient en général accompagnés de coups et de menaces de mort. On battait aussi les femmes, particulièrement les jeunes filles qui étaient accusées d'appartenir aux organisations patriotiques polonaises d'étudiants.

« Les cas de folie et de suicide étaient fréquents. Dans la cellule de Blit, une nuit, un paysan puissamment bâti, originaire de Kolno, nous a réveillés pour nous dire qu'il était Jésus-Christ et qu'il était temps qu'on le descendît de la croix. Il a déliré pendant cinq jours, mais les gardiens ne l'ont emmené que le sixième. Un jeune Juif, qui s'était sauvé de la zone allemande pour passer en territoire soviétique, a crié jour et nuit pendant toute une semaine : "Je ne suis pas Trotsky." »

Si l'enquête ne révélait contre le prisonnier aucun chef d'accusation spécifiquement politique, son cas était classé et on lui appliquait la sentence administrative ordinaire : trois à huit ans de « déportation dans les camps de travail disciplinaires » pour avoir pénétré sans autorisation en territoire soviétique. Ce fut le sort de tous les Polonais qui avaient essayé d'échapper aux Allemands en se réfugiant en Union soviétique. Dans le cas de Blit, la procédure prit la forme suivante :

« Dans la nuit du 26 février 1941, on me donna l'ordre de ramasser mes affaires et de descendre. Quelque temps après, on me conduisit avec quelques autres dans une grande chambre obscure. Sans aucune explication, on nous donna à chacun une feuille de papier à signer. La feuille portait trois lignes dactylographiées disant que le Osoboy Sowyescenie (la Commission spéciale) du O.G.P.U. de Lomza décrétait qu'ayant traversé illégalement la frontière M. Wiscinsky était condamné, d'après l'article 120 du Code pénal de la République de la Russie Blanche, à trois ans dans un camp de travail "disciplinaire". Tout ce qui me restait à faire était de signer, — ce que je fis. Plus tard, le directeur de la prison, qui présidait aussi la Commission spéciale, me dit qu'il n'y avait aucune accusation contre moi, c'était pourquoi je m'en étais tiré avec une peine aussi courte. Beaucoup d'autres, anciens soldats de l'armée polonaise, avaient été condamnés à cinq ans. Un Juif, dont je ne me rappelle plus le nom et qui avait été chassé au-delà de la frontière par les Allemands, jusqu'à Kolno, fut condamné à huit ans. La Commission spéciale n'avait pas le droit de condamner au-dessus de huit ans. Ses décisions étaient sans appel. »

Le 4 avril 1941, Blit arriva au camp de travail de Pleseck sur le fleuve Onega. Ce camp contenait 35 000 prisonniers. Dans un climat sub-polaire où la température, même en juin, tombe à 15° au-dessous de zéro, les hommes et les femmes étaient contraints de travailler de douze à treize heures par jour, pour abattre des arbres dans la forêt arctique couverte de neige. Ils avaient pour nourriture du pain et deux soupes chaudes, l'une entre quatre et cinq heures du matin, l'autre entre huit et neuf heures du soir ; entre les deux rien que de l'eau chaude. Le sucre, les fruits et les légumes étaient inconnus ; en conséquence, tous les prisonniers avaient le scorbut, et, dès les premiers mois, ils perdaient leurs dents. On ne leur fournissait ni vêtements, ni matelas, ni couvertures ; au bout de quelques semaines, leurs propres vêtements étaient réduits en lambeaux, trempés au retour du travail, gelés pendant la nuit. Chacun, homme ou femme, devait couper six mètres cubes de bois par jour.

« Un homme de force moyenne n'en pouvait faire que la moitié ; les femmes devaient fournir le même compte et le poids de la ration de pain dépendait de la quantité de bois coupée. Rester au-dessous de la moitié du chiffre prescrit, c'était mourir de faim. Les femmes les plus jeunes complétaient leur ration en se prostituant aux gardiens ; elles y gagnaient une livre de pain chaque fois. La prostitution, le vol, les dénonciations accompagnaient cette lutte pour la vie. En août 1941, sur les 450 Polonais de ma section, 120 étaient incapables de se soulever sur le sol de leur baraque. La mortalité dans le camp était de 30 % par an. Nous travaillions sans répit. Le dimanche était aussi un jour de travail, et même le premier mai. La majorité des équipes de mon camp n'a jamais eu un jour de repos pendant les cinq mois que j'y ai passés.

« La population du camp était constituée de "droit commun" et de politiques. Ces derniers étaient divisés en deux groupes : "Espions et Traîtres" et "Éléments Socialement Dangereux". Le second groupe était composé principalement de ressortissants de minorités nationales. Dans mon camp par exemple ; il y avait 400 Grecs, anciens habitants de Kiercz, dans la Crimée, qui avaient tous été arrêtés un jour en 1938 et avaient été condamnés en bloc à cinq ans de travaux forcés.

« Ils ne quitteront jamais le camp. En U.R.S.S., on n'est pas automatiquement relâché après avoir effectué sa peine, mais on dépend d'une décision spéciale du O.G.P.U. Pour les prisonniers politiques, cette décision n'intervient jamais, ou bien c'est sous forme d'une prolongation de peine de cinq ans. »

Blit fut relâché avec d'autres Polonais, après l'attaque allemande contre la Russie en 1941 et la signature, par la suite, du traité Staline-Sikorski. Il gagna l'armée polonaise alors en formation à Alma-Ata. Pour le citoyen soviétique, cet heureux dénouement n'est pas possible. Une fois dans un des camps de travail de l'Arctique, il n'en revient jamais et il est condamné à périr dans l'enfer glacé de la nuit polaire.

Combien sont-ils ? On n'a aucun moyen de s'en assurer, mais ceux qui ont pu jeter un coup d'œil derrière la scène soviétique, estiment qu'ils représentent 10 % de l'ensemble de la population. Ce chiffre n'est pas aussi fantastique qu'il le semble, puisque les cinq millions de Koulaks officiellement déportés pendant les années de collectivisation représentent déjà un noyau solide de 3 ½%. Puis il y eut l'écrasement des diverses oppositions de Gauche et de Droite — les trotskystes, les boukharinistes, etc., qui aboutirent aux épurations. Et il n'est pas possible que, depuis, l'opposition ait disparu, dans un peuple de grande tradition révolutionnaire, à qui l'on a infligé des chocs aussi brusques que l'arrivée à Moscou de Ribbentrop, tombé du ciel un jour d'août 1939. Ce serait un miracle si, parmi les 170 millions d'hommes de l'U.R.S.S., il n'y en avait eu quelques centaines de mille qui aient imprudemment montré leur dégoût et leur désespoir. Il est difficile à un esprit occidental de concevoir d'une façon concrète les conditions d'existence dans un pays où l'opposition est officiellement considérée comme un crime. Une fois ce point établi, l'écoulement régulier des « éléments socialement dangereux » vers la réserve des bataillons de travail forcé, et le maintien de cette réserve à un niveau d'environ 10 % apparaissent un phénomène logique et inévitable.

« J'ai vécu avec un grand nombre de familles russes », dit Blit à la fin de son récit, « et je n'en ai pas trouvé une seule qui n'ait au moins un parent ou un ami de famille "absent". Lorsque je parlai à un journaliste soviétique bien connu de Kuibishev, il affirma, avec quelque orgueil dans la voix, que les déportés ne dépassaient pas le chiffre de 18 millions, tout le reste était de l'exagération. Les fonctionnaires se fâchaient lorsqu'on parlait de plus de 20 millions, mais 20 millions est un chiffre qu'ils acceptaient tacitement. »

Voilà, entre beaucoup d'autres, un témoignage dont je connais personnellement l'auteur ; je sais qu'il est digne de foi. Je me rends compte toutefois qu'aux intoxiqués du mythe soviétique, et à beaucoup de sympathisants mal informés, ce rapport semblera une histoire d'un autre monde. On est généralement disposé à réviser son jugement d'environ, si l'on veut, 10 %, mais le réviser sur la base de 1 000 % dépasse les facultés d'adaptation immédiate. Au bout de vingt ans, le gouffre entre le mythe et la réalité est devenu si grand qu'il faut un effort intellectuel immense pour faire le saut et abandonner ses plus chères illusions.

C'est pourquoi, j'ai appelé ce chapitre une « parenthèse ». C'est la seule partie de cette étude dont le contenu soit basé sur des données non pas officielles, mais privées. Le lecteur indigné est libre de ne pas me croire, de m'appeler agent trotskyste, contre-révolutionnaire, menchevik, espion japonais, vipère lubrique ou toute autre aménité réservée aux critiques de la Russie. Mais il ne pourra pas récuser de la même manière les sources officielles soviétiques, les lois, les décrets, les statistiques soviétiques, etc., qui sont cités dans le reste de cet ouvrage. J'ai choisi le témoignage de Blit pour servir d'illustration. Le lecteur est libre de laisser l'illustration de côté ; cela n'enlève rien au texte.

XII
LA DOCTRINE DES BASES INÉBRANLABLES

Nous en sommes maintenant arrivés au point où il convient de résumer l'argumentation.

La politique soviétique des vingt dernières années permet théoriquement deux interprétations. — *Ou bien* la Russie a abandonné ses aspirations socialistes, et dans ce cas sa politique intérieure et extérieure ne cache aucun mystère, mais constitue l'image cohérente d'une politique de puissance pratiquée avec une adresse admirable et une grande efficacité par les chefs d'une jeune nation en plein développement. C'est l'interprétation des réalistes, de Lord Beaverbrook à Wendell Wilkie, qui ont compris la nécessité de faire des affaires, aussi bien politiques qu'économiques, avec la dernière arrivée dans l'arène internationale. *Ou bien* la Russie continue à avancer sur la route du socialisme, et dans ce cas, il faut considérer comme des « expédients temporaires » les phénomènes que nous venons de décrire. Mais l'étude des transformations accomplies dénote une tendance qui est en contradiction avec le caractère soi-disant temporaire de ces expédients, et décèle l'existence d'un mouvement continuel et cohérent vers une direction opposée aux principes fondamentaux du socialisme. De plus, on constate que l'on a renoncé même aux théories et aux formules du socialisme et qu'on les a remplacées par une nouvelle idéologie qu'il nous reste encore à définir.

Et pourtant, avant de décider en faveur de la première interprétation, il faut examiner encore un argument du défenseur des Soviets, — ce qui constitue pour ainsi dire sa dernière ligne de retraite. On peut l'exprimer ainsi :

« Oui, quelque chose va mal en Russie. Oui, certaines politiques et certains décrets ont dépassé la limite des "expédients temporaires" et font prévoir que l'avenir de l'U.R.S.S. court un danger sérieux. Mais tant que les bases économiques restent au point de vue socialiste fondamentalement saines et que le nouvel ordre économique de l'État soviétique est intact — c'est-à-dire la propriété des moyens de production par l'État et l'abolition des bénéfices — tôt ou tard la Russie redressera automatiquement la superstructure politique et culturelle, actuellement faussée. »

Cet argument comporte deux assertions en une seule, et elles sont complètement différentes. La première est que la structure économique de la Russie est historiquement en progrès par rapport à l'économie nationalisée constitue par soi-même une garantie suffisante pour l'avènement éventuel d'une société socialiste plus saine et plus heureuse. Je crois que la première affirmation est juste, et la seconde fausse.

Économiquement, l'Union soviétique représente le capitalisme d'État. L'État possède les moyens de production et dirige la production et la distribution des marchandises. La distinction entre capitalisme d'État et socialisme d'État n'a pas de sens du point de vue de l'économie. La différence réside dans la structure politique et sociale du pays, dans la question « l'État dirige le tout, mais qui dirige l'État ? » On a vu que les masses soviétiques n'ont aucun moyen d'influer sur les décisions de l'État, ni par les élections ni par les syndicats ni par une pression économique ou politique. Les mineurs de l'Oural ont moins d'action sur leur paie, sur leurs heures de travail, sur leurs conditions d'existence que les mineurs anglais ou américains. Ils ne peuvent pas se mettre en grève. Ils ne peuvent pas élire leurs délégués syndicaux, ils ne peuvent pas susciter des interpellations au parlement, des campagnes de presse ou des manifestations publiques. Les travailleurs soviétiques « ne sont pas plus propriétaires de leurs usines que les citoyens anglais ne sont propriétaires de la Marine anglaise » (Polanyi).

La possession et la direction par l'État russe des moyens de production est économiquement en progrès sur le capitalisme privé, tout comme le système de clearing et d'exportations dirigées organisé par le docteur Schacht et l'économie dirigée des Nazis étaient économiquement plus avancés que le « laissez-faire » occidental. L'Allemagne hitlérienne avant et pendant la guerre s'orientait à grands pas vers un capitalisme d'État. La puissance des Junkers et des magnats de l'industrie avait été brisée ; les industriels étaient obligés de produire ce que l'État leur demandait, de payer les salaires qu'il leur fixait et de vendre leurs marchandises au prix imposé. S'ils restaient encore en nom propriétaires de leurs usines, les limites de leur pouvoir étaient à peu près les mêmes que celles des directeurs d'usines en U.R.S.S., et leur revenu avait beau s'appeler encore « bénéfice », il était fixé par l'État tout comme le traitement des directeurs en Russie. On trouvera une analyse du terme complexe de propriétaire, quand il s'applique aux grandes industries, dans *The Managerial Revolution* de Burnham, qui, bien que très discutable sur beaucoup de détails, met au clair l'essentiel de la question. Il y a peu de doute que l'économie nazie se dirigeait vers un capitalisme d'État et que même ses demi-réalisations ont été plus efficaces et plus progressistes économiquement parlant que le « laissez-faire » capitaliste. Faut-il en conclure que le nazisme allait vers le socialisme, vers une société plus heureuse ? Les hommes de Gauche refuseront avec indignation cette déduction. Cependant, c'est sur une déduction analogue que les mêmes hommes de Gauche se basent pour affirmer que la Russie est « fondamentalement socialiste ».

C'est le point sur lequel il faut se séparer des trotskystes et autres dissidents communistes, qui eux aussi soutiennent que, malgré la «tumeur maligne» de la bureaucratie stalinienne, la Russie, du fait de son économie étatisée, est encore «fondamentalement» un pays socialiste. Sans faire intervenir la scolastique marxiste, il vaut la peine de rappeler que Marx et Engels eux-mêmes, malgré leurs nombreuses ambiguïtés dialectiques, estimaient que la nationalisation à elle seule ne garantit pas l'établissement du socialisme. Engels fait remarquer que, s'il en était ainsi, la première institution socialiste aurait dû être le tailleur du régiment. *Le témoignage de l'histoire des vingt dernières années prouve que les nationalisations et l'économie planifiée sont une condition nécessaire, mais non pas suffisante pour la création d'une société socialiste.* Les nationalisations et l'économie planifiée peuvent conduire au socialisme *ou bien* au fascisme — cela dépend du contexte politique et éthique. Le raisonnement des gens de Gauche, selon lequel l'économie soviétique (c'est-à-dire la nationalisation) *constitue* le socialisme est aussi faux que celui des gens de Droite qui prétendent que le contrôle de l'État et l'économie dirigée *constituent* le fascisme.

La nationalisation et l'économie planifiée sont sans doute la prochaine étape inévitable de l'évolution historique. Elles constituent un progrès dans le même sens que constituent un progrès la rationalisation, l'électrification, les transports aériens et les engrais industriels. On a vu comment la démagogie soviétique officielle a identifié le socialisme avec la construction des usines et des centrales électriques. Mais centrales électriques, engrais artificiels, contrôle de l'État ou économie planifiée ne sont par eux-mêmes ni de «gauche» ni de «droite», et ne sont «progressistes» qu'au sens du progrès technique — ils représentent le progrès dans le temps, et non sur le plan éthique ou sur le plan social. *Une économie nationalisée peut servir n'importe quel maître, fasciste, démocratique ou socialiste.*

On arrive ainsi à cette conclusion : que la politique, la culture, l'éthique d'un pays ne sont pas, comme une doctrine socialiste dégénérée veut nous le faire croire, de simples «superstructures» automatiquement déterminées par des bases économiques, mais des facteurs de première importance qui décident de l'usage du mécanisme économique. Cela ne veut pas dire qu'il faille sous-estimer l'importance du facteur économique : tant que prévaudra la propriété privée des moyens de production, le socialisme sera impossible ; et l'on peut aussi bien renverser les termes de la phrase en italique et dire « La nationalisation est une condition insuffisante, mais nécessaire, pour la création d'une société socialiste. »

Mais l'espoir que caressent les marxistes demeurés au stade infantile, l'espoir selon lequel la socialisation des moyens de production constituerait une garantie suffisante pour l'établissement d'un monde nouveau — cet espoir, il faut, après les leçons des vingt dernières années, y renoncer pour toujours.

XIII
LES FACTEURS OBJECTIFS
ET LA RESPONSABILITÉ SUBJECTIVE

Est-il possible de déterminer le point où la première expérience socialiste de l'histoire s'est faussée, la raison pour laquelle elle s'est faussée, et si cet échec était inévitable ?

Je ne crois pas possible de donner une réponse définitive, sinon avec un grand recul historique ; mais on commence à discerner l'ébauche approximative des principaux facteurs qui y ont contribué. L'expérience russe n'affirme ni n'infirme la possibilité du socialisme ; ce fut une expérience accomplie dans des conditions de laboratoire inadéquates et qui par conséquent ne prouve rien. Les conditions étaient inadéquates parce que la théorie socialiste est basée sur l'hypothèse que la classe ouvrière doit arriver au pouvoir d'abord dans les pays industrialisés où les masses ont une solide maturité politique tandis que la Russie tsariste était le pays d'Europe le plus arriéré, avec des traditions asiatiques, une population rurale dix fois plus forte que le prolétariat des villes, et 80 % d'illettrés. Il est évident que si l'expérience avait eu lieu dans un pays plus avancé, l'Allemagne par exemple, ou les États-Unis, le socialisme aurait donné des résultats complètement différents[1].

Mais, même malgré ces conditions, l'évolution de la Russie était-elle inévitable ou bien tout est-il « de la faute de Staline » ? Cela pose la grande question du déterminisme historique et du rôle de ce qu'on appelle le facteur subjectif dans l'Histoire (le hasard, les personnalités exceptionnelles) ; question que nous ne pouvons examiner que brièvement.

L'hypothèse la plus vraisemblable, dans l'état actuel de nos connaissances, c'est que les mouvements de l'Histoire sont déterminés par des lois statistiques, analogues aux lois physiques de probabilité. Une grande masse d'individus, soumise pendant longtemps à certaines influences — climatiques, économiques, etc. — réagira tôt ou tard d'une manière grosso-modo prévisible. Il faut insister sur les mots « tôt ou tard » et « grosso-modo », ils réservent la marge dans laquelle les facteurs subjectifs, la chance et la personnalité peuvent s'exercer. Toutefois, si l'on considère l'Histoire par grandes périodes — par siècles et non par décades — l'importance du facteur subjectif est négligeable et les probabilités statistiques deviennent des certitudes. Ainsi peut-on prédire que la rapidité des transports amènera inévitablement l'unification de l'Europe. Si Hitler a échoué, Staline peut réussir, et si Staline ne réussit pas, quelqu'un d'autre le fera dans un siècle ou deux. L'histoire ressemble à un fleuve et le facteur subjectif à un rocher jeté au milieu du lit. Un kilomètre plus bas, l'eau remplira le large lit déterminé par la structure générale du terrain, comme si le rocher n'avait jamais existé. Mais, pendant un court espace, pendant cent mètres ou cent ans, la forme du bloc fait effectivement une grosse différence.

Or, la politique ne compte pas par siècles, mais par années, et laisse ainsi une marge de liberté et de responsabilité personnelle

---

1. Il est tragique pour la Gauche européenne que la seconde grande expérience sociale — la coalition entre les classes ouvrières et la bourgeoisie progressiste, ce que l'on a appelé le Front populaire — ait été tentée d'abord en Espagne, le pays le plus arriéré de l'Occident, ce qui, là non plus n'a rien prouvé.

aux dirigeants. Il ne s'agit pas de leur responsabilité abstraite envers l'Histoire, mais de leur responsabilité morale envers leurs contemporains. *Historiquement*, cela fait peu de différence que ce soit Hitler ou quelqu'un d'autre qui réalise les États-Unis d'Europe. En un siècle ou deux, le tranchant du nazisme se serait émoussé, les théories raciales et la chasse aux Juifs ne seraient plus qu'un souvenir, et le résultat durable aurait été une Europe unifiée qui, vers l'an 2500, aurait eu dans l'ensemble à peu près le même aspect que celle qui sera créée par le successeur d'Hitler. Mais *politiquement*, comptant par années, la différence est énorme si l'on considère tout ce que cela implique de souffrances humaines et le pénible détour auquel est soumis le cours du fleuve. La même chose est vraie du régime stalinien. Il ne peut invoquer comme excuse la fatalité historique, pas plus que Hitler, ou le maréchal Pétain.

Il y a eu, pendant les vingt dernières années, dans l'histoire de la Russie soviétique au moins une demi-douzaine de points cruciaux où le régime a eu l'occasion de choisir entre deux solutions qui n'étaient en aucune façon « historiquement déterminées ». Ces carrefours furent, pour ne prendre que quelques exemples, la politique à l'égard de la Chine en 1927 ; la politique agraire de 1929-1930 (c'est-à-dire l'erreur, plus tard indirectement reconnue par Staline, de la collectivisation trop hâtive qui a poussé les paysans à tuer leur bétail et à brûler leurs récoltes, et a abouti à la famine, aux épurations et à la terreur) ; la politique prussienne de 1929 (la collaboration entre les communistes et les nationaux-socialistes contre le gouvernement social-démocrate prussien) ; et finalement la politique de 1939 (le pacte Hitler-Staline). À aucun de ces carrefours, la fatalité historique ne pouvait être une excuse ; dans chaque cas, le régime a entièrement pris une responsabilité personnelle en écrasant l'opposition qui, à l'intérieur du parti, conseillait l'autre solution. C'est ainsi que les conditions qui, au départ, étaient du point de vue objectif défavorables à l'expérience socialiste, ont été compliquées par les erreurs subjectives du régime.

Ces erreurs ont-elles eu un dénominateur commun ? Quels ont été les mobiles qui ont poussé dans cette voie le régime de Staline ?

Dans le domaine de la politique étrangère, nous avons déjà parlé de la brutalité impitoyable avec laquelle la classe ouvrière européenne a été sacrifiée aux intérêts de la Russie, grâce au dogme du socialisme dans un seul pays, qui aboutit pratiquement au socialisme nulle part. Il faut y ajouter l'ignorance grossière, chez les dirigeants russes, de l'état de choses en Europe, ignorance due à leur artificiel isolement ; la haine fanatique des mouvements rivaux de Gauche qui est de tradition dans l'histoire du parti bolchevique russe ; finalement, à la fois l'extrême rigidité et les brusque zigzags politiques qui reflètent le cours aberrant d'un régime autocratique que ne vient équilibrer ni une opposition légale ni l'opinion publique. En politique intérieure, nous avons distingué deux facteurs principaux, qui ont amené l'élimination graduelle des principes socialistes : la tendance de la nouvelle caste dirigeante à se perpétuer elle-même et l'effondrement des stimulants révolutionnaires.

Parmi tous ces facteurs, c'est le dernier qui domine et qui décide de l'échec de l'expérience soviétique.

XIV
L'EFFONDREMENT DES STIMULANTS
RÉVOLUTIONNAIRES

Le capitalisme avait remplacé les stimulants religieux de la féodalité médiévale par la concurrence économique ; sans elle, le capitalisme n'existerait pas. Il fallait que le socialisme remplaçât la concurrence capitaliste par de nouveaux stimulants ; sans eux, il ne peut naître de société socialiste.

La Révolution de 1917 a supprimé le stimulant du bénéfice et de la concurrence financière. Le boutiquier devenait un employé du trust d'État, c'est-à-dire un fonctionnaire dont la solde restait indépendante de son chiffre d'affaires ; le fermier devenait peu à peu un salarié (payé en partie en nature), qui n'avait plus le sentiment de posséder son champ ou son troupeau ; l'ouvrier, au temps des comités d'usines, ne craignait ni punition ni renvoi ; l'élève n'apprenait que ce qui l'intéressait ; le soldat se battait sans officier ; les gens se mariaient sans prêtres et divorçaient s'ils en éprouvaient le désir.

Les nouveaux stimulants révolutionnaires furent les suivants : le collectivisme au lieu de la concurrence individuelle ; la discipline volontaire au lieu de la contrainte économique et légale ; la conscience de la responsabilité envers la communauté, la solidarité internationale de classe au lieu du chauvinisme ; la dignité du travail au lieu de la dignité du rang ou de la naissance ; un esprit de fraternité entre égaux au lieu de la paternité d'un Dieu ou d'un chef ; la rééducation au lieu du châtiment, la persuasion au lieu de la contrainte ; et d'une façon générale, un nouveau climat spirituel imprégné de fraternité, d'égalité, de solidarité — « tous pour un et un pour tous ».

Tout cela aujourd'hui semble amèrement ironique. Les mots « utopie, romantisme, sentimentalité » se présentent automatiquement à l'esprit, même chez les communistes convaincus. Vingt-cinq années de réalité soviétique en ont fait des cyniques inconscients ; et parce qu'ils veulent croire que Russie est synonyme de socialisme, ils ont oublié ce que signifie réellement le socialisme. Sans la création de nouveaux stimulants pour l'homme, la suppression des stimulants capitalistes laisse un vide où le corps social se paralyse. Une société sans stimulants et sans valeurs morales, quelle qu'en soit la structure économique, ou bien périra dans le chaos et l'anarchie, ou bien deviendra une masse apathique sous le fouet d'un tyran.

Il ne fallait pas s'attendre à voir le nouvel esprit de 1917 triompher sans de grandes difficultés de transition et sans rechutes. Mais l'histoire de l'Union soviétique n'est nullement faite de grands pas en avant alternant avec de petites rechutes. La courbe de son développement est montante pendant les dix premières années, à peu près jusqu'au milieu des années 1920, puis elle marque une descente continue et sans interruption ; si bien qu'une génération après le début de l'expérience, les nouveaux stimulants ont été remplacés, sans aucune exception et dans tous les domaines, par les anciens qu'on avait abandonnés.

La guerre a précipité cette évolution et l'a portée à son terme. Le couronnement du métropolite orthodoxe Sergius dans la cathédrale de Moscou et sa reconnaissance officielle comme patriarche de toutes les Russies le 12 septembre 1943 a été, pour plusieurs raisons, un acte symbolique ; le régime soviétique s'avouait impuissant à donner à l'homme une nouvelle croyance, de nouvelles valeurs morales, une nouvelle foi pour laquelle vivre et mourir. Si l'Apologiste objecte qu'une génération est un laps de temps trop court pour permettre la création d'un nouveau climat spirituel, qu'il lise l'histoire de la Réforme, l'histoire de l'Islam, ou celle de la Renaissance. Les vraies révolutions spirituelles se sont de tous temps propagées avec la rapidité d'une lame de fond ; les forces émotionnelles qu'elles délivraient submergeaient rapidement tout ce qu'avaient de desséché les croyances traditionnelles. Et cependant, ni Luther ni Mahomet ni Galilée n'ont eu à leur disposition une presse et une radio d'État. Dans l'histoire moderne, le mouvement nazi a démontré quels changements de climat peuvent en beaucoup moins de temps se produire dans une grande nation : en dix ans, le christianisme et l'humanisme ont été presque complètement supplantés par la mystique nationale-socialiste.

Les apologistes prétendent qu'on fait renaître l'Église orthodoxe pour attirer les peuples balkaniques. C'est très probablement exact, mais ne fait que confirmer notre argumentation. Cela signifie que le régime, pour faire appel à l'appui et de l'extérieur et de l'intérieur, a été contraint de recourir au stimulant de la religion, précisément parce que le socialisme tel qu'il est pratiqué en Russie n'a pas une force d'attraction spirituelle suffisante. Ce qui est confirmé par la renaissance d'encore un autre fantôme du passé : le panslavisme.

Depuis 1941, des congrès panslaves[1] se sont tenus tous les ans à Moscou avec des délégués représentant la Pologne,

---

1. Le mot provocateur de panslavisme a été officiellement remplacé par le Congrès de tous les peuples slaves.

la Tchécoslovaquie, la Bulgarie, la Yougoslavie, le Monténégro, etc. Les discours prononcés à ces congrès auraient paru réactionnaires même en 1910. La patrie des travailleurs était une fois de plus devenue la mère patrie des nations slaves : l'adversaire n'était plus le régime capitaliste, mais l'« éternel ennemi des races slaves, l'envahisseur teuton ». (Général Berling, au IVᵉ Congrès de tous les pays slaves.)

Les intoxiqués du mythe soviétique, que le mot pangermanisme met en fureur, ont généralement un faible pour le panslavisme ; il leur rappelle les balalaïkas et les chemises russes qui, comme on sait, sont part intégrante du socialisme. Cependant, sur le plan des faits, le panslavisme est un mouvement racial, qui a servi la politique d'expansion de l'impérialisme russe. Historiquement, il a eu pour but l'accès aux Dardanelles, et aux débouchés sur la Baltique, sur la mer Égée et sur l'Adriatique — les années qui viennent prouveront que les buts n'ont pas changé [1]. Dissoudre le Komintern en tant qu'instrument politique et le remplacer par l'Église orthodoxe et le panslavisme, voilà le signe qui marque de façon décisive le passage de la politique socialiste à la politique impérialiste.

Le changement s'est accompagné d'un nouvel état d'esprit militariste, et d'une vague de chauvinisme. On changea le serment de l'armée. Les recrues soviétiques qui juraient autrefois de « Consacrer tous leurs actes et toutes leurs pensées à l'idéal de l'émancipation des travailleurs et de combattre pour l'Union soviétique, pour le socialisme et pour la fraternité universelle », jurent depuis 1939 : « de servir jusqu'à leur dernier souffle leur Patrie et leur Gouvernement... »

L'*Internationale* fut abolie en tant qu'hymne national le 15 mars 1944 et remplacée par un nouvel hymne à la louange de la « Grande Russie » qui a forgé l'« Union des Républiques libres » ; il ne comporte aucune allusion de caractère international.

---

1. Écrit en juillet 1944.

On a créé le 23 août 1943 des académies militaires « sur le modèle des anciens corps de cadets ». Les commissaires politiques aux armées ont été définitivement supprimés le 10 octobre 1943. Le titre de « Régiment des Gardes » a été rétabli dans l'hiver 1941-1942. Le 29 juillet 1942, on a créé les nouveaux ordres de Suvorov, de Koutouzov et d'Alexandre Nevsky, qui ont éclipsé l'Ordre de Lénine et l'Ordre du Drapeau rouge. Les mess et les clubs d'officiers, les ordonnances, le salut, etc., ont été depuis 1935 peu à peu rétablis. Finalement, le décret du 6 janvier 1943 a rétabli les épaulettes que portaient les officiers de l'armée tsariste. Il aurait été facile d'inventer de nouveaux insignes ; l'intention du décret était évidemment de souligner de façon symbolique et provocante le fait que les derniers vestiges de l'absurdité révolutionnaire étaient liquidés pour de bon.

Pour obéir au nouvel esprit, on envoya au pilon et on récrivit les livres de classe, les livres d'histoire et même les encyclopédies. Jusqu'au jour où commencèrent les épurations, le doyen des historiens soviétiques avait été Pokrovsky, qui, imbu de la conception marxiste de l'histoire, avait combattu le chauvinisme et le culte du héros sous toutes ses formes. En 1934, Pokrovsky fut liquidé et remplacé d'abord par Shestakov, puis, plus tard, par Eugène Tarlé. Le manuel d'histoire de Shestakov fut introduit dans les écoles en 1936 et portait pour devise : « Nous aimons notre pays. Nous devons connaître sa merveilleuse histoire. » La seconde révision de l'histoire par son successeur Tarlé prit des formes grotesques. Jusqu'à l'épuration, les chefs des grandes révoltes populaires des xviie et xviiie siècles : Boulavine, Stenka Razin et Yemelyan Pugachev, étaient officiellement et justement considérés comme des précurseurs de la révolution prolétarienne. Mais Boulavine s'était soulevé contre le héros de Staline, Pierre le Grand ; Pugachev, chef des serfs et des mineurs de l'Oural, avait été battu par le prince Suvorov en l'honneur de qui Staline avait créé l'Ordre de Suvorov ; et de toute façon, ils s'étaient révoltés contre l'autorité, et donc, ils avaient eu tort. En conséquence, le nouvel historien officiel de l'Union soviétique décréta que tous ces chefs révolutionnaires du passé n'avaient pas eu de valeur politique parce que «leurs mouvements avaient contenu des malfaiteurs». À ce compte-là, tous les mouvements révolutionnaires, de Spartacus à Danton et à Lénine, qui tous ont contenu des malfaiteurs, peuvent être récusés d'un trait de plume.

Dans son fameux discours prononcé à l'occasion du 24e anniversaire de la révolution soviétique, le 7 novembre 1944, et qui a inauguré le nouveau culte du héros, Staline a dit: «Puissiez-vous être inspirés dans cette guerre par les nobles figures de nos grands ancêtres: Alexandre Nevsky, Dimitri Donskoï, Kuzma Minin, Dimitri Pozharsky, Alexandre Suvorov, Mikhail Koutouzov.» Depuis lors, le tir de barrage habituel de la propagande les a promus tous les six saints patrons de la Russie à la place de Marx, d'Engels et des martyrs révolutionnaires du passé. De ces six personnages du nouveau Panthéon soviétique, quatre furent des princes, l'un fut un saint et aucun d'eux n'a combattu pour un progrès social. Sur Kuzma Minin, l'Encyclopédie soviétique de 1930, mise au pilon depuis, note: «Les historiens bourgeois l'ont idéalisé et ont essayé d'en faire un héros national.» Le prince Pozharsky a marché à la tête des Russes contre les Polonais en 1611, le prince Suvorov a combattu la Révolution française, la rébellion prolétarienne de Pugachev et les Polonais, le prince Koutouzov a réprimé un soulèvement paysan, défait Napoléon et les Polonais; quant au prince Donskoï, il a combattu les Mongols au XIXe siècle, et c'est un saint de l'Église orthodoxe.

La littérature et les arts ont été obligés de suivre le mouvement. Les peintres soviétiques peignent d'héroïques tableaux de batailles, de campagnes russes passées et présentes, les poètes soviétiques célèbrent une fois de plus le Sol sacré de Notre Mère la Russie, les romanciers russes les biographies des anciens héros nationaux. Les quatre romanciers qui remportèrent le prix Staline en 1942 furent: Borodine, pour sa biographie du prince Dimitri Donskoï (voir ci-dessus); Antonovsky, pour *Grand Mourad* (héros national de la Géorgie de Staline); Yan, pour *Gengis Khan* et Ehrenbourg, pour *La Chute de Paris* Le prix Staline 1942 de poésie lyrique fut décerné à Gousef, dont le plus célèbre poème commence ainsi :

«Je suis un homme russe, le fils de Moscou, l'héritier de la gloire russe, etc.»

Une pièce de Korneitchouk, *Le Front*, remporta un prix la même année ; on y voit un ancien chef bolchevik de la guerre civile représenté comme un imbécile qu'il faut révoquer. La même année, Alexis Tolstoï a fait mieux que son *Pierre le Grand* et a écrit une pièce sur Ivan le Terrible. La pièce a été tournée par Eisenstein.

«Eisenstein, dit Kolarz dans son livre *Staline et la Russie éternelle*, a estimé que la plupart des atrocités d'Ivan sont des inventions ou des exagérations inspirées par ses ennemis de l'intérieur et de l'extérieur. En réalisant ce film, il a été guidé par l'idée que Ivan le Terrible, fondateur d'une Russie forte et unie, et d'une armée russe régulière, a agi selon les nécessités historiques.» C'est ce que confirme Eisenstein dans une interview donnée au journal *Trud*. La revalorisation du Caligula russe, la défense de son règne de terreur par l'argument des « nécessités historiques » sont quelque chose de trop évident pour avoir besoin de commentaire. Il y a loin du *Cuirassé Potemkine* à *Ivan le Terrible* — et l'on peut y voir le symbole de l'évolution spirituelle de l'Union soviétique.

Le gouvernement des Soviets a assisté, en gardant une neutralité bienveillante, à la conquête par les Nazis de presque toute l'Europe. Il a officiellement tourné en dérision l'idée d'une guerre idéologique. Il n'a pas ouvert de second front quand la France a été envahie et les alliés sur le point d'être écrasés. Il ne s'est battu que lorsqu'il a été directement attaqué et il a mené une guerre de défense nationale, à coups de slogans nationalistes. La nécessité où s'est trouvé le régime soviétique de se battre au nom de Suvorov au lieu de se battre au nom de Marx, en chantant un hymne national au lieu de chanter *L'Internationale*, avec des épaulettes tsaristes, des slogans panslaves et la bénédiction de popes barbus, voilà la confirmation dernière de l'effondrement des stimulants socialistes.

Les nouveaux ressorts d'action que la révolution de 1917 avait éveillés dans le cœur et dans le cerveau des masses se sont rouillés dans le climat de mensonge corrupteur qu'avait créé le régime stalinien. C'était des forces psychologiques neuves et précaires qui avaient besoin d'encouragements constants, d'un climat humain, chaleureux et fraternel pour grandir et pour s'affirmer, pour transformer finalement tout l'habitus de l'homme et créer le type nouveau de *l'Homo Sapiens Liber*. Le régime, qui avait ses racines dans les conceptions matérialistes et économistes du XIXᵉ siècle, n'a jamais su comprendre l'importance décisive du facteur spirituel. Fondé sur l'axiome que la fin justifie les moyens, exaspéré par l'inertie et l'apathie des masses paysannes, il a traité les êtres vivants comme une matière première brute dans un laboratoire d'expérience, il a travaillé dans la masse tendre et malléable avec des marteaux, des ciseaux, des acides et il l'a bombardée de rayons de propagande de toutes les longueurs d'onde. Aux yeux de l'observateur superficiel, la méthode réussit. Le peuple avait l'air d'accepter tout ce qu'on lui disait. Il se mit à révérer ses chefs, à travailler en robots, à mourir en héros — comme les robots et les héros que produisaient les Allemands et les Japonais. Mais les ressorts nouveaux s'étaient brisés et il avait fallu les remplacer par les anciens ressorts qu'on est allé chercher sur les étagères poussiéreuses des greniers.

La révolution russe a échoué dans la mesure où elle n'est pas parvenue à créer un nouveau type de société humaine dans un nouveau climat moral. La raison dernière de cette faillite a été l'aride matérialisme du XIXᵉ siècle, d'où naissait sa doctrine. Elle a été obligée de se rabattre sur les anciens opiums parce qu'elle n'a pas su reconnaître le besoin de nourriture spirituelle de l'homme.

La fin d'une illusion

Un coup rapide à la Pologne, porté d'abord par l'Armée allemande, puis par l'Armée Rouge, et il n'est rien resté de cet affreux produit du traité de Versailles, qui n'a pu exister qu'en opprimant les minorités non polonaises. Tout le monde se rend compte qu'il ne peut être question de rétablir la vieille Pologne.

Molotov, 31 octobre 1939.

J'ai toujours désiré une Pologne forte et indépendante.

Staline,
à plusieurs reprises en 1944.

1. — LES MÉTHODES DE LA POLITIQUE DE PUISSANCE RUSSE

I

Les résultats de notre enquête peuvent se résumer comme suit : la Russie soviétique est une autocratie totalitaire, où fonctionne un capitalisme d'État. Elle est progressiste quant à sa structure économique et rétrograde sous tous ses autres aspects. Politiquement, culturellement, dans ses rapports entre les gouvernants et les gouvernés, elle est réactionnaire par comparaison avec la plupart des démocraties capitalistes. Elle poursuit une politique d'expansion, qui, tout en opérant selon de nouvelles méthodes, reflète les anciennes ambitions de la Russie impériale.

Pour les classes ouvrières et les forces progressistes des autres parties du monde, la Russie n'a pas plus de signification particulière que n'importe quelle autre grande puissance. Elle n'est pas une menace pour la Droite, ni un allié pour la Gauche. Son attitude envers les partis de Gauche et de Droite des autres pays est exclusivement déterminée par les intérêts momentanés de sa politique de puissance. Dans l'avenir, comme dans le passé, elle prendra et quittera ses alliés sans s'occuper de leur philosophie politique, mais selon les besoins du moment.

Il faut toutefois ajouter deux précisions. Premièrement, il y a une différence entre la politique de puissance de la Russie et celle des autres États. La politique de puissance est nécessairement opportuniste et cynique ; dans les situations critiques les principes moraux sont toujours sacrifiés à la commodité. Mais il y a des différences de degré dans le cynisme et dans l'immoralité. L'opinion publique dans les pays démocratiques n'a pas grande influence positive sur la politique étrangère, mais elle peut, dans certains cas, prévenir le pire par une sorte de veto public, par exemple : le pacte Hoare-Laval. Ce veto est rarement exprimé, mais il exerce une pression latente sur les dirigeants ; ils doivent jusqu'à un certain point compter avec le corps électoral, avec une presse relativement indépendante et même davantage avec l'opposition parlementaire, si tremblante, si timide, si obscure soit-elle. L'importance de ces facteurs démocratiques est habituellement exagérée par des panégyriques hypocrites, mais elle est également sous-estimée par l'extrême gauche. Le fait est que, sous l'influence rectificatrice de ces facteurs, la politique de grandes puissances telles que l'Angleterre ou les États-Unis peut encore obéir à des courbes qui donnent la nausée, mais jamais aux zigzags fantastiques de l'U.R.S.S.

Les démocraties peuvent donner des apaisements à des dictateurs ou soutenir des Darlans, mais il leur est impossible de changer totalement de front en vingt-quatre heures, ou de déchirer des traités avant que l'encre ne soit sèche. Les chefs de la Russie soviétique et de l'Allemagne nazie ne sont pas gênés par des limitations de ce genre ; ils gouvernent dans le vide et peuvent accomplir n'importe quelle brusque volte-face, donc faire à leurs partenaires n'importe quelle surprise sur le plan international. Cela donne à la Russie un gros avantage dans les luttes diplomatiques à venir, l'avantage de l'ignorance où nous sommes de ses actes futurs. Un pays qui navigue sans lest de morale est beaucoup plus facile à manœuvrer que ceux qui sont alourdis par des traditions. Les hommes d'État de l'école d'Occident ne déchirent les traités que lorsqu'ils ne peuvent pas faire autrement, et même alors ils ont mauvaise conscience. Les hommes d'État de l'école russe trichent allégrement leurs partenaires capitalistes, et ils ont la conscience parfaitement tranquille ; ils ont appris à mépriser « la morale bourgeoise » et ont en plus le sentiment obscur qu'ils servent un idéal, bien qu'ils aient oublié de quel idéal il s'agit exactement.

Il faudra quelque temps aux hommes d'État de l'Occident qui vivent encore selon les traditions du XIXe siècle pour s'habituer au nouveau jeu — à ce traitement de choc diplomatique dont ils n'ont eu jusqu'ici qu'un léger avant-goût. En attendant, la Russie récoltera tous les bénéfices, comme l'Allemagne nazie au temps de Munich.

II

La seconde différence entre la politique de puissance des Russes et celle des autres nations, vient de la vieille rivalité entre le parti bolchevik et les autres partis de Gauche. Cette rivalité a son origine dans une querelle de doctrine qui est depuis longtemps dépassée, mais qui a laissé subsister des rancunes et des haines. Peu d'admirateurs des Soviets savent que les sections européennes de la Deuxième Internationale, le Labour Party anglais, les S.F.I.O. françaises, les socialistes italiens, polonais, autrichiens, espagnols et leurs chefs s'appellent encore en Russie les « mencheviks contre-révolutionnaires ». Le refus constant de Moscou de faire cause commune avec les socialistes européens contre la menace grandissante du fascisme — et cela jusqu'au jour où il a été trop tard, a prouvé combien cette haine était forte et virulente. Dans les camps de concentration d'Hitler, les ouvriers communistes et socialistes étaient assassinés côte à côte, et cependant les premiers traitaient les seconds de « social-fascistes ». La politique du Front populaire, inaugurée en 1934, imposée par les nécessités de la politique étrangère russe (l'alliance militaire entre la France et la Tchécoslovaquie, et l'adhésion de la Russie à la S.D.N.), n'apporta aucun changement au fond du cœur envers les partis de Gauche ; derrière la façade des comités du Front populaire, des mouvements Amsterdam-Pleyel et de la propagande antifasciste, on étouffait dans l'atmosphère des intrigues de Komintern, des conspirations et des factions. Elles atteignirent le point culminant pendant la guerre civile espagnole, lorsque derrière le front les « apparatchiks » russes livrèrent leur guerre particulière de liquidation contre les partis rivaux de la Gauche — les syndicalistes, le Poum et les socialistes indépendants. La politique communiste est variable à l'extrême, son unique constante est qu'elle ne tolère pas les dissidences.

Pendant ces dernières années, les partis communistes se sont alliés aux Junkers prussiens, aux monarchistes autrichiens, aux Oustachis croates, aux catholiques italiens ; ils ont couronné des patriarches orthodoxes et ont négocié avec le Vatican ; ils ont promis d'aider « à faire fonctionner le capitalisme américain » en soutenant alternativement les républicains et les démocrates[1]. Ils ont, en moins de deux ans, accusé les travaillistes anglais de soutenir l'effort de guerre, et de ne pas soutenir suffisamment l'effort de

---

1. Earl Browder, secrétaire général du parti communiste américain, discours du 10 janvier 1944.

guerre, d'être antiallemands, et de s'opposer au démembrement de l'Allemagne ; ils ont lancé contre le parti travailliste toutes les insultes d'un vocabulaire de poissarde ou d'accusateur public de l'État soviétique, et ils ont demandé à s'affilier au parti travailliste. Ils ont ravalé leurs injures, puis les ont recrachées et ravalées encore. Les communistes se sont montrés capables de n'importe quelle transformation sauf une seule : collaborer sincèrement avec les autres partis de la classe ouvrière.

Cette incapacité inhérente et constitutionnelle a ses origines dans les traditions du parti communiste russe. Le schisme entre Bolcheviki (majoritaires) et Mencheviki (minoritaires) remonte à la Conférence de Londres en 1903 et n'a jamais disparu. Les bolcheviks étaient des révolutionnaires autoritaires, les mencheviks, des démocrates réformistes. Dans les années qui suivirent, le mouvement léniniste appliqua le terme de « Menchevik » à toutes les fractions réformistes des mouvements socialistes étrangers, et, après la fondation de l'Internationale communiste (1919), menchevik devint synonyme de socialiste. Dans les dix dernières années, les socialistes ont souvent pris une attitude révolutionnaire, tandis que les sections correspondantes du Komintern prêchaient l'apaisement, de sorte que la position entre les deux rivaux s'est trouvée renversée. Mais, bien que la divergence entre les deux doctrines ait perdu toute signification, la haine irrationnelle contre les « mencheviks contre-révolutionnaires » a survécu, comme une vendetta entre clans dont on a oublié l'origine depuis des générations. Les mouvements politiques sectaires sont aussi capables d'entretenir des haines traditionnelles, que les clans, les sectes religieuses et les nations.

Mais l'attitude russe s'explique par une seconde raison, plus rationnelle. Les chefs soviétiques se rendent compte qu'il est plus facile de collaborer avec des puissances et des groupements d'intérêts capitalistes qu'avec les mouvements indépendants de la classe ouvrière. Dans le premier cas, la collaboration se base sur un intérêt mutuel froidement calculé, tandis qu'il intervient inévitablement dans le second cas un élément idéologique, qui implique une obligation morale et enlève à la politique soviétique sa liberté de manœuvre.

Une alliance entre le parti travailliste et le parti communiste anglais eût-elle existé, elle aurait été inévitablement rompue en septembre 1939 par le refus des travaillistes d'admettre le pacte Hitler-Staline. Une alliance eût-elle existé plus tard avec le parti travailliste indépendant, elle aurait été rompue en 1941, parce qu'ils maintenaient l'objection de conscience et refusaient de participer à la guerre. Même l'Internationale communiste, d'une obéissance aveugle, devint une entrave pour la diplomatie du Kremlin ; combien plus incommode l'indépendance des partis et des mouvements de Gauche ! Les dirigeants russes savent qu'il est plus facile de faire des affaires avec un étranger, qu'avec quelqu'un de sa famille. On ne peut pas manœuvrer des mouvements et des individus idéalistes. D'où, en Russie, la liquidation de tous les anciens cadres du Parti et la nouvelle préférence marquée aux « spécialistes non inscrits au parti » ; d'où, sur le plan international, la même préférence à l'égard de Lord Beaverbrook[1] et de Wendell Wilkie, au détriment des ministres travaillistes.

L'existence de mouvements socialistes indépendants constitue par conséquent un problème de première importance pour le régime russe, qui officiellement fait encore semblant de détenir le monopole du socialisme. Le problème ne pourrait logiquement se résoudre que si les mouvements rivaux renonçaient à leur indépendance et inclinaient leur doctrine aux nécessités changeantes de la politique de puissance des Russes, ou que si la Russie abandonnait officiellement son masque d'État socialiste et renonçait ainsi à son plus puissant levier de politique internationale. Aucune de ces éventualités n'étant pratiquement possible, le régime soviétique n'a d'autre ressource que de persécuter et de diffamer les mouvements socialistes et leurs dirigeants. C'est continuer

---

1. Les premiers politiciens étrangers qui furent décorés d'Ordre soviétique, après Ribbentrop, ont été Sir Oliver Lytleton et Lord Beaverbrook, l'un et l'autre membres du parti conservateur.

la méthode appliquée avec succès en politique intérieure, contre les révolutionnaires socialistes, les mencheviks, les anarchistes, les trotskystes et les anciens bolcheviks. En Russie même, les mots trotskyste et menchevik sont élastiques et désignent quiconque ne veut pas devenir l'aveugle instrument du régime ; et comme la Conspiration judaïque mondiale d'Hitler, ils offrent un mélange de tromperie calculée et d'authentique manie de la persécution.

Depuis les épurations, les dirigeants soviétiques estiment que ce ne sont pas les réactionnaires ou les cyniques qui constituent le plus grand danger pour leurs ambitions internationales, mais la Gauche, politiquement consciente à l'étranger. Avec les cyniques, on peut toujours trouver un *modus vivendi* ; les idéalistes sont intransigeants, ils sont une plaie et un danger. Et cela s'applique aussi bien aux individus qu'aux mouvements. En conséquence, la première préoccupation de l'État soviétique dans les territoires occupés de Pologne et dans les États Baltes, a été la liquidation de la Gauche.

III

Les déportations en masse sur une échelle jusqu'ici inconnue dans l'histoire ont constitué la principale méthode administrative de soviétisation de l'Europe orientale pendant les deux ans qui ont séparé l'invasion de la Pologne par les Russes de l'invasion de la Russie par les Allemands. Elles furent effectuées en quatre grandes vagues, février 1940, avril 1940, juin 1940 et juin 1941. Le nombre de déportés de Pologne orientale se chiffre environ à un million ; mais le nombre désigné pour la déportation, selon les catégories du plan prévu, était beaucoup plus élevé ; l'exécution du plan fut interrompue — ou plutôt retardée — par la guerre russo-allemande. Les déportés étaient divisés en trois catégories : *a*) ceux qui étaient condamnés à une peine de trois à huit ans dans les brigades de travail forcé, principalement dans les camps de l'Arctique ; ils étaient employés à abattre des arbres, à travailler dans les mines, dans des industries dangereuses, et affectés à d'autres travaux publics ; *b*) les familles qu'on fixait dans les zones non peuplées et qui étaient employées sous le contrôle de la Guépéou à des travaux forestiers dans des scieries mécaniques, à la construction des routes, etc. ; *c*) des familles qu'on fixait dans l'Asie centrale (principalement dans le Kazakhstan, le Kirghize et les Républiques Yakoutes) et qu'on employait dans les kolkhozes locaux en leur laissant une liberté relative (sauf la liberté de déplacement[1]).

Les déportations en masse des États baltes ont été faites sur la même échelle. Un décret administratif, promulgué par Gousievitius, commissaire du peuple de la Lituanie soviétique (n° 005428, novembre 1940) définit 14 catégories de citoyens lithuaniens, susceptibles d'être déportés. La catégorie n° 1 comprend les membres des partis prérévolutionnaires russes : révolutionnaires socialistes, mencheviks, démocrates constitutionnels (cadets), trotskystes et anarchistes. Les catégories de 2 à 6 comprennent les membres actifs d'autres partis lithuaniens (valdemariens, démocrates chrétiens, organisations d'Étudiants patriotes, shaulisistes) ainsi que les officiers de police et le personnel des prisons et des gendarmeries, les officiers des anciennes armées tsaristes et russes blanches, et des armées polonaises et lithuaniennes. Catégorie 7 : les personnes expulsées du parti communiste. Catégorie 8 : les émigrés et agents politiques entrés en contre-bande. Catégorie 9 : les étrangers et les représentants de firmes étrangères. Catégorie 10 : les personnes qui ont voyagé à l'étranger et sont en contact avec des missions diplomatiques étrangères ; les espérantistes et les philatélistes.

---

1. Le pacte russo-polonais, signé à Londres le 30 juillet 1941, prévoyait la libération des déportés polonais de toutes les catégories. Le gouvernement polonais, aidé par la Croix-Rouge et par les organismes de secours anglo-américains, réussit à retrouver environ 500 000 Polonais c'est-à-dire environ la moitié des déportés. Un grand nombre d'entre eux, y compris l'armée polonaise formée sur le territoire russe, fut évacué *via* Téhéran. Ceux qui restèrent en Russie furent, après la rupture des relations russo-polonaises en 1943, considérés par les autorités russes comme citoyens soviétiques et traités comme tels. Environ 20 % des déportés sont morts dans les camps de l'Arctique ou pendant le voyage qui les y menait.

Catégorie 11 : les fonctionnaires du gouvernement lithuanien. Catégorie 12 : les membres de la Croix-Rouge polonaise et les réfugiés polonais. Catégories 13 et 14 : les prêtres et les aristocrates, les propriétaires, les banquiers, les industriels, les commerçants riches, les propriétaires d'hôtels et de restaurants.

L'analyse de ces catégories montre qu'elles ont été choisies dans le dessein d'enlever à l'organisme national :

a) tous les éléments politiquement conscients et actifs, et en premier lieu ceux de Gauche, excepté les communistes ;

b) les dirigeants et l'appareil administratif de l'ancien régime ;

c) tous les éléments cosmopolites.

En Pologne orientale, l'amputation s'exerçait aussi sur l'Intelligentsia (professeurs, avocats, journalistes, etc.) sans égard à leurs opinions politiques. Chose caractéristique, la quatrième vague de déportation en juin 1941 comprenait déjà une proportion considérable de membres du parti communiste même — notamment les organisateurs des « comités locaux » révolutionnaires, qui avaient pris le pouvoir dans les jours de chaos qui ont précédé l'arrivée des administrateurs soviétiques, et les membres des milices ouvrières.

En général, la déportation touchait la famille entière ; les petits enfants étaient envoyés en orphelinat. L'exode en masse s'accomplit, sans sadisme ni cruauté volontaires, mais dans des conditions si épouvantables — voyages de parfois trois semaines dans des wagons à bestiaux plombés — qu'il y eut en cours de route une proportion considérable de morts. Ce qu'on appelait les « Troïkas » du N.K.V.D.[1] venaient la nuit chercher les déportés d'après les listes dressées d'avance. Ils n'avaient qu'une heure pour faire leurs paquets et n'avaient droit qu'à 100 kilos de bagages par famille. Les trains partaient avant l'aube, toutes portes et fenêtres plombées, sauf des ouvertures qui servaient à évacuer les ordures

---

1. Commissariat aux Affaires intérieures, qui a pris la suite de la O.G.P.U. Dans l'usage courant N.K.V.D. et O.G.P.U. sont synonymes.

et à faire passer la nourriture ; on ne rouvrait pas les wagons avant l'arrivée à destination, dans la région polaire ou en Asie centrale.

Cette politique avait pour but de supprimer, dans les régions nouvellement conquises, les éléments qu'on appelle en terminologie soviétique « activistes », autrement dit les hommes qui à Droite et à Gauche sont politiquement conscients, qui dirigent et organisent la vie sociale, économique et intellectuelle et forment le noyau de la liberté de pensée et d'action[1]. Une nation ainsi amputée de sa colonne vertébrale et de ses centres nerveux devient une sorte de gélatine amorphe et se trouve réduite à un degré suffisant de malléabilité pour pouvoir s'adapter à la dictature soviétique. Car il faut se rappeler que ces millions de nouveaux citoyens d'U.R.S.S. doivent apprendre à vivre sans parlement, sans critique publique, sous de nouvelles lois qui limitent leur liberté personnelle dans tous les domaines : déplacements, parole, lecture, travail, et qui resserrent l'horizon de leur existence dans d'étroites et rigides barrières qui étaient inconnues, même sous les régimes semi-dictatoriaux de Pologne ou de Lituanie. Plus la différence était grande entre les niveaux de culture (et les standards de vie), plus a dû être radical le processus d'assouplissement pour que le régime russe puisse digérer la nation conquise.

IV

Quand on compare la politique nazie et la politique soviétique en Europe orientale, on découvre à la fois des similitudes et des contrastes. Il y a similitude dans les méthodes qui font de la nation

---

1. Les Russes ont abouti au même but par leur malveillante passivité pendant l'écrasement de la révolte de Varsovie par les Allemands en été 1944. Cette façon de se débarrasser d'alliés encombrants a un précédent historique ; l'attitude russe envers l'Arménie pendant la première guerre mondiale, lorsque le gouvernement du tsar avait appelé les Arméniens à la révolte contre leurs oppresseurs turcs pour ensuite les laisser massacrer par les Turcs sous le nez même des armées russes qui opéraient une série d'avances et de retraites (le quadrille russe) et refusaient aux Arméniens rescapés l'entrée du territoire occupé par elles.

conquise un troupeau terrorisé sans but et sans chef ; mais là s'arrête la ressemblance.

Les Allemands voulaient conquérir des territoires à l'Est pour y installer des colons, et leur politique, dans certaines régions de Pologne et d'Ukraine, avait clairement pour but d'exterminer peu à peu une proportion considérable des populations indigènes par l'exécution en masse, la sous-alimentation et l'isolement des éléments masculins ; les survivants seraient, selon leur rang dans la hiérarchie sociale, réduits à l'état d'ilotes.

La Russie d'autre part, avec ses énormes espaces inhabités et sa pénurie constante de main-d'œuvre, poursuit des buts totalement différents. Elle a besoin de travailleurs mobiles pour ses gigantesques entreprises de reconstruction industrielle, de construction de routes et de travaux publics, et elle a besoin de colons pour exploiter les régions lointaines de Sibérie et d'Asie centrale. Dans un pays habité par plus de deux cents nationalités différentes, dont quelques-unes constituent de curieuses enclaves ethniques, comme les Allemands de l'Ukraine et de la République de la Volga, les Juifs du Birobeidshan ou les vieilles tribus du Caucase, vouloir déplacer et réinstaller sur une large échelle les minorités nationales n'est en aucune façon un paradoxe ou une utopie. Avant la guerre, plusieurs millions d'Ukrainiens avaient été déportés en Sibérie, pendant la guerre pratiquement tous les Allemands de la République de la Volga ont été déportés. Les catégories prévues dans le plan de déportation de la Lituanie touchaient environ 700 000 personnes sur une population totale de 3 millions d'habitants ; le plan concernant l'Est de la Pologne, 3 ou 4 millions sur une population totale de 13 millions. L'invasion allemande interrompit l'exécution à sa première phase. Après la guerre, lorsque les Russes seront maîtres incontestés de l'Europe orientale et sud-orientale, le monde sera témoin, entre autres surprises, de démembrements de populations et d'émigrations forcées, qui seront exécutés sur une échelle sans précédent, avec la même efficacité et avec le même mépris du facteur humain qui caractérisent le régime intérieur soviétique.

2. — LES PERSPECTIVES D'EXPANSION SOVIÉTIQUE

I

Avant la guerre, le théâtre européen était dominé par le triangle Grande-Bretagne — Allemagne — Russie. Chacun des trois protagonistes essayait de manœuvrer pour diviser les deux autres et rester en cas de conflit celui qui rira le dernier.

Si l'on se demande ce que sera l'avenir après la courte période d'enthousiasme et d'illusion qu'apportera la victoire, on voit se dessiner un triangle analogue sur une plus grande échelle : le triangle Angleterre — États-Unis — U.R.S.S. Déjà la tension se fait sentir sur trois côtés : tension économique et financière à travers l'Atlantique, tension politique dans le Pacifique et l'Arctique, tension politique et territoriale en Europe et dans le Moyen-Orient.

De ces trois puissances, l'Angleterre sera obligée de rester sur la défensive, sans but autre que de « garder ce qu'elle a », comme dit Churchill. Pour neutraliser les tendances centrifuges dans l'Empire, les liens avec les Dominions seront sans doute encore assouplis et on lâchera la bride aux colonies. Cet inévitable relâchement dans la texture de l'Empire encouragera les concurrents à faire pression sur les points les plus vulnérables. Les États-Unis s'intéresseront particulièrement à l'expansion économique et à l'établissement de bases stratégiques dans les positions clefs. Cette seconde tendance n'amènera pas nécessairement de conflit avec la Grande-Bretagne, car les États-Unis ne cherchent pas de nouveaux espaces vitaux, mais une série de bases maritimes et de bases d'aviation. Toutefois, la concurrence économique empêchera probablement la formation d'un bloc anglo-saxon vraiment solide et laissera au troisième partenaire une grande liberté de manœuvre.

La Russie représente parmi les trois la force d'expansion la plus vigoureuse. C'est une jeune puissance mondiale qui entre en scène pleine de dynamisme sans merci. Avec son économie nationalisée, son pouvoir centralisé et ses méthodes totalitaires, l'U.R.S.S. offre un aspect de cohésion massive par comparaison à l'Empire britannique qui est décentralisé et dispersé, — un peu comme un énorme bélier face aux longues murailles croulantes et aux douves d'une vieille forteresse. Cela ne veut pas forcément dire que le bélier attaquera la muraille, mais seulement que les hommes qui sont derrière le bélier et ceux qui sont derrière la muraille, bien qu'ils entretiennent des rapports amicaux, ne perdront de vue ni les uns ni les autres les données de la situation. Et fatalement ces données se traduiront par une pression constante.

Selon la loi de moindre résistance, la pression sera d'autant plus forte que le point d'attaque sera plus vulnérable et plus exposé, c'est-à-dire le Moyen Orient, la Méditerranée et l'Europe. Pour s'exprimer poliment par euphémisme, le but de cette pression est d'obtenir des « zones d'influence ». Mais la définition de ce terme dépend entièrement de l'équilibre des forces. Là où les plateaux de la balance sont à peu près au même niveau, zone d'influence veut simplement dire accords commerciaux et traités politiques, par exemple : l'Angleterre et le Portugal. Qu'un des plateaux de la balance baisse un peu, et la même expression veut dire bases d'aviation et bases stratégiques ; la zone d'influence est devenue un pays satellite. Le plateau baisse encore un peu plus et l'on a un gouvernement fantoche et l'incorporation de fait, sinon de droit, dans l'État le plus fort ; par exemple : le Japon et le Mandchoukouo. Finalement, c'est l'incorporation directe, soit par conquête militaire, soit par plébiscite de terreur, par exemple : la Pologne orientale et les États baltes.

Quand les gens parlent d'« expansion », la plupart s'en font une idée statique et surannée. Les Nazis appelaient les Russes des « hordes asiatiques » et essayaient de nous faire peur avec l'image anachronique d'un Staline-Gengis khan qui descendrait sur Boulogne avec ses cosaques. Les conservateurs s'imaginent que la conquête allemande de la Tchécoslovaquie a été, comme au temps jadis, une simple conquête militaire. D'où l'incrédulité générale quant aux perspectives réelles de l'expansion russe sur le continent. Les possibilités de la guerre par la méthode politique

— c'est-à-dire par dislocation interne et vassalisation, n'ont aucunement été épuisées par Hitler et ne sont pas encore appréciées à leur juste valeur.

La structure de la fédération soviétique qui comprend des nationalités aussi profondément différentes que les Esquimaux et les Ukrainiens, les Estoniens et les Turkmènes a une plus grande capacité d'absorption de pays nouveaux que l'empire allemand qui est racialement homogène. Car pour le Reich, avaler la Tchéco-slovaquie, c'est avaler un corps étranger qui risque de l'étouffer. Pour l'U.R.S.S. incorporer une nouvelle république autonome, c'est simplement ajouter une nouvelle pierre à sa mosaïque raciale. La réforme constitutionnelle de 1943, en accordant un semblant de plus grande autonomie aux membres de la Fédération, a considérablement facilité sa capacité d'absorption. Les barrières sont largement ouvertes pour accueillir les nouveaux venus, que ce soit la République soviétique autonome saxonne, hongroise ou slovaque. Inutile de dire que, dans chaque cas, il y aurait des transitions graduelles de durée variable et que, dans chaque cas, l'adhésion finale aurait l'apparence d'un acte volontaire.

La question de savoir « jusqu'où Staline veut aller » est oiseuse et naïve. L'expansion des grands empires suit certaines lois dynamiques. Une grande puissance entourée d'une marge de basse pression élargira ses zones d'influences jusqu'à ce qu'elle rencontre une résistance. Le plus grand développement des moyens de communication, l'industrialisation et le standard de vie plus élevés des pays à l'ouest de la Russie fournissent la force d'attraction ; le pouvoir fournit la force de propulsion ; les traditions du panslavisme et les aspirations centenaires à l'hégémonie sur la Pologne, les Balkans et Constantinople forment l'arrière-plan historique. Il est inévitable qu'il s'ensuive une poussée pour avoir accès aux lignes commerciales mondiales de la Méditerranée, de la Baltique et de l'Atlantique Nord. Il n'y a pas de saturation possible dans le vide.

D'autre part, à chaque nouvelle augmentation de puissance correspond une augmentation de la force d'attraction qui est ressentie par les petits États, incapables de maintenir leur indépendance sans secours étranger. Il est fatal qu'ils deviennent les protégés de leur grand voisin, qu'ils se transforment en satellites et s'intègrent petit à petit dans son cadre. Cinquante ans après la première apparition du chemin de fer en Europe, les trois cents et quelques principautés allemandes sont devenues un seul Reich. Le même processus d'amalgame est aujourd'hui inévitable à l'échelle de l'Europe ; l'anachronique jeu de puzzle d'États minuscules ne saurait se prolonger plusieurs dizaines d'années à l'époque de l'aviation. C'est l'État le plus militant, le plus autocratique et le plus spartiate de l'Allemagne qui en a fait l'unité. Les Soviets occupent aujourd'hui par rapport à l'Europe orientale et centrale la même position que la Prusse au milieu du siècle dernier par rapport aux autres États allemands.

II

Les politiciens qui ont gardé les conceptions du XIXe siècle opposent à cette éventualité deux arguments. Premièrement qu'après la guerre la Russie aura besoin d'une longue période de paix ; deuxièmement qu'il lui faudra l'aide économique anglo-saxonne pour reconstruire ses régions dévastées.

Naturellement, la Russie aura besoin de paix — tout comme la Grande-Bretagne. Mais l'extension des zones d'influence par traités d'amitié et pactes d'aide mutuelle — comme par exemple, le traité Beneš-Molotov — a toujours une apparence de paix plutôt qu'une apparence de guerre. Et le resserrement de l'étreinte, de la collaboration amicale à la dépendance totale, pourra s'accomplir pas à pas, et discrètement, sans jamais offrir clairement le caractère d'un *casus belli*. Qui s'attend à voir l'Angleterre déclarer la guerre à la Russie, à cause d'un changement, par exemple, dans le gouvernement roumain, accompagné de certaines mesures contre l'opposition ? Ou parce que le gouvernement polonais décide de fondre tous les partis en un seul parti d'union nationale et de conclure une union douanière avec les Républiques soviétiques d'Ukraine et de Russie Blanche ? Les experts du Foreign Office se rendront peut-être compte de ce que signifie un événement de ce genre, et des suites inévitables qu'il comporte, mais le *New Statesman and Nation* l'expliquera comme il convient, et il faudrait être fou pour imaginer qu'une nouvelle guerre mondiale puisse être déclenchée sous un prétexte aussi futile.

Il en est de même de l'aide économique. La question de savoir si le plébiscite par lequel le peuple hongrois dans la proportion de 98,5 % exprime le désir de fusionner avec la grande Union des républiques libres, est un référendum authentique ou falsifié, n'empêchera pas les fabricants américains de machines-outils d'exécuter leurs accords d'exportation avec la Russie — tout comme l'agression japonaise contre la Chine n'a pas empêché les Anglo-Américains de ravitailler le Japon en pétrole, et tout comme le traité de Versailles n'a pas empêché les marchands de canons anglo-américains de réarmer l'Allemagne. En supposant même, ce qui est peu probable, que les industries d'armement passent plus ou moins sous direction gouvernementale, les exportations pour la reconstruction du temps de paix n'en seraient pas affectées et ce n'est pas d'armement dont la Russie a le plus besoin. L'Union soviétique va devenir le marché le plus vaste et le plus intéressant du monde ; et le commerce mondial obéira à ses lois propres et non à des scrupules ou à des considérations morales. Jusqu'en 1932, les politiciens ancien modèle prétendaient que jamais Hitler n'oserait exécuter ses menaces contre les Juifs, de peur que l'Amérique ne coupe à l'industrie allemande ses crédits à court terme ; on a vu le résultat. Le naïf espoir d'avoir barre sur la politique russe par pression économique, repose sur deux prémisses : *a*) élimination de la concurrence entre l'Angleterre et les États-Unis, et coordination étroite de leur politique commerciale ; *b*) contrôle absolu par le Foreign Office et le State Department de toutes les firmes des deux pays. (Le contrôle des licences d'exportations serait de toute évidence insuffisant, car l'État serait obligé de fournir aux firmes une compensation à chaque rupture de contrat qu'il leur imposerait, de leur trouver des marchés de remplacement, bref de remplir à la fois les fonctions de policeman et de nourrice sèche).

Autrement dit, les conditions d'une politique de ce genre ne seront remplies que par l'abolition du capitalisme privé à la fois en Amérique et en Grande-Bretagne.

Il faut souligner que c'est par décennies et non par années que nous envisageons ici les perspectives futures de l'Europe. La poussée soviétique vers l'hégémonie ne prendra forme que graduellement à la fois par l'intensification de sa mainmise sur ses zones d'influence et par l'élargissement de ces zones. Les étapes intermédiaires donneront l'impression d'une évolution intérieure spontanée chez les petites nations intéressées. On perfectionnera la technique de vassalisation et l'on adaptera le rythme des événements au pouls du malade. On verra de longues périodes d'accalmies et de tranquillité idyllique succéder à une série de rapides coups de surprise et le traitement de choc diplomatique, suivi de douces périodes de convalescence, s'étendra sur plusieurs années. Les « faits accomplis » alterneront avec les preuves de bonne volonté, les périodes de tension avec des périodes de repos suivies de pressions nouvelles. Tout cela, qui semble une assez sinistre prophétie, n'est que la projection dans l'avenir des expériences que nous a valu, dans le passé, la politique totalitaire.

III

Pendant des siècles, l'Europe centrale et orientale a été soumise à l'hégémonie germanique. Le démembrement de l'Empire autrichien a rompu l'équilibre et créé un vide. Le traité de Versailles a remplacé l'un des plus grands centres de puissance de l'Europe centrale par une mosaïque instable de petits États ; chacun d'eux formait à son tour une mosaïque ethnique, et n'était capable ni d'indépendance économique, ni d'indépendance politique. Les Balkans et le bassin du Danube étaient encombrés de satellites à la recherche d'un soleil.

Trois grandes puissances rivalisèrent pour les inclure dans leur orbite: la Russie par le Komintern; la France par la Petite Entente; l'Allemagne par le système des échanges commerciaux et la tactique de la cinquième colonne. L'Allemagne a réussi — pour être démembrée à son tour par la défaite militaire. Ainsi fut rétablie sur une plus grande échelle la situation instable créée en 1918. L'Europe à l'est des Alpes est pulvérisée et dans un état de chaos politique, économique et idéologique jusqu'ici sans précédent. Mais, cette fois, la Russie n'a plus de grande rivale sur le continent. Elle a sous tous les rapports une supériorité écrasante sur son unique concurrente, la France. Jamais, depuis Charles Quint, la balance européenne n'a penché si nettement en faveur d'une seule puissance.

Le trait essentiel de la situation est l'effondrement de l'hégémonie germanique en Europe orientale. On peut objecter que l'Allemagne avait aussi perdu la dernière guerre et s'en est relevée. Mais les choses, cette fois, sont radicalement différentes. Après la dernière guerre, les voisins de l'Allemagne à l'Est, la Pologne et la Russie, se battaient l'un contre l'autre, tandis qu'à l'Ouest, la France, avec une population moitié de celle de l'Allemagne et un potentiel industriel inférieur, ne pouvait songer à la dominer définitivement. Mais cette fois, l'Allemagne a pour voisin victorieux le géant russe; son industrie est en ruine; son territoire connaîtra pour la première fois l'occupation totale et un partiel démembrement. L'Est de la Prusse au-delà de Kœnisberg ira à la Russie; l'Ouest de la Prusse, la Poméranie et la Silésie, le long de la ligne Stettin-Breslau, iront probablement à la Pologne, qui ne sera plus la rivale, mais le satellite de la Russie. La limite de la zone d'influence russe s'établira donc à cinquante kilomètres à l'Est de Berlin. Mais elle s'étendra temporairement beaucoup plus à l'Ouest, à environ mi-chemin entre Berlin et le Rhin, jusqu'à la ligne extrême de l'occupation russe.

On ne sait combien de temps durera cette occupation; mais on peut être sûr que lorsqu'elle finira, si elle finit, il y aura eu des changements profonds et irrémédiables dans les régions et chez les populations occupées. On peut prévoir que la division temporaire de l'Allemagne en zones d'occupation en amènera le démembrement définitif ; il se peut que la Saxe « rouge », par exemple, avec ses fortes traditions révolutionnaires se donne un gouvernement communiste et vote son affiliation à la Fédération soviétique, tandis que la Rhénanie catholique avec ses traditions de culture et de libéralisme pourrait devenir une république autonome sous protectorat français. Le détail de ce que sera cette évolution dans les cinq années à venir est difficile à prévoir ; toutefois, plus au sud, le processus se dessine à la fois plus clairement et plus rapidement.

La Grande-Bretagne espérait redresser l'équilibre en créant une fédération de l'Europe orientale. Cet espoir s'est écroulé lorsque Beneš est allé à Moscou signer l'alliance soviéto-tchécoslovaque. Au moment où nous écrivons — septembre 1944 — la conquête des Balkans par les Soviets bat son plein et les intentions de la Russie sur la Pologne sont devenues évidentes même aux aveugles de la politique. Au lieu de discuter sur les intentions de Staline, il faudrait enregistrer les faits ; et voici quels sont les faits : *la ligne de démarcation entre les zones d'influence russe et occidentale s'est déjà déplacée de la Vistule à l'Elbe, de la mer Noire à l'Adriatique et à la Méditerranée, de l'Est de Varsovie à l'Ouest de Prague.*

3. — LE SEVRAGE DE LA GAUCHE

I

Jusqu'où ira l'expansion russe ? La seule réponse possible est qu'elle se poursuivra jusqu'à ce que soit rétabli l'équilibre européen, détruit par la chute de deux grand empires germaniques et par l'affaiblissement de la France.

Mais les forces latentes qui pourraient un jour rétablir l'équilibre sont chaotiques et confuses en comparaison avec le dynamisme et la cohésion de la Russie. On peut pour plus de commodité

les diviser en forces conservatrices et forces progressistes, bien
qu'il n'y ait rien qui les sépare très nettement.

La faiblesse des conservateurs est évidente. Leur unique but est
de maintenir d'une façon ou de l'autre le statu quo, de prolonger
le XIXe siècle au-delà du XXe, de combattre le dynamisme par
l'inertie. Ils n'offrent aucun espoir aux vainqueurs et ne savent
que faire des vaincus. C'est à la fois grotesque et attristant de voir
la perplexité des hommes d'État occidentaux devant le problème
que pose l'existence de 80 millions d'Allemands. Ils ne veulent
pas entendre parler de rééducation, parce qu'ils se rendent compte
qu'ils n'ont aucune philosophie à proposer, ils se plaignent du
fanatisme qui pousse au suicide les Nazis de seize ans, mais ne
leur offrent aucune raison de vivre. Ils demandent à la forteresse
assiégée de capituler sans lui dire ce qui se passera si elle capitule. Ils n'ont aucune idée directrice en ce qui concerne l'avenir
de l'Europe ou du monde, aucun drapeau, aucun programme.
L'encre de la Charte de l'Atlantique s'est effacée avant même
d'avoir séché.

Et cependant il n'y a pas eu souvent dans l'histoire d'époques
qui offrent autant de chances à une renaissance des valeurs traditionnelles. Sous la menace qui n'a en aucune façon disparu avec la
chute d'Hitler, les valeurs occidentales à leur déclin apparaissent
sous un jour nouveau et revêtent une attirante nostalgie. Les Droits
de l'Homme et les traditions morales, qui allaient de soi il y a
cinquante ans, ont disparu dans de nombreux pays et sont en voie
de disparition dans d'autres. *Habeas corpus*, liberté de parole,
loi civile, respect de la vie individuelle, un certain minimum de
dignité dans les rapports humains, — comme tout cela paraissait
suranné et ridicule quand nous croyions avoir l'Utopie à la portée
de la main ; et comme c'est redevenu désespérément important
maintenant que nous sommes au pied du mur ! Ce qu'il y a de
tragique, c'est que ceux qui ont connu la torture de l'asphyxie
sont les seuls à se rendre compte de la valeur de l'oxygène. Ceux
qui ont partagé au moins un an la vie d'un Allemand quelconque
de l'Allemagne nazie ou d'un quelconque Russe de la Russie

stalinienne, sont les seuls à connaître la désintégration de la
substance humaine qui atteint les gens qu'on prive de nos libertés
fondamentales. Mais combien parmi nous peuvent établir des
comparaisons ? Le docker anglais ne sait pas la différence qu'il
y a entre risquer, pour une même négligence, une retenue sur la
paie ou la mort pour sabotage. Le journaliste anglais ne sait pas
la différence qu'il y a entre une liberté d'expansion limitée et en
être réduit à la condition d'une machine à imprimer. L'intellectuel anglais, exaspéré par le cigare d'un homme d'État ou par les
généraux qui ont la manie de se faire photographier, n'a aucune
idée de l'abjecte idiotie où peut atteindre le culte du chef à la mode
orientale. Le public anglais qui grogne, mais se sent protégé par
les lois, ne connaît pas l'insécurité terrifiante, l'horreur d'être
à la merci de la police d'un État autocratique. Il ne connaît que
ce qui lui manque ; l'atmosphère de la démocratie s'est viciée
et on ne saurait s'attendre à ce que ceux qui la respirent aient
de la reconnaissance pour le peu d'air qu'elle contient. La crise de
la civilisation occidentale vient de ce qu'elle n'a plus conscience
des valeurs qu'elle court le danger de perdre.

Comment ces valeurs peuvent-elles renaître ? et quel contenu
nouveau remplira le vide européen ? Une simple politique d'alliance
entre la Grande-Bretagne, la France et d'autres pays de l'Europe
occidentale ne suffit pas. Il est vrai que les pays occidentaux qui
sont passés par l'école de la colonisation romaine ont en commun
une grande tradition ; et que deux mille ans d'éthique judéo-
chrétienne et un siècle de libéralisme occidental leur ont laissé
un dépôt que les tempêtes politiques de surface n'emportent pas
si facilement. Mais si profond et solide que soit ce substrat moral,
il est recouvert par des monceaux de débris. On n'en peut tirer
grand encouragement tant que les débris ne seront pas enlevés.
Autrement dit, les valeurs traditionnelles ne peuvent être ranimées
que par les forces du progrès.

II

Pour être à la hauteur de cette tâche, il faut que la Gauche perde ses illusions et retrouve ses idéaux.

Il y a là un double processus. L'opération négative pourrait s'appeler le sevrage. La Gauche est un enfant qui s'est d'abord nourri aux mamelles du patriotisme, puis au biberon russe. Le parti travailliste anglais n'a jamais dépassé le premier stade, et la preuve en est que ses chefs n'ont pas de dents. Les communistes s'adonnèrent au biberon et la mauvaise odeur de leurs langes témoigne de la lourdeur de l'aliment. C'est une métaphore déplaisante, mais qui donc, considérant l'Europe un siècle après la publication du *Manifeste communiste*, peut en contester la vérité?

Le premier sevrage a échoué à cause d'une erreur de psychologie. La fameuse phrase du *Manifeste communiste*: «Les travailleurs n'ont pas de patrie» est inhumaine et inexacte. Le laboureur, le mineur ou le balayeur des rues sont attachés à leur village ou à leur rue natals, aux traditions de langage et de coutumes par des liens affectifs aussi forts que ceux des riches. Vouloir rompre des liens, c'est aller contre la nature humaine — ce que fit si souvent le socialisme doctrinaire. Le sevrage consiste, non pas à dire qu'un besoin n'existe pas, mais à le transformer. Le passage d'un point de vue nationaliste à un point de vue cosmopolite doit s'accomplir par l'enrichissement, non par l'appauvrissement des sentiments. Le voyageur qui retourne, après une longue absence, dans son village natal, s'y sent encore attaché; mais il n'a plus le chauvinisme étroit de ceux qui ne l'ont jamais quitté. Le but de l'éducation socialiste est d'amener les gens à transformer de même leur attitude envers leur pays; il faut que la fraternité des pauvres et des humbles de la terre devienne une réalité vivante de l'esprit[1].

---

1. Une des premières tâches d'un mouvement socialiste vraiment international serait d'organiser sur une grande échelle les vacances à l'étranger, pour les travailleurs, avec séjour chez l'habitant sur la base des échanges réciproques.

Cela semble bien aujourd'hui une utopie ; mais sans une renaissance spirituelle le mouvement socialiste court à sa perte par ossification bureaucratique.

Le second sevrage de la Gauche est une tâche non moins difficile. Nous avons vu à quel profond désir, à quel archétype, répondait le mythe soviétique. Ce n'est pas par accident que l'aile révolutionnaire de la classe ouvrière, qui ne se reconnaît plus d'obligations envers son pays, s'attache plus que les autres à un ersatz de patrie, l'État russe. La Russie est devenue le royaume du ciel pour ceux qui éprouvent le plus cruellement la perte du paradis.

Dans cet ordre d'idées, la situation des mouvements de résistance révolutionnaire dans les pays qui avaient subi l'occupation allemande est particulièrement tragique. Ils ont été témoins de la faillite et de la trahison de leur propre classe dirigeante, et leur haine contre l'envahisseur s'est confondue avec la résolution de ne jamais revenir à l'ancien système. Ils ont été dominés par la colère révolutionnaire qui refuse le passé, sans se faire une idée claire de l'avenir, état d'esprit que Jünger a jadis appelé « cette nostalgie anticapitaliste ». C'est une humeur à la fois violente et vague ; c'est un besoin de quelque chose d'absolument nouveau, de changement total et de régénération. C'est la colère d'où sont nées les vraies révolutions, ou les affreuses pseudo-révolutions, — cela dépend des astres au ciel de l'Histoire. L'Histoire a peu d'exemples glorieux de vraies révolutions et abonde en exemples contraires. Maintes et maintes fois, les masses révolutionnaires, après avoir brisé les fers d'un régime usé, ont porté une nouvelle tyrannie au pouvoir. Hitler fut ainsi porté au pouvoir par la nostalgie anticapitaliste de la classe moyenne allemande appauvrie ; les maquis révolutionnaires de l'Europe orientale peuvent de même devenir l'instrument de l'expansion russe. Pour eux, qui avaient vécu coupés du monde, dans les ténèbres et le désespoir, le mythe soviétique est apparu sous des couleurs encore plus rayonnantes qu'aux sympathisants de l'Occident. La Russie était leur unique espoir, et plus la propagande allemande l'insultait, plus son image devenait pure. L'absence d'un mouvement socialiste véritable et sain a fait se prendre au piège du sentiment les meilleurs éléments révolutionnaires ; et lorsqu'ils se réveilleront de leurs beaux rêves, pour connaître le cauchemar de la réalité : les épurations, les déportations et les liquidations, le piège se sera refermé.

Le prolétariat occidental, on peut au moins l'espérer, échappera à cette tragédie. Dans les années qui viennent, on s'éveillera peu à peu à la réalité soviétique. La pénétration de la Russie en Europe l'expose aux feux de la rampe et il va lui être plus difficile de tromper le reste du monde et de cacher son régime intérieur — même si elle fait de son mieux pour isoler les territoires nouvellement conquis, comme elle l'a fait pour la Pologne et les États baltes, après la première conquête de 1939-41. La vérité filtrera, mais lentement et peu à peu ; il convient de se rappeler comment l'Allemagne nazie a réussi à cacher la terreur nazie, de 1933 à 1939, à la majorité des Anglais et des Français, bien qu'elle fût largement ouverte aux touristes et beaucoup plus proche que la Russie. Ceux qui connaissaient la vérité sur l'Allemagne et la criaient sans cesse aux oreilles des sourds, se faisaient traiter de bellicistes et de marchands de cadavres ; dire la vérité sur la Russie est aujourd'hui une tâche également ingrate et également nécessaire. Si l'on avait écouté les Cassandres de 1933-38 — ou si elles avaient eu une voix plus puissante — la guerre aurait pu être évitée ; les Cassandres d'aujourd'hui sont dans la même situation, mais cette fois, les hommes de Munich sont à Gauche.

L'attitude de la presse libérale et de la presse de Gauche dans le conflit russo-polonais a étrangement fait pendant à l'attitude des conservateurs dans le conflit germano-tchécoslovaque de 1939. On a invoqué les mêmes arguments frivoles sur les minorités ethniques (les Sudètes allemands chez les uns, les Ukrainiens et les Biélorussiens chez les autres) pour justifier un acte de conquête par la terreur et par la force militaire ; on retrouve la même impatience envers la victime gênante qui refuse de se laisser égorger en silence et le même désir de ne pas contrarier l'agresseur ; les mêmes symptômes de mauvaise conscience et en termes voilés le même aveu : c'est qu'il faut parfois sacrifier les petites nations et les grands principes dans l'intérêt de la paix entre grandes puissances. Avec quelle force de conviction les journalistes de Gauche prouvaient après Munich que l'apaisement ne fait pas naître la paix, mais la guerre, et comme ils ont bien oublié les sermons qu'ils avaient prêchés !

Dans le cas de la Russie, comme dans celui de l'Allemagne, la politique d'apaisement se base sur une erreur de logique, sur l'illusion qu'une puissance en pleine expansion, si on la laisse tranquille, arrive automatiquement à un point de saturation. Mais l'histoire prouve le contraire. Si le milieu cède, s'il donne une impression de vide, il provoque une expansion toujours grandissante et ne laisse pas comprendre à l'agresseur jusqu'où il peut aller sans risquer un conflit majeur. La politique d'apaisement est donc une invite à surenchérir et à déclencher la guerre par erreur de calcul. Deux guerres mondiales sont en fait le résultat de semblables erreurs de calcul. Avec la politique d'apaisement le champ de la politique internationale n'est plus un échiquier mais une table de poker; dans le premier cas, ils l'ignorent. Ainsi le contraire de la politique d'apaisement n'est pas le bellicisme, mais une politique nettement définie qui ne laisse au partenaire aucun doute sur le point jusqu'où il peut aller. Elle n'élimine pas la possibilité de la guerre, mais elle protège contre le danger d'y tomber aveuglément; et c'est là tout ce qu'on peut espérer de l'intelligence politique. Il est extrêmement improbable qu'aucune grande puissance commette un acte d'agression contre une petite nation s'il est parfaitement compris par tout le monde qu'une nouvelle guerre mondiale en sera l'inévitable conséquence. Autrement dit: le point de saturation d'une puissance qui s'est engagée dans une politique d'expansion ne dépend pas de son appétit, qui est illimité, mais des forces de résistance éventuelles du milieu.

L'équilibre de l'Europe ne peut être rétabli que par une renaissance des valeurs sur lesquelles est basée la civilisation occidentale. Mais c'est une tâche qui dépasse les forces de l'arrière-garde conservatrice et ne peut s'accomplir que si le mouvement socialiste perd ses illusions et retrouve vigueur et indépendance, à la fois sur le plan national et sur le plan international. Que les partis socialistes exercent ou non une influence sur le gouvernement anglais d'après-guerre, leur politique étrangère doit être basée sur le fait que la Russie soviétique est une puissance qui poursuit ses buts propres comme n'importe quelle autre grande puissance et ne s'embarrasse pas plus du sort des ouvriers, des paysans ou des dentistes que n'importe quel autre pays. Si la Gauche ne prend pas clairement et nettement conscience de ce fait, elle va à un désastre de plus.

Le déclin progressif du mythe soviétique amènera de nouvelles évolutions chez les socialistes de l'Europe occidentale, particulièrement dans les pays libérés. L'aile radicale se divisera probablement : d'une part un nouveau mouvement révolutionnaire indépendant, de l'autre les partisans convaincus de la Russie. Les premiers forment le plus grand et peut-être le seul espoir d'une renaissance socialiste, toutefois encore entièrement hypothétique. Les deuxièmes, les intoxiqués incurables, sont voués à un sort particulièrement tragique. La politique étrangère russe n'ayant aucun rapport avec les principes socialistes, ses partisans à l'étranger se transformeront imperceptiblement de militants de la Troisième Internationale en membres d'une Troisième Colonne ; de défenseurs de la patrie révolutionnaire en agents purs et simples d'une puissance étrangère. Une minorité de fonctionnaires du parti a déjà effectué avec un tranquille cynisme la transformation. La majorité (les simples militants) continuera à glisser aveuglément jusqu'au bas de la pente. Ils seront dans l'histoire du mouvement socialiste une secte fanatique et dégénérée, pareille aux sectes qui abondent dans l'histoire des mouvements religieux. Ils continueront à vivre et à mourir selon leur étrange loi et leur logique déformée ; et, au nom du socialisme, ils endureront volontiers la prison et la mort et se sacrifieront joyeusement pour l'Église orthodoxe, pour le Panslavisme, pour les millionnaires rouges, et les glorieuses traditions d'Ivan le Terrible et de Pierre le Grand. Il faut les compter pour une perte et c'est une perte tragique — d'autant plus tragique qu'ils représentaient autrefois les éléments les plus courageux et les plus virils de la classe ouvrière.

III

Rien n'est plus triste que la mort d'une illusion. Le croyant au mythe soviétique, même s'il n'est qu'un sympathisant, s'était entraîné à faire implicitement confiance à la Russie et son manque de loyalisme lui apparaît comme une trahison morale, quelles que soient les ruptures de pacte commises par l'autre partie. Même lorsqu'il est forcé de reconnaître que la Russie d'aujourd'hui n'est pas un pays socialiste, il se console avec l'espoir qu'elle peut encore le devenir — peut-être « après la mort de Staline » ou « quand disparaîtra la puissance de la bureaucratie ».

Or, la Russie peut évidemment devenir socialiste un jour ou l'autre, le Portugal aussi, ou les États-Unis. Mais tout ce qu'on peut dire à présent c'est que l'U.R.S.S., malgré son économie nationalisée, n'est pas plus près du but que, par exemple, la Nouvelle-Zélande, ou même la Grande-Bretagne. La courbe de l'évolution en Russie depuis 1917 n'incline pas vers le socialisme, mais s'en éloigne, tandis que la courbe d'évolution de l'Angleterre révèle une tendance qui comporte des lenteurs et des oscillations, mais qui n'en est pas moins certaine, vers l'amélioration des institutions sociales, la disparition des barrières de classes et le relèvement considérable du standard absolu et du standard relatif de vie du prolétariat. Il peut y avoir de sérieux reculs et des périodes de réaction, mais il faudrait que l'Angleterre descende beaucoup la pente avant de tomber au niveau politique de l'autocratie russe. Si l'on applique le critère marxiste pour estimer les chances du socialisme en Russie et en Angleterre, l'avantage est en faveur de cette dernière. Un des enseignements fondamentaux du marxisme est qu'il est important pour le prolétariat de préserver certaines libertés : la démocratie capitaliste est une fausse démocratie, et l'État capitaliste est un instrument aux mains de la classe dirigeante ; mais les institutions démocratiques à l'intérieur de l'État — le parlement, la liberté de parole et d'assemblée, etc., permettent à la classe ouvrière de construire ses organisations, de concentrer et de développer ses forces. Sous un régime dictatorial, cette tâche devient infiniment plus difficile.

Nous avons vu que le seul parti légal en Russie a cessé d'être l'instrument de la classe ouvrière et s'est identifié avec la bureaucratie ; il en est de même des syndicats. La Russie n'est pas une dictature du prolétariat, mais la dictature d'une bureaucratie qui s'accroche aussi fortement au pouvoir que n'importe quelle autre classe dirigeante. Jamais dans l'histoire une classe dirigeante ou une caste n'a renoncé volontairement à ses privilèges ; encore moins lorsqu'il s'agit d'une classe dirigeante jeune et vigoureuse, et qui vient juste de s'établir. En tant qu'individus, les membres de la classe dirigeante peuvent avoir une philosophie éclairée : la classe en tant que telle doit fatalement obéir aux lois de la lutte pour le pouvoir.

Le socialisme en Angleterre n'est possible que si la puissance des conservateurs est détruite, le socialisme en Russie n'est possible que si la puissance de la bureaucratie est détruite. Le parti travailliste anglais, tel qu'il est aujourd'hui, est un canard boiteux ; mais les possibilités légales et constitutionnelles de l'avènement d'un mouvement vraiment socialiste existent en Angleterre, tandis qu'elles n'existent pas en Russie. En outre, la structure de la démocratie anglaise laisse au moins une chance que le passage au socialisme s'opère relativement sans heurts, tandis que la dure écorce d'une dictature ne peut être brisée que par la violence. Mais une révolution qui n'est pas préparée par un parti fort et organisé avec des buts nettement définis peut prendre n'importe quel cours, et comme, dans l'état actuel des choses en Russie, un semblable parti ne peut exister, une nouvelle révolution russe serait une entreprise affreuse et chaotique, le contraire de la révolution de 1917, sans aucune garantie d'amélioration.

La conclusion de toutes nos discussions est que l'extension du pseudo-socialisme russe en Europe ne peut être arrêtée que par un mouvement véritablement socialiste. L'antidote du byzantinisme oriental est l'humanisme révolutionnaire occidental.

Aucun des vieux partis de Gauche ne semble en ce moment capable de cette tâche. La question est de savoir si un nouveau mouvement international s'élèvera à temps pour empêcher le prochain cataclysme. Si oui, les erreurs et les sacrifices passés de la Gauche sembleront un prix bien léger pour le service rendu à l'humanité. Si non, notre génération passera un bien mauvais quart d'heure et le déclin de l'Occident pourrait bien devenir une réalité historique.

La suprême leçon qu'il faut tirer de l'échec de l'expérience russe, c'est que les facteurs économiques sont importants, mais qu'ils ne sont pas les seuls qui comptent. Le tailleur du régiment n'est pas une institution socialiste et l'économie nationalisée peut devenir un instrument de tyrannie et de réaction. En concentrant toute son attention sur l'économie, la Gauche est devenue sourde aux humeurs étranges et changeantes du peuple. Sa nostalgie religieuse devient un élément disponible, susceptible de fusionner à contretemps avec le chauvinisme ou le mysticisme et de se laisser intoxiquer par de nouveaux mythes. Le sevrage de la Gauche, la dislocation des fausses synthèses affectives est la première moitié de la tâche. L'autre moitié est la création, dans un nouveau climat spirituel, d'un nouvel ordre fraternel où les leaders feront vœu de pauvreté pour partager la vie des masses et où les lois de la fraternité leur interdiront d'acquérir un pouvoir illimité. Si c'est une utopie, alors le socialisme est une utopie.

L'âge des lumières a détruit la foi dans la survivance individuelle ; les plaies laissées par cette opération n'ont jamais cicatrisé. Il y a dans toute âme vivante un vide, et une profonde soif. Si l'idéal socialiste est incapable de remplir ce vide et d'étancher notre soif, c'est qu'en notre temps il a fait faillite. Dans ce cas toute l'évolution de l'idéal socialiste depuis la Révolution française n'a été dans l'Histoire que la fin d'un chapitre et non le commencement d'un nouveau.

Le Yogi et le Commissaire II

> *La science est une vaste et impressionnante tautologie.*
>
> C.C. PRATT.
> (*The Logic of Modern Psychology*.)

I

Il est six heures du soir, j'ai bu un verre et je suis très tenté d'en boire deux de plus, et d'aller dîner dehors au lieu d'écrire cet essai. Voilà un quart d'heure que je me bats contre moi, et j'ai fini par enfermer le gin et le vermouth dans l'armoire, et par me mettre à mon bureau, très content de moi. Du point de vue scientifique, cette satisfaction est parfaitement illégitime, puisque le résultat était déjà acquis avant que je n'eusse commencé à lutter contre moi; il était également décidé que j'éprouverais cette illégitime satisfaction et que j'écrirais ce que j'écris. Naturellement, tout au fond du cœur, je ne crois pas qu'il en soit ainsi, et je ne le croyais certainement pas il y a un quart d'heure. L'aurais-je cru, ce que j'appelle ma «lutte contre moi» n'aurait pas eu lieu, et la fatalité m'aurait servi d'excuse pour continuer à boire. Ainsi mon incrédulité au déterminisme fait nécessairement partie de l'ensemble des facteurs qui déterminent ma conduite; l'une des conditions pour que ma vie s'inscrive dans le cadre de mon destin, c'est que je ne croie pas que ce cadre existe. La destinée ne peut s'accomplir qu'en me forçant à n'y pas croire. Ainsi le concept même du déterminisme implique un divorce entre la pensée et l'action ; il condamne l'homme à vivre dans un monde où les règles de conduite sont basées sur les « comme si » et les règles de logique sur les « parce que ».

Ce paradoxe n'est pas limité au déterminisme scientifique ; le musulman, qui vit dans un monde de déterminisme religieux, offre le même divorce de l'esprit. Bien qu'il croie, selon les mots du Coran, que « tous les hommes portent leur destinée attachée à leur cou », il maudit cependant son ennemi et se maudit lui-même quand il commet une sottise, comme si chacun était maître de choisir. Il se conduit dans son genre exactement comme le vieux Karl Marx qui enseignait que la structure intellectuelle de l'individu est le produit de son milieu et qui cependant injuriait tous ceux qui, conformément à ce qu'avait fait d'eux leur milieu, ne pouvaient pas ne pas le contredire.

Destinée contre Liberté (ou déterminisme contre volition) est une dualité éternelle de structure dans l'esprit humain. Les deux concepts dérivent d'instincts fondamentaux, bien qu'à différentes époques, ils aient été exprimés sous des formes différentes.

L'idée de *destinée* répond au besoin de trouver un principe organisateur, un ordre universel derrière le chaos menaçant de la Nature. Il a probablement ses racines dans le sentiment d'insécurité, dans une angoisse cosmique, qui cherche à s'apaiser en trouvant une « explication », c'est-à-dire en réduisant l'étrange et le menaçant à quelque chose de familier. Les religions primitives y parviennent en expliquant les forces de la nature par l'animisme et par la personnification. Si irascibles ou arbitraires soient-elles, ces divinités obéissent à des impulsions familières et tout ce qui nous arrive s'explique ainsi de façon satisfaisante.

Vers environ 1600, le caractère de la destinée subit un changement. On découvrit une nouvelle méthode d'explication par la mesure quantitative des choses, et par la formation de leurs lois d'interaction. Beaucoup de phénomènes, qui semblaient de nature différente, s'expliquèrent par des différences de degrés — les couleurs, les sons, la chaleur et le froid, l'en haut et l'en bas, l'animal et l'homme. Le succès de la méthode laissait espérer que le principe organisateur de l'univers allait pouvoir mieux s'expliquer maintenant par ces quantités et par leurs rapports. La divinité, dont les passions humaines avaient peu à peu décru au fur et à mesure qu'elle devenait plus parfaite et plus abstraite, se dépersonnalisait entièrement. La conception d'un destin inévitable « attaché au cou de l'homme » demeurait intacte, mais le siège du pouvoir organisateur s'était déplacé. Les dieux au-dessus de l'homme en étaient l'extrapolation sur une échelle ascendante ; les atomes et les électrons au-dessous de l'homme en étaient l'extrapolation sur une échelle descendante. La destinée, qui s'était exercée d'en haut, s'exerçait maintenant d'en bas.

La *volition*, qui s'oppose à la destinée, peut se définir ainsi : elle est l'aspect ou la projection psychologique du jeu des impulsions et des inhibitions. Si ce jeu se déroule sur le plan de la conscience, il donne l'impression d'un processus de choix, sans rien d'imposé ni d'inévitable. Le sentiment de libre arbitre est d'autant plus fort que le processus se rapproche davantage du point de conscience où se concentre l'attention. Les actions résultant de processus aux limites de la préconscience donnent l'impression d'actions semi-automatiques et les actions résultant de processus non-conscients l'impression d'actions tout à fait automatiques.

Le sentiment de libre arbitre qui résulte de processus se déroulant au point de concentration de l'attention est probablement synonyme de la conscience même. Son caractère essentiel est que le processus donne l'impression d'agir de l'intérieur vers l'extérieur et non inversement ; il semble déterminé par l'être intérieur du sujet et non par son milieu extérieur. Sur le plan psychologique, le sentiment de libre arbitre est aussi bien une donnée ou une « réalité » que les perceptions par les sens ou que la souffrance. La disparition du sentiment de libre arbitre amène l'effondrement de toute la structure mentale de l'individu, ce que l'on peut observer dans certaines formes de psychose (dépersonnalisation). Le concept du libre arbitre est implicite dans tous les systèmes de valeurs morales et d'impératifs éthiques.

Donc les croyances dans le déterminisme et dans la liberté ont toutes deux leurs racines dans les instincts primitifs : la première dans le besoin d'être protégée par un ordre universel qui «explique» et par conséquent apprivoise les forces menaçantes de la nature ; la seconde, dans tous les élans vers l'action — qui, lorsqu'ils sont équilibrés par l'inhibition et amenés au niveau de l'attention, provoquent le sentiment du libre arbitre. Nous avons vu, toutefois, qu'il existe entre les deux croyances un rapport réciproque. Chaque progrès dans l'explication resserre le filet des rapports causals et rétrécit la marge du choix subjectif. L'esprit est ainsi amené à nier sa propre expérience de la liberté.

Il est important de remarquer qu'à l'origine ce conflit n'est absolument pas (comme il paraît l'être aujourd'hui) un conflit entre la pensée objective et le sentiment subjectif. Les «explications» de l'animisme et du déisme sont tout aussi bien affectives, irrationnelles et prélogiques que le sentiment du libre arbitre. Le conflit entre le libre arbitre, et le déterminisme est un conflit entre deux croyances instinctives, dont l'homme fait l'expérience alternativement et avec la même intensité.

II

La vie du primitif est faite d'une série de rites propres à influencer les esprits qui gouvernent sa destinée. Il croit qu'il est libre, qu'il peut choisir d'exécuter ou non ces rites, et de les exécuter bien ou mal, — ce qui veut dire qu'à ce moment-là il n'est pas soumis à la destinée ; en outre, dans certaines conditions, il peut être capable d'imposer sa volonté aux esprits, ce qui renverse complètement la situation. Le primitif n'a pas conscience de ce paradoxe, parce que ses divinités sont encore très anthropomorphes et très imparfaites. Elles auraient besoin à leur tour de divinités supérieures, pour leur imposer une règle de conduite, et ainsi de suite, au moyen de reculs successifs, on arriverait à la conception d'un dieu complètement dépersonnalisé, omniprésent et omniscient.

Toutefois, le primitif se satisfait d'un déterminisme au premier degré assez grossier. Plus l'esprit humain se développe, plus il a besoin d'explications complètes, plus la chaîne des déterminants se resserre et plus la divinité qui la fait jouer se perfectionne. À ce moment-là, le paradoxe de la destinée et de la volonté affleure la conscience ; la contradiction entre l'omnipotence divine et les efforts de l'homme s'exprime avec une force dramatique sans précédent dans la mythologie. Ève mange le fruit de la connaissance du bien et du mal contre la volonté du Seigneur ; Prométhée dérobe le feu aux dieux, Jacob combat avec l'ange, la Tour de Babel est construite et détruite. Les deux instincts se nouent dans une lutte dramatique et le vieil instinct l'emporte toujours sur le jeune — car, nous l'avons vu, le sentiment de libre arbitre n'apparaît qu'à un niveau supérieur où l'on prend conscience d'un équilibre entre l'impulsion et l'inhibition. Ainsi chaque tentative de Prométhée se termine-t-elle par la défaite, par le châtiment, ou par l'humiliation ; les écuries d'Augias ne sont jamais nettoyées, le tonneau des Danaïdes n'est jamais rempli, la peine de Sisyphe est éternellement vaine ; l'homme a plus besoin de protection qu'il n'a de confiance dans la justesse de son choix. Sur une planète au climat plus doux, peuplée d'une race biologiquement moins vulnérable, la mythologie pourrait prendre un chemin opposé ; toutes les batailles se termineraient par le triomphe de Prométhée sur les dieux et la race des hommes grandirait libre et sûre d'elle-même, sans prêtres ni chefs ni rois — plaisant thème de songes pour un jour de pluie.

Le conflit atteint à l'extrême de la conscience dans le mythe immortalisé par Œdipe Roi. Œdipe garde l'apparence du libre arbitre et, cependant, il accomplit pleinement son destin. Les Destinées savent que, libre de ses actes, il n'aurait jamais tué son père ni épousé sa mère, aussi le font-elles tomber dans le piège par de fausses apparences. Sa « liberté » est inclue dans leurs calculs et n'a donc guère de valeur. Mais le fait significatif c'est que la destinée est contrainte d'accorder à l'homme au moins l'illusion de la liberté.

Le christianisme fait faire un grand pas vers la solution du problème. La liberté de l'homme n'est pas une illusion, mais une réalité *sur le plan humain*, tandis que la divinité est omnisciente, omnipotente et complètement déterminante *sur le plan surhumain*. Le dilemme s'est accusé et en même temps résolu en transférant dans la nature le divorce qui était dans l'esprit. L'univers lui-même a été divisé en deux plans : le plan de la volition humaine, et celui de la volition divine, c'est-à-dire de la destinée. Ces plans s'ordonnent suivant un ordre hiérarchique, c'est-à-dire que les lois de la logique divine sont impénétrables à l'esprit humain tandis que l'esprit humain est un livre ouvert au regard de Dieu. Dieu est « non ce que je crois qu'il est, mais ce qu'il se sait être lui-même ». Le monde des primitifs était homogène en ce sens que les agents surhumains de la destinée pensaient et se conduisaient à peu près comme les hommes. Le monde chrétien est discontinu en ce sens que les lois différentes jouent sur des niveaux différents — le plan divin, le plan humain, le plan animal. La contradiction logique entre le libre arbitre et le déterminisme a été résolue en attribuant différentes espèces de logiques aux différents plans de la hiérarchie.

Il serait utile, pour ce qui suit, de rappeler les caractéristiques suivantes de la hiérarchie chrétienne :

Dieu est l'explication de toute chose, mais cette explication ne peut être formulée sur le plan inférieur (le plan humain).

Les lois du plan supérieur ne peuvent être déduites du plan inférieur, ni réduites à lui.

Les phénomènes et les lois du plan inférieur sont impliqués dans l'ordre supérieur, mais les phénomènes de l'ordre supérieur lorsqu'ils se manifestent sur le plan inférieur, semblent inexplicables et miraculeux.

III

La dernière étape dans le perfectionnement et la dépersonnalisation de la destinée a été atteinte au début du xviie siècle, lorsque Dieu est devenu mathématicien. Les premiers protagonistes de la méthode nouvelle d'explication par la mesure et par les lois quantitatives croyaient à la lettre que Dieu avait créé le monde selon les préceptes algébriques, et que les lois planétaires étaient l'expression de Son désir de maintenir l'harmonie des sphères. Mais puisque la destinée divine faisait fonctionner l'univers d'après des lois mathématiques, prévisibles et objectives, l'agent subjectif devenait superflu. — Dieu se dissolvait dans la loi naturelle.

Ainsi, à un tournant plus élevé de la spirale de l'évolution, le monde est redevenu homogène. Des lois identiques gouvernaient le comportement des atomes, des étoiles, de la matière organique, du cerveau et de ses manifestations les plus complexes. La seule différence, nous l'avons vu, c'est que le déterminisme d'en haut était devenu le déterminisme d'en bas. Le primitif avait créé des images anthropomorphiques des dieux, le physicien primitif fit du noyau atomique des modèles à trois dimensions. À mesure que l'observation et l'explication progressaient, les modèles s'effondraient comme s'étaient effondrées les idoles. Les dieux se dépersonnalisèrent et les modèles se dématérialisèrent. La projection vers le haut du tempérament de l'homme et la projection vers le bas de son expérience de l'espace et du temps se révélèrent toutes deux inégales à l'explication perfectionnée. Le commandement «Tu ne feras pas d'images taillées» s'applique à Dieu aussi bien qu'à l'espace à plusieurs dimensions, aux électrons, aux ondes et aux quantas.

Ainsi, le déterminisme scientifique allait vers la même crise que le déterminisme religieux, qui s'exprime dans le mythe d'Œdipe. Au lieu d'être le pantin de dieux anthropomorphes, l'homme devenait un automate physico-chimique ; la destinée opérant d'en bas laissait aussi peu de place à l'exercice du libre arbitre que la destinée opérant d'en haut ; l'étreinte de fer de l'hérédité et du milieu était aussi implacable que celle des trois sœurs fanatiques. La seule différence, c'est que le jargon philosophique moderne essayait de son mieux de rendre obscur le conflit. Vers le début du siècle, toutefois, les philosophes se lassèrent de leur propre jargon, et les discussions sur « le libre arbitre » passèrent de mode et furent abandonnées aux théologiens. La bibliothèque du British Museum tout entière ne suffirait pas à éclaircir les raisons qui m'ont amené à bûcher cet essai au lieu de boire mon gin.

Jusqu'ici, nous n'avons traité que l'aspect logique de notre paradoxe. Quelle est son influence sur l'éthique ?

Les systèmes éthiques sont basés sur la présomption implicite de la liberté d'action. Le code de conduite du primitif lui est imposé par le but qu'il se propose : influencer les esprits par soumission ou contrainte, par fourberie ou corruption, y compris les mutilations et le sacrifice volontaires. L'éthique des primitifs a pour but d'utiliser le libre arbitre de manière à apaiser la destinée et à réconcilier ainsi le déterminant avec le déterminé. Les rites forment le pont entre la liberté et la destinée.

Lorsque la divinité progresse vers l'omnipotence, les méthodes grossières de contrainte sont délaissées et l'éthique se trouve dominée par la soumission et l'humilité. L'exercice du libre arbitre est subordonné à l'inspiration divine. Cette inspiration ne peut s'obtenir que par le sacrifice de la volonté : le mystique emploie sa liberté à laisser sa volonté se fondre dans la totale passivité de la contemplation. Dans l'extase, l'esprit ne fait qu'un avec le principe de l'ordre universel ; l'explication totale est atteinte. Mais ce triomphe final de l'un des deux instincts en conflit ne peut s'accomplir que par la défaite complète de l'autre. Le détachement, qui est la base de toutes les techniques mystiques, peut se résumer ainsi : « Je veux ne pas vouloir. »

Lorsque la divinité, faisant un pas de plus, se transforme en loi mathématique, l'éthique suit le mouvement et s'adapte au langage quantitatif : « Le plus grand bonheur pour le plus grand nombre. » Ainsi l'éthique reste fidèle à son but, qui est de réconcilier la liberté de l'homme avec sa destinée ; une fois de plus, il devient nécessaire d'adapter le rituel au changement de caractère de la divinité. Avant le changement, les rapports de l'homme avec la destinée « venue d'en haut » étaient la soumission, maintenant que la destinée agit « d'en bas », l'accent se porte sur la domination. Les forces de la nature déterminent le sort de l'homme, mais, en même temps, la technique le rend capable de dominer ces forces ; et il est plus conscient de sa puissance que de sa dépendance. Avant le changement, l'Explication n'était possible que par la contemplation passive ; maintenant, elle est possible par la recherche active — la connaissance s'est extériorisée. Avant le changement, la condition de l'homme était la conséquence de la chute ; maintenant, elle est la conséquence d'une évolution progressive, et de l'exercice permanent de la violence dans la lutte pour la vie. La méthode chrétienne conformait la société à l'ordre divin, et visait au Changement par l'Intérieur ; la nouvelle méthode voulait réaliser une société mathématiquement parfaite et visait au Changement par l'Extérieur. Les nouveaux codes de conduite mettent l'accent sur l'activité et non sur la passivité, sur la domination et non sur la soumission, sur la brutalité et non sur la douceur, sur le calcul et non sur l'inspiration. Le Saint cède la place au Révolutionnaire : le Yogi au Commissaire.

Une autre conséquence du changement, c'est que l'Explication perdit son caractère rassurant. Le besoin de connaissance et le besoin de sécurité ont tous deux leur origine dans le même instinct qui essaie de réduire l'inconnu au connu, l'étrange au familier. Mais, comme tous les instincts, il s'est ramifié à mesure que s'est développée l'organisation de l'esprit, si bien qu'il faut aujourd'hui la perspicacité de l'analyste pour en retrouver l'origine. Le déterminisme religieux avait englobé toutes les ramifications de l'instinct : Dieu était à la fois explication et protection. Le déterminisme scientifique n'a englobé que la première : la destinée agissant « d'en bas » n'était pas capable d'assurer la protection de l'homme par un pouvoir paternel. L'instinct négligé a pris sa revanche en faisant retour aux mythes archaïques, et le battement du tam-tam de la jungle a étouffé le tic-tac de l'horloge de la science.

IV

La crise latente du déterminisme scientifique éclata au début du siècle dans pratiquement toutes les branches de la science, de la physique théorique à l'embryologie expérimentale.

Vers 1900, on constata que certains noyaux atomiques se conduisaient chacun comme un Œdipe en miniature. Ils se conformaient à des lois, mais semblaient en même temps jouir d'une certaine liberté intérieure. Ils accomplissaient sans faute leur destin, qui voulait qu'un milligramme de radium fût désintégré à un rythme donné (environ 500 millions d'atomes par seconde) et ce faisant, émît une radiation donnée (corpuscules alpha et bêta, et rayons gamma), mais, en même temps, on s'aperçut que chaque petit noyau Œdipe était complètement indifférent aux influences physiques de son milieu. La loi de Rutherford et Soddy (1903) impliquait que la désintégration des atomes radioactifs était « spontanée », c'est-à-dire indépendante de l'état physique, de la position, et du milieu de l'atome. La description la plus complète de la condition physique actuelle de l'atome n'autorise aucune conclusion quant à son avenir. Son sort semble déterminé « de l'intérieur et non de l'extérieur » (Jeans). L'atome semble individuellement jouir de liberté, en ce sens qu'il n'est pas possible d'expliquer son comportement par les lois propres de la physique. En 1917, Einstein a démontré qu'il fallait accorder aux atomes de tous les éléments le droit à la désintégration « spontanée ». Dans les années 20, Schrœdinger avançait le postulat que la position des électrons, qui se déplacent dans le vide de l'espace, ne peut s'exprimer que par des probabilités, et non par des certitudes ; et Heisenberg que la même incertitude règne en ce qui concerne les électrons à l'intérieur de l'atome ; tandis que Dirac émettait l'hypothèse que tous les phénomènes d'espace et de temps proviennent d'un substrat qui n'est pas dans l'espace ni dans le temps et qui échappe complètement à toute possibilité de mesure.

Ces découvertes ont révolutionné la physique et ont été l'objet de spéculations métaphysiques aberrantes, des séminaires théologiques aux romans policiers de Dorothy Sayers. Toutefois, l'anarchie apparente disparaissait et le déterminisme reprenait ses droits aussitôt que l'on quittait le royaume de l'infinitésimal pour le macrocosme. L'atome avait beau, individuellement, se comporter comme Œdipe, le comportement des atomes en assez grandes masses demeurait rigoureusement prévisible.

Ainsi la portée de la physique moderne implique non pas la découverte d'une divinité qui agit à l'intérieur de l'atome, mais simplement une limitation du champ d'explication par la physique. Ce qui se réduit à dire : les événements microscopiques ne peuvent pas être exactement décrits ou expliqués par notre expérience macroscopique de l'espace, du temps et de la causalité. Le cadre de l'expérience sur le plan humain est inapplicable au-dessous de ce plan. La cosmologie moderne avec ses courbes temps-espace a démontré qu'il est également inapplicable au-dessus de ce plan.

L'antinomie entre libre arbitre et déterminisme peut donc se traduire dans le domaine des atomes comme suit :

La « liberté » des électrons et des noyaux atomiques, considérés individuellement, n'implique pas un arbitraire ou une inspiration d'ordre divin, mais simplement la liberté à l'égard de déterminants semblables à ceux dont nous avons connaissance à l'échelle humaine. Leur comportement ne peut se définir ou s'expliquer par des mesures quantitatives, ni par des raisonnements basés sur les éléments de l'expérience humaine. Il n'est « pas de ce monde » si par monde nous voulons dire notre propre expérience du temps et de l'espace. Il existe sur un plan différent d'organisation, dont les relations et les rapports ne peuvent se réduire au plan du macrocosme, ni se prédire d'après lui.

Toutes les phrases du paragraphe ci-dessus comportent une négation. Toutes nos propositions relatives au plan sous-atomique sont des propositions négatives qui indiquent les limites de l'explication physique. Mais ce n'est pas une raison pour considérer la découverte de ces limites comme une tragédie — ou comme une preuve de l'immaculée conception. Cela veut dire simplement que l'espoir d'atteindre à l'explication totale du monde par la méthode des mesures quantitatives est aussi fallacieux que les explications théologiques d'autrefois. Après tout, il n'y a que trois siècles que Dieu est devenu mathématicien et nous avons le temps devant nous pour d'autres transformations. Le monopole des mesures quantitatives tire à sa fin, mais on voit déjà se dessiner de nouveaux principes d'explication. En attendant, il faut noter que la science a recours pour résoudre ses paradoxes aux mêmes expédients que jadis la religion : elle renonce à la conception d'un univers homogène obéissant à une seule loi qui embrasse tout, et le remplace par une hiérarchie de « niveaux d'organisation ». Ce n'est pas, comme le croient beaucoup de scientifiques effrayés, une régression vers la pensée religieuse, mais simplement une analogie de *méthode* pour résoudre le paradoxe de la liberté et du déterminisme, qui reste caché et latent aussi longtemps qu'une méthode d'explication est incomplète, mais explose quand elle se perfectionne.

V

Pour la biologie moderne, la stratification du monde en « niveaux d'organisation » hiérarchiques est un expédient encore plus nécessaire que pour la physique. Le passage de l'ancien point de vue au nouveau se reflète entre autres dans les ouvrages de J. Needham, professeur de biologie à Cambridge ; son exemple est particulièrement intéressant, parce que Needham appartient à une école scientifique qui a de fortes tendances marxistes et même staliniennes et par conséquent n'est nullement désireux de prendre une direction le moins du monde « métaphysique » ou « vitaliste ». Cependant, les découvertes faites dans leurs laboratoires et l'honnêteté intellectuelle obligent les commissaires de la Science à opérer, même à contrecœur, un revirement philosophique. Deux citations caractérisent l'évolution de Needham :

Il écrivait en 1928 : « Actuellement la zoologie devient de la biochimie comparative et la physiologie, de la biophysique. » En 1941, il écrivait : « L'organisation biologique... ne peut se réduire à une organisation physico-chimique, car rien ne peut se "réduire à autre chose" ».

La crise de la biologie s'est ouverte à la fin du siècle dernier par le développement de l'embryologie expérimentale. En 1895, Driesch a démontré que, contrairement aux prévisions de la science, on pouvait faire subir toutes sortes de traitements à l'embryon de certaines espèces sans changer le résultat. Lorsque après le premier partage de l'œuf de la grenouille, l'une des deux cellules (qui normalement aurait dû devenir la moitié de la future grenouille) était amputée, le résultat n'était pas une demi-grenouille, mais une grenouille complète de taille plus petite. L'opération répétée au stade plus avancé du blastula donnait le même résultat ; on pouvait enlever ou déplacer toute une masse de cellules du blastula sans changer le résultat. Lorsqu'on greffait ce qui devait devenir la queue d'un lézard à l'endroit où devait naître une patte, c'est une patte qui poussait et non une queue. L'expérience souleva une grande consternation, car si les cellules et les tissus cellulaires du blastula étaient « destinés » par des lois physico-chimiques à devenir des demi-lézards ou des queues de lézards, comment ont-ils pu pour ainsi dire changer d'avis et devenir des lézards entiers ou des pattes de lézards ? Il était évidemment absurde de supposer que le mécanisme physico-chimique normal des cellules comportât la possibilité de répondre par une réaction idoine à la rencontre avec le bistouri du docteur Driesch.

La consternation devint encore plus grande lorsqu'on découvrit qu'à un stade plus avancé du développement de l'embryon, la position se renversait. Les parties de l'embryon qui en étaient au gastrula perdaient leur malléabilité et semblaient si fortement « déterminées » à persister dans leur voie que, si on les coupait pour les greffer sur d'autres parties du corps fœtal, non seulement elles se développaient comme si elles étaient encore à leur place normale, mais elles obligeaient aussi les tissus avec lesquels elles étaient mises en contact, à s'adapter à leur propre fonction (à condition, bien entendu, que le tissu fût encore au stade malléable). Les résultats obtenus par Spemann et Mangold (1924) par leur nouvelle technique de greffe étaient fantastiques. Ainsi, lorsqu'on enlève de la tête d'un têtard l'ébauche oculaire pour la greffer sous le ventre, la peau du ventre devient transparente et fournit à l'œil abdominal un cristallin et une cornée normale. Finalement, Paul Weiss a montré que ces phénomènes n'étaient pas limités aux stades embryonnaires, mais se produisaient aussi dans les tissus régénérateurs des adultes. Ainsi, le tissu jeune de la queue amputée d'un lézard devenait patte si la queue était transplantée à la place d'une patte, mais le même tissu plus vieux devenait queue n'importe où on le greffait.

La conception mécaniste selon laquelle les lois qui gouvernent la vie n'étaient que de simples extrapolations des lois physico-chimiques avait fait faillite. Et les découvertes de l'embryologie expérimentale n'étaient que l'exemple le plus représentatif d'évolutions analogues dans d'autres branches de la biologie. Le conflit entre la liberté et le déterminisme devenait encore plus aigu dans le domaine de la cellule que dans celui de l'atome, mais là aussi il faut être prudent dans l'interprétation du mot « liberté » ; il signifie seulement que les potentialités du vivant ne sont pas épuisées par les explications valables au niveau inorganique. La « liberté » d'un blastomère de se développer en un quart de grenouille ou en une grenouille complète est évidemment le contraire de l'arbitraire, mais son comportement ne peut être « expliqué » qu'en recueillant et en reliant des faits expérimentaux au niveau qui lui est propre et non par des prévisions basées sur des lois physico-chimiques.

La première tentative pour résoudre le dilemme a avorté. Les « entéléchies » de Driesch n'étaient qu'un semblant de solution d'ordre purement verbal, comme l'Éther des physiciens du XIXe siècle ; c'était le vieux procédé qui consiste à donner à l'X un nom grec. On pourrait aussi bien introduire une entéléchie dans chaque noyau atomique ou — pour citer le docteur Broad, « l'hypothèse de l'entéléchie ne peut expliquer les faits que si l'on prête à l'entéléchie un esprit si élevé qu'elle mérite le nom de Dieu[1]. »

---

1. C.D. Broad : *The Mind and its Place in Nature*.

Pendant les années 30, lorsque la querelle entre les vitalistes et les mécanistes eut abouti à une impasse, l'expédient qui consiste à diviser le monde en une hiérarchie de « niveaux d'organisation » a été plus ou moins généralement admis par les biologistes, bien que chacun semblât en interpréter les implications philosophiques à sa manière[1].

Les lois ou « rapports de systématisation » qui agissent à chaque niveau de la hiérarchie sont de deux sortes : a) *Lois non spécifiques* (par exemple l'inertie) constantes à tous les niveaux, mais qui ont peu de valeur explicative — la loi selon laquelle un œuf ne bougera pas de mon assiette sans que je le pousse, n'enrichit pas ma connaissance de l'œuf. b) *Lois spécifiques*, qui pratiquement contiennent tout ce qu'il vaut la peine de savoir sur une chose. Elles ne peuvent être réduites et ne peuvent être définies qu'en étudiant les phénomènes sur leur propre niveau. Là où cela est impossible sans détruire complètement l'ordre spécifique que l'on étudie (comme par exemple au niveau sous-atomique) aucune loi ne peut être définie.

Il s'ensuit qu'une chose montrera des caractéristiques différentes à des niveaux différents, selon les rapports de systématisation spécifiques auxquels elle est exposée. Ainsi, une masse de molécules de carbone montrera des propriétés différentes en tant qu'élément de composé inorganique, ou de composé organique, aux niveaux cristallographique, colloïdal et biochimique ; et les éléments d'un spermatozoïde montreront différentes propriétés in vitro, dans le testicule, dans l'ovule, dans le blastula, dans le gastrula et dans l'organisme adulte. Aucune de ces propriétés spécifiques ne peut être prévue à partir du niveau inférieur ; on ne peut même pas prévoir les qualités chimiques d'un composé d'après les données physiques de ses composants ; ses nouvelles qualités *émergent*

---

1. Cette solution avait été prévue par Henry Drummond, Herbert Spencer, Lloyd Morgan, Wilson, Alexander, C.D. Broad et autres, mais elle ne fut formulée de façon précise que dans l'œuvre fondamentale de Woodger, *Biological Principles* (1929).

soudain pour ainsi dire d'un seul bond, au niveau approprié, d'où le nom de « théorie de l'émergence ».

De même qu'on ne peut prédire « vers le haut » les processus en partant du niveau inférieur, de même on ne peut les analyser complètement « vers le bas ». Analyser veut dire isoler les parties du tout, et le fonctionnement d'une partie isolée n'est pas le même que celui d'une partie dans le tout. Quand le physiologiste étudie une culture de tissus, il peut reconstruire *dans une certaine mesure* le milieu corporel par un milieu organique artificiel, mais il ne peut y arriver complètement. « Le milieu d'une partie est l'organisme entier » (Woodger). Ainsi, une cellule isolée du tube contourné du rein offrira dans une culture de tissus les changements du métabolisme de base commun à toutes les cellules, mais les caractères *spécifiques à la cellule rénale* seront perdus. Il en est de même naturellement si l'on pousse l'analyse jusqu'aux composants chimiques ; car le chimiste, pour les atteindre, est habituellement obligé de détruire tous les niveaux intermédiaires. Ainsi, le comportement *spécifique* des ensembles ne peut être étudié et décrit correctement que selon les rapports des ensembles les uns avec les autres et le comportement spécifique des parties que dans leurs rapports avec les autres parties ; les isoler, c'est détruire leur caractère propre de « partie ».

L'analyse ne relève dans un processus que les facteurs communs, mais on ne peut pas reconstruire le processus en remettant ces facteurs tous ensemble ; leur loi d'intégration est différente à chaque niveau. Ainsi, si je décompose un carré en points, il faut que je les assemble selon les lois de la multiplication ; si les points appartiennent à une ellipse, il faut que j'applique les lois du calcul intégral ; s'ils forment les éléments d'un portrait, de nouveaux rapports s'établissent. La différence de niveau n'est pas fonction du contenu, mais de la façon dont ce contenu s'assemble à chaque niveau et des propriétés et valeurs nouvelles qui s'établissent du fait de ce type spécifique d'intégration. La « liberté » d'un niveau est constituée par les rapports et les valeurs nouvelles qui n'existaient pas dans les composants du niveau inférieur ; sa « destinée » par la dépendance où est ce niveau des lois du niveau immédiatement supérieur — lois qu'on ne peut prédire ni réduire.

Autrement dit, la liberté du tout est la destinée de la partie ; la seule manière de comprendre la destinée est de comprendre que l'on est soi-même une partie d'un tout. C'est précisément ce que disaient les mystiques. Mais cela ne veut pas dire que le mysticisme ait vaincu la science ; cela veut dire seulement que la science reconnaît ses limites par rapport à ses propres méthodes.

VI

Il est passionnant de voir comment est né, dans les différentes branches de la science, et indépendamment, le concept d'une hiérarchie de niveaux et de leur irréductibilité à des lois quantitatives uniformes.

En psychologie, les mesures quantitatives sont passées à l'arrière-plan au début du siècle. La Gestalt Psychologie développée par Kœhler, Koffka et Wertheimer vers la fin des années 20 est entièrement dominée par le concept de « totalité » ct par les lois spécifiques qui intègrent les éléments de la sensation dans les totalités perçues comme telles.

Supposons que la totalité soit un triangle ; en l'analysant par partie, j'obtiens trois lignes droites de longueur données que je peux mesurer. Mais, évidemment, une ligne noire de deux pouces de long est, en tant que *donnée de perception*, tout à fait différente de l'hypoténuse d'un triangle. Son caractère spécifique ne peut être perçu que si elle est à sa place dans le tout. En tant que *donnée de la perception*, une ligne noire est aussi différente d'une « hypoténuse » qu'une cellule rénale isolée d'une cellule rénale dans le rein. J'ai deux fois souligné l'expression « en tant que donnée de la perception » parce que *sur le tableau* la ligne noire reste inchangée qu'elle soit ou non partie d'un triangle. Je peux effacer les deux autres côtés et la ligne restera la même — dans son existence physique sur le tableau, mais elle ne restera pas la même

en tant que *chaos perçue*. Au niveau de la perception la ligne droite
change de caractère lorsqu'elle subit l'influence des deux autres
côtés. L'interaction des éléments perceptifs sur le champ mental
est autant une réalité que l'interaction des cellules rénales. Elle doit
par conséquent avoir un équivalent physiologique dans le cerveau
et Kœhler suppose qu'il existe des courants électromagnétiques
« autonomes » entre les projections corticales des points rétiniens.
D'autres hypothèses physiologiques sont également possibles ;
le point essentiel n'est pas la nature du processus physiologique,
mais le fait qu'au niveau du tableau les trois lignes sont un dessin
statique et n'ont rien à voir les unes avec les autres, tandis qu'au
niveau psychologique, elles entrent automatiquement et dyna-
miquement en rapport les unes avec les autres et forment une
totalité. Cela peut apparaître assez évident au profane qui ne se
rend pas compte à quel point la vieille psychologie atomiste s'est
désespérément embourbée dans ses distinctions ambiguës entre
« sensation », « perception », « signification », etc. En psychologie
atomique, le cerveau est une sorte d'écran sur lequel la rétine
projette sa mosaïque statique ; ce qui implique la nécessité d'un
second observateur ou d'un second cerveau qui transforme la
« sensation » en « aperception » et lui ajoute la « signification » de
triangle. La Gestalt Psychologie n'explique pas l'émergence d'un
niveau mental, pas plus que la biologie n'explique l'émergence
de la vie. Mais, une fois que le niveau est donné, les choses qui y
sont amenées sont intégrées par des rapports de systématisation
spécifiques et le mystère de l'esprit se réduit au principe déjà
familier d'une hiérarchie de niveaux qualitativement différents.

VII

   Imaginons notre hiérarchie de niveaux comme une série de
plates-formes en terrasses ou comme un large escalier ascendant.
Les surfaces horizontales des marches représenteront le champ dans
lequel jouent les lois du niveau donné, et les surfaces verticales,

les « bonds » qui portent aux niveaux supérieurs. La succession des marches donnera à peu près : temps-espace, phénomènes sous-atomiques, physique, chimie, cristaux (para-cristaux), (virus) composants organiques non capables de reproduction (protéines, enzymes, hormones, etc.), composants organiques capables de reproduction (parties de cellules et certaines cellules), cellules plus complexes et organes supérieurs (non capables de reproduction) ; et ainsi de suite jusqu'aux plus hautes fonctions intellectuelles. Quelques-unes de ces marches seront subdivisées et, dans les régions supérieures, l'escalier ira se ramifiant, mais cela n'intéresse pas notre argumentation. Il y aura aussi des stades intermédiaires, des hybrides comme les para-cristaux, et probablement les virus ; quelques mécanistes y voient la preuve de la continuité entre les niveaux. Mais cette position est pratiquement abandonnée par la biologie moderne — tout comme personne n'essaie de déduire de l'existence des hermaphrodites qu'il existe entre les fonctions du mâle et de la femelle une différence de degré et non d'espèce. « Si l'on regarde attentivement les marches qui séparent les niveaux successifs de systématisation », dit Needham, « on s'aperçoit que les arêtes vives de séparation sont d'autant plus vives qu'il existe entre elles des formes intermédiaires. Mieux on comprendra ces formes d'existence, plus elles serviront à faire clairement ressortir les éléments essentiellement différents de l'ordre supérieur qui caractérisent la forme d'organisation que nous appelons la vie.[1] »

Si l'on fait maintenant un diagramme de notre escalier, on s'aperçoit qu'il y a deux façons de le regarder :

[diagramme]

La flèche perpendiculaire « S » indique l'observateur scientifique ; pour lui, les niveaux de l'escalier sont projetés sur un seul plan horizontal qui s'étale comme une sorte de spectre continu

1. J. Needham : *Time, the Refreshing River.*

de la physique à la psychologie, et les bonds entre les niveaux semblent seulement des lignes de séparation. Dans chacune des zones, tout est « explicable » ou le sera bientôt, la loi et l'ordre y règnent et il n'y a pas de mystère, — sauf ces séparations irritantes.

Mais si l'on observe l'escalier selon la flèche horizontale « C », tout devient un mystère sans explication. Les surfaces des marches disparaissent, et nous ne voyons que les degrés verticaux qui les séparent. S considère les phénomènes comme donnés ; C'est face au mystère de leur émergence, de leur apparition imprévisible, non dans un acte unique de création, mais dans le rythme d'une création continue.

« Ce qui cependant n'a pas encore été fait, c'est d'élucider comment chacun de ces nouveaux grands niveaux d'organisation s'est formé », dit Needham, avec une ironie inconsciente ; car ce qui « n'a pas été fait » c'était le but premier de l'explication scientifique. « Il faut toujours se rappeler que nous avons beau pouvoir déterminer complètement les lois qui existent à un niveau donné d'organisation supérieure, nous ne pouvons jamais espérer comprendre comment elles s'adaptent au dessein de la nature dans sa totalité, c'est-à-dire comment elles se relient aux niveaux supérieurs et aux niveaux inférieurs. Il n'y a là ni obscurantisme ni animisme[1]… »

Il n'y a en effet aucun obscurantisme dans le fait de reconnaître qu'une chose est obscure. Cette obscurité consiste, comme nous l'avons vu, dans le fait que les rapports de systématisation spécifique n'agissent que sur des plans « horizontaux » et qu'on ne peut ni les prévoir ni les réduire ; autrement dit, nous n'avons aucune loi qui s'applique à la direction verticale[2].

Une loi « verticale » serait une loi qui nous mettrait à même d'expliquer ou de prédire comment et quand et pourquoi sont engendrées les formes supérieures d'existence. Mais, bien qu'il

---

1. Needham — *op. cit.*
2. Excepté les lois non spécifiques comme les lois de la conservation de l'énergie, etc., qui ne peuvent rien expliquer quant à l'apparition de nouvelles propriétés spécifiques.

nous soit impossible de formuler ces lois en langage scientifique, nous avons un aperçu des tendances générales qui sont mises en jeu dans le mode de formation des niveaux supérieurs. Ces tendances « transordinales » d'intégration sont, par exemple, la dualité d'agrégation et de ségrégation qui se manifeste à différents niveaux par l'attraction et la répulsion, l'intégration et la spécialisation, la croissance et la division, l'instinct sexuel et l'instinct de la mort, etc. D'autres tendances jouent aussi : la symétrie, et l'adaptation ou l'harmonie. Je cite une fois de plus Needham, ex-mécaniste et néophyte du marxisme, si soucieux d'éviter l'obscurantisme :

... « Nous pouvons dire encore avec Drummond qu'il y a peut-être quelque chose d'analogue entre les liens propres à chacun des différents niveaux de systématisation dans le monde. Et nous nous rappelons le grand livre dans lequel Sigmund Freud a décrit ce qu'il appelle "la mission d'Éros"... De ce point de vue, les liens de l'amour et de la camaraderie sont analogues aux nombreuses forces qui maintiennent les particules ensemble aux niveaux colloïdal, cristallographique, moléculaire et même sous-atomique... »

La symétrie, l'harmonie, l'amour, tendances communes de l'organisation à tous les niveaux de l'existence, voilà qui rend un son qui nous est assez familier. Mais, si c'est là du mysticisme, c'est un mysticisme bien différent. L'*ignoramus* est prononcé à la fin et non pas au début du voyage.

VIII

L'explication religieuse, prise dans le paradoxe de la destinée et du libre arbitre, a dû renoncer à la conception homogène du monde et l'a stratifié en niveaux hiérarchisés. La science actuelle est obligée d'adopter le même expédient. Une comparaison entre la hiérarchie chrétienne et la hiérarchie scientifique démontrera l'analogie de base de la méthode. Nous disions plus haut (p. 341), à propos de la hiérarchie chrétienne, que :

Les lois du niveau supérieur ne peuvent être réduites à ou déduites d'un niveau inférieur ;

Les phénomènes du niveau inférieur et leurs lois sont impliqués dans l'ordre supérieur, mais :

Les phénomènes de l'ordre supérieur quand ils se manifestent au niveau inférieur semblent inexplicables et miraculeux.

Tout cela est également vrai des rapports entre la biochimie et l'embryologie, par exemple.

La religion enseigne de plus qu'il existe deux voies de connaissance : l'*exploration* des plans horizontaux, qui sont les plans du monde, et la *contemplation* de l'ordre vertical ou transcendantal. La seconde voie implique qu'on brûle les étapes à tous les niveaux différents ; le mystique est en conséquence considéré avec une égale méfiance par les Églises et par la Science, par les scolastiques et par les savants. Et pourtant, le clergé et l'université ont dû reconnaître tous deux leurs propres limites et la légitimité de cette « autre » méthode qui sert à saisir les intimes et ultimes problèmes de l'existence.

Dans l'échelle de la religion, seules quelques marches abruptes séparent la matière inanimée de la divinité, et elles correspondent à peu près aux six jours de la création. L'escalier de la science comporte un grand nombre de marches plus difficiles. La différence de hauteur entre les niveaux est souvent à peine visible et il est probable qu'il apparaîtra encore de nombreuses et subtiles subdivisions. Mais la nature ne connaît aucune continuité, elle ne connaît que les bonds et l'escalier ne deviendra jamais une pente, même si la hauteur des marches se réduit jusqu'à l'infini. Car nous pouvons toujours choisir une particule également réduite : sur l'escalier, elle s'immobilisera, mais elle roulera sur la pente ; d'autre part, sous l'éclairage perpendiculaire, l'ensemble de l'escalier restera toujours dans l'ombre pour celui qui le regarde de face.

Les deux voies de la connaissance ne s'excluent pas, mais se complètent l'une l'autre. Nous avons perdu une illusion et regagné le droit d'approfondir notre connaissance de la réalité — et cela par des méthodes dont, il y a une génération, personne n'aurait osé parler sans rougir. Newton a vu une fois quelque chose tomber d'un arbre et en a calculé le volume, l'énergie et la vitesse. Aujourd'hui, nous retournons au fait que la chose qui tombait était une pomme.

IX

Une fois le principe des « niveaux de systématisation » aussi solidement ancré dans nos habitudes mentales que l'était au XIXᵉ siècle l'idée de l'homogénéité et de la réductibilité de toutes choses, beaucoup de confusions seront évitées en esthétique, en éthique et dans la théorie de la connaissance. Cette confusion vient de l'application des lois spécifiques d'un niveau à un autre niveau et de notre habitude d'opérer des « réductions », c'est-à-dire de réduire, par exemple, des valeurs éthiques à des rapports biologiques.

L'essai de Freud sur *Un Souvenir d'Enfance de Léonard de Vinci* est un chef-d'œuvre de psychologie appliquée ; c'est d'une ingéniosité qui vaut celle du déchiffrage des hiéroglyphes par Champollion. L'analyse du sourire de la Joconde est d'une lecture plus passionnante que celle de n'importe quel roman policier — mais elle n'explique rien des valeurs artistiques du tableau. Léonard nous devient un livre ouvert — sauf quant au fait qu'il était un grand peintre. « Ce n'est pas l'affaire de la pathographie, dit Freud, d'expliquer la valeur esthétique de l'œuvre [de Léonard]. On ne me reprochera pas de n'avoir pas tenu une promesse que je n'ai jamais faite. Nous serions heureux de faire remonter la création artistique à ses origines instinctives, mais c'est justement là que nos moyens nous abandonnent. » Freud connaissait les limites de sa méthode, ainsi que Marx. Mais les freudiens et les marxistes les ignorent ; ils élèvent des revendications totalitaires et veulent expliquer tous les phénomènes par une méthode qui leur semble une panacée magique. Cette attitude n'est pas toujours intellectuellement consciente ; lorsque l'analyste est coincé, il reconnaît qu'on ne peut réduire les valeurs spécifiques d'une toile, ni à la chimie de la peinture ni à l'histoire médicale du peintre ; et le marxiste affirmera avec indignation qu'il n'a jamais soutenu que les facteurs économiques pouvaient tout expliquer. Mais en pratique le marxiste s'entêtera à expliquer le fascisme par les facteurs économiques et le disciple d'Adler à expliquer Napoléon par sa petite taille — sans toutefois nous dire pourquoi tous les gens de petite taille ne deviennent pas des Napoléons. D'où il s'ensuit, entre autres, que les créateurs doivent éviter de se faire psychanalyser tant que leurs souffrances intimes ne les empêchent pas de créer. En théorie, l'analyse devrait aider l'artiste à sublimer ses complexes, mais le plus souvent cette sublimation, lorsqu'elle n'est pas spontanée, ne s'exprime pas dans la création artistique, mais par des rationalisations et par la diminution ou la destruction de la tension créatrice. On n'a jamais entendu dire qu'un névropathe fût devenu artiste en apprenant à sublimer sur le sofa d'un psychanalyste. Les peintures qui remplacent chez les malades de Jung les crises de névrose sont toujours lamentables, tandis que les dessins des schizophrènes sont souvent admirables.

Il s'ensuit également que la soi-disant explication de l'œuvre de l'artiste acquise par la lecture de sa biographie, de sa place dans l'histoire, etc., est une explication non spécifique et réductrice qui contrarie la perception de l'ordre spécifique des valeurs à leur propre niveau. Il faut lire les préfaces après et non pas avant l'œuvre. *Jules César* a pour toujours été gâté pour moi lorsque j'ai su que l'interprétation de Brutus par Shakespeare avait été influencée par le procès du comte d'Essex ; depuis que j'ai lu le *Léonard* de Freud, je ne peux m'empêcher de voir dans la *Joconde* un sujet pathologique, et les admirables poèmes d'amour du jeune X me font involontairement sourire depuis que j'ai vu sa Béatrice prendre une cuite au bistrot du coin.

X

La tendance à opérer la « réduction » et la confusion des niveaux qui s'ensuit aboutissent à des résultats particulièrement néfastes dans le domaine de l'éthique.

On peut distinguer à notre époque cinq types principaux de systèmes éthiques dégénérés qui viennent de : *a*) la réduction des valeurs éthiques à zéro, et (ou) l'application de concepts *b*) biologique, *c*) psychologique, *d*) quantitatif et *e*) mystique, au domaine de l'éthique. Habituellement, on se trouve devant un mélange de plusieurs de ces concepts, mais il vaut mieux les examiner séparément.

a) L'obsession d'analyse et de réduction des valeurs éthiques nous amène, si elle n'est pas freinée, au nihilisme implicite ou explicite. La réduction devient réduction *ad infinitum* et *ad absurdum*. « Quand il croit, il ne croit pas qu'il croit, et quand il ne croit pas, il ne croit pas qu'il ne croit pas », dit Kirillov dans *Les Possédés*… « Toute la planète est mensonge et repose sur un mensonge et sur une duperie. Ainsi les lois de la planète sont également mensonge et diabolique comédie. »

Il est rare que le nihilisme prenne la forme explicite d'un mouvement politique, comme dans l'Intelligentsia russe de 1860, et se cristallise en figures aussi monstrueuses que celles de l'ami de Bakounine, Nechayev, et de son groupe. Mais on peut en retrouver des éléments partout dans la philosophie matérialiste. Il imprègne aussi les « philosophies personnelles » des politiciens véreux, des prostituées, des gros capitalistes et des criminels. Tous ceux qui ont un peu l'expérience du travail d'assistance sociale savent que la plupart des asociaux ont une espèce de philosophie personnelle qu'ils gardent jalousement et qu'ils croient avoir été les seuls à découvrir. Une fois qu'on admet comme légitime le principe de réduction, il n'y a aucun moyen de le réfuter. Si l'on suppose que le monde est entièrement homogène, on doit pouvoir en retrouver les lois soit en remontant jusqu'à Dieu, soit en descendant jusqu'au chaos ; le nihilisme prend la seconde solution.

Une sorte de nihilisme à l'envers s'exprime dans la phrase : « Tout comprendre, c'est tout pardonner. » Quel manque de lucidité ! « Pardonner » implique un jugement éthique, basé sur la supposition du libre arbitre. « Pardonner », c'est donc invalider ce jugement par la compréhension. Or, ou bien la compréhension est *spécifique*, c'est-à-dire reconnaît l'existence du libre arbitre comme donnée de l'expérience — dans ce cas elle doit aboutir à un jugement identique à celui qu'elle est supposée invalider. Ou bien la compréhension naît de la *réduction* aux niveaux biologique, psychologique, etc., donc supprime les facteurs réellement significatifs sur lesquels le jugement est basé, et ne peut jamais l'invalider.

Ainsi, la condamnation que je porte contre le nazisme est basée sur l'observation des troubles sociaux qu'il provoque et sur la supposition implicite que chaque individu est, dans certaines limites, libre de choisir d'être ou non nazi. C'est pourquoi je lutte contre ceux qui sont nazis et que j'essaie d'empêcher les autres de le devenir. Ce jugement est basé sur ma compréhension de ce que j'ai observé et par conséquent ne peut être invalidé par elle. Si, par contre, je ne considère que les facteurs d'histoire, de race et de milieu qui ont contribué à fabriquer mon nazi, je peux alors lui pardonner en disant : « Le pauvre type n'y pouvait rien. » Mais mon pardon ne lui est accordé que parce que je l'ai réduit au niveau d'un animal ou d'un automate et que je l'ai ainsi exclu du niveau où j'ai prononcé mon jugement. Et s'il n'est qu'un animal ou qu'une machine, irresponsable de ses actes, j'ai d'autant plus le droit de le combattre sans merci sous le couvert de ma compréhension. Je pardonne à mon rasoir rouillé, mais je le jette à la poubelle.

Ainsi « tout comprendre, c'est tout pardonner » produit un effet directement contraire à ses intentions — ou bien se réduit simplement à une platitude : c'est qu'il faut baser son jugement sur l'observation et non sur l'émotion. Dans ce cas, il vaudrait mieux dire : « Bien observer, c'est bien juger. »

b) La projection des lois *biologiques* au niveau de l'éthique humaine a abouti aux conceptions darwiniennes de la sociologie

— la survivance des plus aptes, etc. — dont l'éthique du fascisme est dans les faits l'expression la plus importante. La biologie est la sociologie de la jungle, et son application à un niveau supérieur amène obligatoirement aux résultats appropriés. Notons en passant qu'un des traités les plus intéressants sur l'application de la soi-disant « loi naturelle » à l'éthique a été écrit par le marquis de Sade.

c) La réduction ou destruction des valeurs éthiques au niveau de la *psychologie* et de la psycho-pathologie est une tendance politiquement peu significative, mais très importante sur le plan culturel et surtout parmi les intellectuels. Ce que nous disions sur la réduction des valeurs *esthétiques* y est également vrai — avec la différence que Freud lui-même était pleinement conscient des limites de sa méthode dans le premier cas, alors qu'il ne l'était pas dans le second ; son attitude quant à la question de l'autonomie des valeurs éthiques était ambiguë, pour ne pas dire plus. « L'ouvrage de Freud est l'analyse la plus profonde que l'histoire ait connue de ce qu'il y a de moins humain dans la nature humaine[1]. »

Les génies sont les pointes avancées des troupes blindées ; leur avance foudroyante dans les régions inexplorées de l'esprit laisse leur flanc à découvert. Les fantassins qui suivent devraient avoir pour rôle d'élargir la base, de reprendre et d'assurer le contact avec les autres disciplines. Mais ils se conduisent au contraire chacun comme s'il était un petit tank. L'infanterie freudienne (comme les bataillons marxistes) n'a pour ainsi dire conquis aucun terrain neuf, mais elle a fait des ravages dans les arrières, dans le champ de la philosophie. La « réduction » des valeurs *sociales*, telles que le courage et le sacrifice de soi au niveau *psychologique*, au maso-chisme, à l'instinct de la mort, etc., est un processus analogue à la réduction des organismes vivants à leurs composants chimiques ; car lorsqu'il atteint le niveau sociologique, l'individu est partie d'un tout, et les rapports d'intégration qui s'établissent à ce niveau sont une fois de plus spécifiques et irréductibles.

1. Dalbiez, *La méthode psychanalytique et la doctrine de Freud*.

Prenons par exemple le concept éthique de « conscience morale ». Dans les ouvrages de Freud, ce concept apparaît fréquemment entre des guillemets ironiques. Dans le système freudien, on fait remonter l'origine de la conscience morale au super-ego, que l'on fait remonter, à son tour, à l'identification partielle avec l'autorité paternelle. Mais cette explication réductive ne rend pas compte du caractère essentiel et spécifique de la chose analysée, c'est-à-dire du fait que la bonne ou la mauvaise conscience est basée sur la conviction que l'acte en question a été commis par décision libre. La liberté, en tant que donnée de l'expérience, ne figure pas dans le système freudien, mais c'est précisément ce facteur d'expérience nouveau et spécifique qui caractérise le niveau social et fait que l'organisme social se distingue du troupeau ou de l'essaim.

Ce nouveau facteur apparaît comme nous l'avons vu, lorsqu'il s'établit un équilibre précaire entre l'impulsion et l'inhibition. Mais ce n'est là décrire que les conditions qu'il faut remplir pour qu'il apparaisse — et non définir le processus même de son apparition. Nous retrouvons là le bond vertical. Car nous pouvons de même décrire ainsi les conditions chimiques, thermiques, etc., qui sont nécessaires à la génération de la matière vivante, et cependant le processus de la génération reste inexpliqué ; et ce qui en résulte s'établit sur un nouveau plan. Rappelons incidemment que l'état d'« équilibre précaire » qui caractérise l'apparition du libre arbitre est comparable à l'instabilité originelle des molécules organiques et d'autres niveaux biologiques à leur naissance. Les nouvelles formes d'existence sont de difficiles victoires de la tendance à l'intégration sur la tendance contraire.

La fameuse question de Freud : « Pourquoi aimerais-je mon voisin ? » (*La Civilisation et ses Mécontents*) ne peut être résolue par les explications physiologiques de la libido ; on ne peut y répondre qu'en se considérant soi-même et son voisin dans le rapport intégrant de parties par rapport au tout.

Et si nous acceptons (par commodité) d'employer le mot « libido » pour désigner les tendances à l'intégration à tous les

niveaux sans exception, il faudra alors nous rappeler que cette
« libido » prend différentes formes spécifiques, dans la force de
la gravitation, au niveau moléculaire, dans la formation d'un
cristal, dans la formation d'une gastrula, dans la syngamie des
différents organes, dans la reproduction du tout organique et dans
l'intégration du tout social.

d) La projection des principes de mesure quantitative du niveau
physique au niveau éthique a probablement donné les résultats les
plus désastreux. Les paradoxes qu'implique cette sorte d'« éthique
du Commissaire » sont moins évidents pour nous que ceux de
l'éthique biologique du fascisme parce que nous avons été si
bien dressés à penser en termes quantitatifs que l'application de
critères mathématiques à la méthode éthique nous apparaît simplement du bon sens. Ainsi nous trouvons tout à fait logique qu'on
sacrifie un nombre donné de personnes à l'intérêt d'un plus grand
nombre. Ergo, comme le disait M. Chamberlain pendant Munich,
on ne peut raisonnablement s'attendre à ce qu'une grande nation
s'expose pour l'amour d'une autre plus petite. Mais, en même
temps, nous trouvons tout naturel qu'une ambulance de première
ligne expose la vie de ses cinq hommes d'équipe pour sauver la
vie d'un seul blessé. Nous admettons l'argument des apologistes
des Soviets selon lequel il vaut mieux garder en prison un millier
d'innocents plutôt que de laisser libre un espion dont l'activité
mettrait en danger la vie de dizaines de milliers d'hommes. Et nous
ne remarquons pas le défaut de l'argument — à savoir que nous
n'avons pas d'instruments de physique pour mesurer la somme
exacte de mal provoqué par la détention de mille innocents pour
la comparer à la somme de mal qu'on peut attendre d'un hypothétique espion. Nous avons pris un système de règles empiriques
grossières pour une méthode d'éthique scientifique. Nos critères
quantitatifs nous laissent tomber à chaque fois exactement au point
même où les pour et les contre s'équivalent et où il est le plus
nécessaire d'être guidé par l'éthique. Dans une révolution, il faut
fusiller les traîtres et les imbéciles ; mais à quel moment précis

l'homme qui n'est pas d'accord avec moi sur des questions de tactique devient-il un traître ou un imbécile? À quel moment précis le bistouri du guérisseur devient-il la hache du boucher? À quel moment la dictature du prolétariat devient-elle la dictature de la bureaucratie? La «dialectique» nous enseigne que la quantité se change en qualité, — malheureusement, elle ne nous dit pas à quel moment. Un système d'éthique basé sur des critères quantitatifs est une pente sur laquelle il n'y a pas moyen de s'arrêter parce que tout y est affaire de degrés et non de valeurs.

L'éthique du Commissaire a pour résultat le sophisme selon lequel la Fin justifie les Moyens. Une fois encore, en tant que règle empirique, le principe est valable dans des situations évidentes; toutefois, en tant que système philosophique, il implique que l'évolution sociale est aussi strictement prévisible que le sont certains processus mécaniques isolés. Établir en loi suprême un système aussi profondément faux ne peut qu'aboutir au désastre moral. Il y a trois cents ans, Galilée savait déjà que les règles de calcul ne pouvaient s'appliquer aux symboles Zéro et l'Infini; l'éthique du Commissaire a encore à apprendre que dans l'équation sociale l'individu figure à la fois le zéro et l'infini.

e) L'*éthique du Yogi* tente de faire passer dans l'action pratique les valeurs acquises dans la contemplation passive. Ce n'est pas une entreprise impossible, mais elle est extrêmement difficile. Le contemplatif concentre son attention sur l'aspect vertical de l'escalier et il a tendance à négliger les relations complexes de fait sur les plans horizontaux. Ce qui lui donne devant les problèmes sociaux l'attitude d'un naïf, d'un amateur, et souvent d'un toqué. Ce genre de dilettantisme comporte des dangers; le plus évident est le quiétisme, l'évasionisme, le péché par omission. «Si bien qu'à la fin, Messieurs, nous sommes arrivés à la conclusion que ce que nous avons de mieux à faire est de ne rien faire et de nous enfoncer dans l'inertie et la contemplation», dit un autre héros de Dostoïevski.

Il y a entre cela et la confiance optimiste dans la faculté de contemplation des autres un rapport étroit ; aussi on recommande d'écouter « la voix intérieure de la conscience ». Mais la « voix intérieure de la conscience » chez des gens qui n'ont pas l'expérience des techniques de la contemplation n'est que l'écho de l'inconscient conditionné par la tradition et par les conventions. J'en ai vu un exemple frappant : la fille de notre logeuse, une fillette de sept ans, a grandi à l'époque où laisser une lumière à la fenêtre était un crime et un péché. Le jour où l'obscurcissement fut supprimé à Londres, elle entra dans ma chambre, dont les fenêtres brillaient dans la rue noire. Elle n'avait jamais rien vu de pareil auparavant et elle fut épouvantée. J'essayai de la calmer par des explications appropriées, mais l'épouvante ne quittait pas son regard et j'avais l'impression qu'aucun raisonnement ne pouvait la convaincre ; et sa mère me dit en effet le lendemain que la petite lui avait confié en sanglotant que « l'oncle Arthur ne croyait pas en Dieu ».

Notre « voix intérieure » à l'égard du comportement sexuel, social, etc., ne diffère pas beaucoup de celle de cette enfant, et l'admettre pour unique guide avant de nous être rendu maître de la technique de la contemplation veut simplement dire voter tory aux prochaines élections. La contemplation devrait nous aider à nous libérer des entraves de notre milieu ; elle est l'opposé du dogmatisme, scientifique ou religieux. Reconnaître la nécessité vitale de la contemplation n'a rien à voir avec une conversion religieuse. Il y a quelque chose de répugnant dans la manière dont les scolastiques se réjouissent des difficultés de la science, — comme des vieillards débauchés qui courtisent une jeune fille déçue par son jeune amoureux.

Et finalement, il y a à l'opposé du quiétisme le danger de l'enthousiasme fanatique. L'Église militante, lorsqu'elle essaie, par un radical Changement par l'Extérieur, d'imposer le Changement par l'Intérieur, s'engage dans le paradoxe de la Fin et des Moyens. *L'Éminence Grise* de Huxley démasque magistralement le Mystique devenu Commissaire.

XI

Voilà donc les pièges de l'éthique Yogi. Et cependant lorsque tout est dit, la contemplation reste la seule voix qui puisse nous guider au milieu des dilemmes éthiques, où le critère grossier d'utilité sociale est défaillant. Mais la méthode de contemplation doit s'apprendre tout comme s'apprennent les méthodes d'observation scientifique ; et pour l'homme moderne, c'est une tâche incomparablement plus difficile. La « volonté de ne pas vouloir » est une faculté qui s'est perdue pendant le long et difficile voyage. Et ceux qui la redécouvrent sont tellement absorbés par leur nouvel univers qu'ils perdent contact avec l'ancien et n'ont plus prise sur la réalité, tout comme l'aspect horizontal — et le pendule continue ainsi à osciller de l'infra-rouge à l'ultra-violet.

Notre époque a démontré que le développement même de la science l'a obligée à reconnaître ses limites et à laisser libres ainsi d'autres voies de connaissance dont elle avait usurpé la place depuis presque trois siècles. La méthode quantitative est près d'atteindre la perfection et avec la perfection la saturation ; son agressivité se perd et devient la modestie de la réussite. Le plan horizontal à deux dimensions du XIXᵉ siècle gagne en profondeur et en hauteur par la construction d'une nouvelle hiérarchie de niveaux et l'on recommence à tenir pour valable la connaissance par la « verticale ». Cela nous donne une occasion unique d'achever la synthèse. Le paradoxe fondamental de la condition humaine, le conflit entre la liberté et le déterminisme, entre l'éthique et la logique, quelle que soit la forme symbolique par laquelle on l'exprime, ne peut être résolu que si, tout en continuant à penser et à agir sur le plan horizontal de l'empirisme, nous gardons constamment conscience de la dimension verticale de la transcendance. Atteindre à l'une sans perdre l'autre est peut-être la tâche la plus nécessaire et la plus difficile que notre race ait jamais affrontée.

Mais les pieuses exhortations ne suffisent pas. Pour retrouver la moitié perdue de notre personnalité, l'intégrité et la sainteté de l'homme, il faut apprendre l'art et la science de la contemplation ;

et pour qu'on l'apprenne, il faut l'enseigner. Mais il ne faut pas laisser cet enseignement au charlatanisme des journalistes yogisants, ni aux philosophes illuminés qui dispensent un minimum d'information sur la technique de la respiration, avec un maximum d'enflure obscurantiste. Je n'ai pas encore rencontré le chauffeur d'autobus qui, après ses neuf heures de travail, ait pu tirer profit du livre de Heard — *Entraînement à la Vie de l'Esprit* — bien qu'il soit écrit « pour le peuple » et ne coûte que huit pence. La contemplation ne survit qu'en Orient, et pour l'apprendre, il faut se tourner vers l'Orient ; mais nous avons besoin d'interprètes qualifiés et avant tout d'une réinterprétation qui emploie le langage et les symboles de la pensée occidentale. De simples traductions sont inutiles, sauf pour ceux qui peuvent y consacrer toute leur vie, et pour les snobs. Les Védas m'ennuient à mourir et le Tao n'a pour moi aucun sens. « Celui qui pratique le Hathayoga, dit Swatmarama Swami, doit vivre seul dans un petit ermitage ou dans un monastère bâti à l'abri des rochers, de l'eau et du feu ; grand d'une longueur d'arc et dans un pays fertile gouverné par un roi vertueux et où il ne sera pas dérangé. » Pensez au conducteur d'autobus.

Si nous désirons sérieusement redécouvrir notre moitié perdue, il faut trouver de nouvelles façons d'apprendre et d'enseigner ; si nous y croyons sérieusement, il ne faut pas craindre d'avoir pour but une époque où l'on enseignera la contemplation dans les écoles en même temps que la science et la gymnastique — et à la place des dogmes religieux. Non pour faire des illuminés, mais pour redonner à l'homme son intégrité.

Et nous avons toutes les raisons de le désirer sérieusement. La crise de l'Explication a trouvé son expression la plus violente dans la crise de l'éthique et dans sa répercussion politique. Elle a pour origine le paradoxe du Tout individuel qui est obligé de fonctionner comme partie dans le Tout social ; et du Tout social — les classes et les nations — qui doivent s'intégrer dans un Tout d'ordre supérieur. Jamais les exhortations à la Wells, qui ne s'adressent qu'à l'intellect, n'arriveront à accomplir cette intégration. Il faut que l'apparition en soit facilitée par la vue « verticale » des choses, qui apportera aux concepts arides d'intégration et d'union l'étincelle de la réalité vécue. Ni le saint ni le révolutionnaire ne peuvent nous sauver, mais seulement leur synthèse.

Serons-nous capables d'y arriver ? Je n'en sais rien. Mais si la réponse est négative, il semble qu'il n'y ait aucun espoir d'empêcher, dans les prochaines décennies, la destruction de la civilisation européenne, soit par la guerre absolue, suite à la guerre totale, soit par le conquérant byzantin.

Il n'est pas besoin de grande pénétration intellectuelle pour s'en rendre compte, et seule l'inertie de notre imagination nous empêche d'y croire — exactement, comme lorsque nous sommes en paix, nous ne croyons jamais qu'il y aura la guerre et lorsque nous sommes en guerre qu'il y aura de nouveau la paix. La raison parle comme Cassandre, mais il y a en nous une autre voix placide et souriante, la douce voix menteuse qui nous chuchote à l'oreille que nous ne mourrons jamais, et que demain sera comme hier.

Il est temps d'apprendre à ne plus croire à cette voix.

Octobre 1944.

Table des matières

TROISIÈME PARTIE
EXPLORATIONS

Dans la même collection

Composition et mise en pages :
prepresse@flexedo.com

Ce volume,
le quatre-vingt-cinquième
de la collection « le goût des idées »,
publié aux Éditions Les Belles Lettres,
a été achevé d'imprimer
en décembre 2022
par CPI (France)

N° d'édition : 10400 – N° d'impression : 2068910
Dépôt légal : février 2023

ARTHUR
KOESTLER